KB272438

그날,
무아 無我 를 만났다

Collision with the Infinite

수잔 시걸 지음 | 심성일, 김윤 옮김

그날,
무아無我를 만났다

무아의 삶을 생생히 보여 주는 영적 자서전

침묵의 향기

목차

* 일러두기: 이 책의 모든 각주는 옮긴이의 주석이다.

3판 서문

당신이 손에 들고 있는 이 책은 타오르고 있으며, 여기에서 나오는 불꽃들은 큰 불길로 번질 잠재력이 있습니다. 그 불길은 당신의 세계—존재하지 않는 '분리된 자아'를 중심으로 세워진 안락하고 환상에 불과한 세계—를 휩쓸어 버리고, 진정한 당신 자신의 드넓음과 신비를 드러낼 것입니다. 이제까지 나는 영적 깨어남에 관한 책을 수없이 읽었고, 두 권의 책을 직접 썼습니다. 그렇지만 이 책《그날, 무아를 만났다》가 꼴을 갖추도록 돕고 편집하고 서문과 후기를 쓴 지 20년이 넘은 지금, 이 책을 다시 읽으면서 수잔 시걸(Suzanne Segal)의 이야기에 담긴 통찰력, 그녀의 말이 지닌 깊이와 권위에 새삼 감탄하게 됩니다.

1996년 처음 출간된 이래, 이 책이 드러내는 영적 깨어남과 비이원적 관점은 구도자들 사이에 점점 더 많은 인기를 얻었습니다. 그들은 점진적인 수행의 한계를 깨닫고 자기 본성의 무한한 열림과 자유에 곧바로 다가가고 싶어 합니다. 동시에, 이 진실을 직접 가리키는 스승들이 많이 등장했는데, 그들은 제자들에게 자기의 경험을 탐구하고 앎 안에 머물면서 직접 진실을 깨닫도록 초대합니다.

오래전, 요즘과 달리 이런 스승들을 쉽게 접하기 힘들었던 시절에 수잔은 '분리된 자아'라는 환상이 완전히 없어진 강력한 깨어남을 경험했습니다. 그러나 1982년 당시에는 이 과정을 인도해 줄 안내자를 찾을 수 없었고, 그로 인해 오랫동안 두려움에 시달리면서 심리 치료사들을 찾아다니며 '아무도 아닌 존재'라는 상태를 치료하기 위해 갖은 애를 썼습니다. 스스로 '영적 겨울'이라고 묘사하는 힘겨운 시기를 십여 년 겪은 뒤, 그녀는 완전한 비이원적 깨달음이라는 눈부신 봄으로 나아갔습니다. 스승이나 전통 없이 깨어났고 온전히 이해했기에 드넓음이 이 몸-마음을 통해 어떻게 작용하여, 모습으로 있는 자기를 깨닫는지 자세히 묘사하는 그녀의 말은 독창적이며 근원에서 갓 나온 듯 신선합니다.

후기에 썼듯이, 수잔은 자기를 스승으로 여기지 않았으며, 자신을 '드넓음으로서 살아가는 것'이 어떤 것인지를 묘사하는 사람이라고 불렀습니다. 이 심오하고 명료한 회고록에서 그녀는 자신의 여정을 기록하며, 그 과정에서 자신에게 드러난 지혜를 전합니다.

스테판 보디안,
스페인 알무네카르에서
2019년 10월에

서문

오직 하나의 실재, 하나의 진리, 하나의 의식만이 있습니다. 지금
이 순간 당신의 눈과 나의 눈을 통해 바라보고 있는 그것입니다. 그
것은 모든 객체의 궁극적인 주체이며, 모든 현상이 그 안에서 일어나
고 사라지는 존재의 바탕입니다. 겉으로 보이는 모든 존재는 이 바탕
으로 이루어집니다. 마이스터 에크하르트가 말했듯이 "내가 하느님을
바라보는 눈이 하느님이 나를 바라보는 그 눈입니다." 불성(佛性), 영
(靈), 공(空) 혹은 참된 자기 등 그 이름을 무엇이라 부르든 모든 종교는
그것을 가리키며 그것에 이르는 다양한 방법을 제시합니다. 그러나
모든 비전(秘傳) 전통에서 분명히 밝히듯이, 그것은 말로 표현할 수 없
고 생각으로 알 수 없는 신비입니다.

진리를 깨닫고자 갈망하는 '분리된 자아'는 먼저 자신의 정체 — 항
구적인 존재가 아닌 그럴듯한 구성물 — 가 간파되어야 합니다. 그러
면 우리는 자기가 다름 아닌 이 신비 자체임을 깨달을 수 있습니다.

위대한 성자들이 우리에게 거듭 일깨워 주듯이, "찾는 자가 곧 찾으려 하는 것이며, 보는 자가 곧 보려 하는 것입니다." 다른 것은 없습니다. 바로 이것입니다! 이 지점에 이르면, 당연히 모든 말은 도움이 되지 않으며 우리는 헤아릴 수 없는 것 앞에서 경외감을 느낄 수밖에 없습니다.

어느 시대든 소수의 드문 사람들이 나타나, '사실은 우리 자신이 바로 헤아릴 수 없는 그것 자체'임을 흔들림 없는 확신과 명료함으로 일깨워 주었습니다. 그들은 모든 제한된 정체성을 넘어섰으며, 다른 사람들을 어떤 식으로든 분리되어 있거나 무지한 존재로 보지 않습니다. 그러므로 그런 존재들은 보통 스승이나 구루의 역할을 맡지 않으려 했습니다. 예를 들어, 남인도의 위대한 성자 라마나 마하리쉬는 자신을 찾아오는 모든 사람을 하나의 신성하고 나눌 수 없는 참된 자기로 여기며 맞이했습니다. 이 책은 우리의 정체성이 신비 그 자체임을 곧바로 가리켜 보이는 또 다른 사람, 수잔 시걸을 소개합니다.

라마나 마하리쉬가 그랬듯이, 수잔 시걸의 깨달음도 갑자기, 예기치 않게, 아무런 준비 없이 일어났습니다. 그녀는 한순간 버스를 기다리고 있었는데, 다음 순간 '아무도 아닌 존재'였습니다. 수잔 시걸이라는 그녀의 개인적인 정체성은 그 순간 떨어져 나갔고, 다시는 돌아오지 않았습니다. 이 자서전은, 마음은 이 강력한 변화를 계속 병적인 것으로 여기려 했는데도, 미국 중서부 출신의 젊은 여성이 어떻게 이 변화를 받아들였고, 어떻게 해서 그 경험이 결국 완전한 참나 깨달음으로 꽃피웠는지를 보여 주는 비범한 이야기입니다.

나는 수잔 시걸을 1992년에 처음 만났습니다. 그녀는 10년 내내 자신을 괴롭혀 온 공포에 관한 도움을 구하러 내 심리 치료실을 찾아왔습니다. 개인적인 정체성이 사라진 뒤로, 그녀의 마음은 그것을 되찾으려 애쓰거나(소용없었지만), 자신이 분명 뭔가 크게 잘못되었다는 두려운 믿음을 만들어 내고 있었습니다. 서구 심리학에서 답을 찾으려 하던 그녀는 그 경험을 이해하기 위해 박사 과정을 마치고 임상 심리학자까지 되었습니다. 나를 만나기 전에는 열두 명쯤 되는 심리 치료사들과 상담했는데, 그들 모두 그녀에게 심각한 문제가 있다는 데 동의했지만, 아무도 그녀를 치료하는 데 성공하지는 못했습니다.

수잔이 오래 이어지고 있는 자신의 의식 상태를 묘사했을 때, 나는 그녀가 심오한 영적 깨어남을 경험했다는 것을 알았고, 그녀에게 그렇게 말해 주었습니다. 하지만 그녀가 왜 그토록 큰 공포를 느끼고 있었는지는 이해하지 못했습니다. 그래서 나의 스승인 장 클라인에게 문의해 보라고 제안했습니다. 그는 마침 이 지역에서 아드바이타(비이원론)에 관한 대화를 진행하고 있었습니다. 장 클라인은 그녀의 짐작과 달리 '나'의 부재는 문제가 아니라 오히려 '완벽한' 존재 상태임을 알려준 뒤, 공포와 관계하는 방법에 관해 몇 가지 간략한 조언을 해 주었습니다. 나는 그 후 3년 가까이 그녀를 다시 보지 못했습니다.

1994년 11월, 수잔이 전화해서 자신의 영적 자서전을 편집하는 일을 도와달라고 부탁했습니다. 그녀가 쓴 글은 '텅 비어 있음과 충돌'한 사건과 그 후 몇 년간 겪은 일을 중심으로 간략히 서술한 내용이었습니다. 나는 그녀가 이 핵심 내용을 바탕으로 자신의 여정을 더욱 온전히 기록하도록 돕기로 했고, 곧바로 그녀에게 세부 사항들, 특히 어린 시절과 초월명상(TM) 수련 시절을 추가해 보라고 권했습니다. 그녀는 자기를 더는 '개인'으로 여기지 않았기에 자신의 개인사를 이야기하는 데 별 흥미가 없었지만, 더 자세히 묘사해야 독자들이 흥미를 느끼고, 그녀의 깨어남과 그것을 받아들이기까지 힘든 과정을 겪은 마음의 이야기를 더 잘 이해하게 될 것이라고 주장하자 나의 조언을 따랐습니다. 그렇게 한 장(章)씩 내용이 더해져 자서전은 현재의 모습을 갖추게 되었습니다.

그녀와 함께 작업하면서, 3년 전 도움을 청하려 내 상담실을 찾아왔던 겁에 질린 여인이 근본적으로 변모했다는 것을 분명히 알게 되었습니다. 내가 다시 마주한 수잔은 두려움 없이 기쁨으로 가득하여 사랑을 발산하는 존재였습니다. 그녀의 영적 지혜는 내가 가장 존경하는 선사(禪師)들, 아드바이타 스승들의 지혜와 다르지 않았습니다. 동시에 그녀는 지극히 평범하고, 더없이 다가가기 쉬우며, 꾸밈이나 야망이라고는 전혀 없는 사람이었습니다. 이런 자질들은 내가 선(禪)을 공부하던 시절, 깨어난 상태의 특징이라고 배운 것들이었습니다.

나는 수잔에게 우리의 시간을 맞바꿀 의향이 있는지 물었고, 그녀는 기꺼이 응했습니다. 내가 책 작업에 들인 시간만큼 그녀는 내 영적 이해를 분명히 정리하고 다듬는 데 시간을 내주었습니다. 특히, 나는 뚜렷한 이유 없이 두려움을 자주 느꼈는데 이 두려움이 있다는 사실은, 오랫동안 수행하고 존재의 본질을 많이 통찰했어도 내가 여전히 뭔가를 잘못하고 있어서 그런 통찰들이 순간순간의 삶에 통합되지 못하고 있다는 것을 의미한다고 늘 믿었습니다. 두려움만 없애면 자유로워질 것 같았습니다. 하지만 호흡으로 다스리거나 감정을 표출하거나 사랑으로 녹여서 없애려고 애쓸수록 두려움은 더욱 견고하고 뿌리 깊게 자리 잡는 듯했습니다.

수잔 덕분에 나는 두려움은 두려움이 있다는 것 말고는 아무 의미도 없다는 것을 깨달았습니다. 두려움이 들려주는 이야기를 믿지 않거나 실제와 다른 의미로 받아들이지 않는다면, 두려움은 우리의 참된 본성을 가리지 못합니다. 사실, 우리의 참된 정체성인 무한한 앎(awareness)은 모든 정신적, 감정적 상태를 포함한 모든 것을 포함합니다. 두려움, 분노, 질투, 슬픔, 그리고 겉보기에 '부정적인' 다른 감정들도, 우리 자신이라는 무한한 바다 위에 떠다니는 미역처럼, 그 안에 있습니다. 단지 그런 감정들이 가리키는 별개의 '분리된 자아'가 존재하지 않을 뿐입니다. 결국, 무한 ― 우리는 모두 본래 그것인데 ― 이 실제로 무한하다면, 어떻게 그렇지 않을 수 있겠습니까?

6개월쯤 뒤, 그동안 몇 가지 중요한 진전을 경험한 나는 수잔에게 내 친구 몇 명을 소개해 주고 싶다고 말했습니다. 그녀는 모든 일이 그렇듯이 이 일도 '때가 되면' 그렇게 될 것이라고 말했습니다. 1995년이 저물어 가던 무렵, 어느 날 오후 우리 가운데 열두 명쯤이 한 친구의 집에서 수잔과 만났습니다. 이후에도 모임이 이어졌고, 매번 이전보다 더 많은 사람이 모였으며, 몇 달 만에 수백 명이 지역 교회에 가득 모여 그녀의 이야기를 듣고 질문에 대한 답변을 들었습니다.

그녀에 관한 관심이 점점 더 커졌지만, 수잔은 자신을 스승이라 부르는 것을 거절했습니다. 대신에 자신은 우리 모두의 '자연히 일어나는 상태'를 '묘사하는 자'라고 말했습니다. 우리가 자기를 누구라고 생각하든, 자기가 누구인지를 얼마나 크게 착각하게 되었든지 상관없이 그녀는 우리가 실제로는 존재 자체의 바탕이라는 사실을 일깨워 줍니다. 그녀는 이것을 '드넓음'이라고 부르는데, 그것은 모든 것을 이루며 모든 것이 그 안에 있는 무한한 실체입니다. 이 드넓음은 특정한 사람에게 속한 것이 아닙니다. 사실은 그것이 속할 수 있는 '분리된 자아'가 어디에도 없습니다.

《요가 저널》 편집장으로 10년간 일하면서 나는 영적 스승으로 자처하는 사람들에게 건전한 회의를 품게 되었습니다. 하지만 편집자이자 조언자, 친구로서 수잔과 많은 시간을 보낸 뒤, 나는 스승도, 구루도, 성자도 아닌 이 놀라운 여성이 이 책에서 스스로 묘사하는 그대로의 인물이라고 자신 있게 말할 수 있습니다. 진정으로 거기에는 아무도 존재하지 않으며, 이러한 부재 속에서 무한이 드러납니다.

나는 우리 비이원적 본성의 영원한 진실들을 표현하는 수잔의 독특한 방식이, 평소에는 이러한 진실들에 끌리지 않던 많은 사람에게 다가갈 잠재력이 있다고 믿습니다. 그리고 이 책은 영적 고전이 될 것으로 생각합니다. 이 책이 세상에 나오는 데 일조하게 되어 기쁩니다.

1996년 6월
캘리포니아 밀 밸리에서
스테판 보디안

머리말

　서구인으로서 영적 변형을 추구하는 우리는 우리의 이야기를 나눔으로써 서로 도울 필요가 있습니다. 우리는 동양인과는 다른 방식으로 영적 체험을 합니다. 그러니 서구인의 시각에 맞는 영적 영역의 지도를 제공할 새로운 '영적 고전'을 만들기 위해 우리가 겪은 변형들의 기록을 모아야 합니다. 앞서간 이들의 이야기가 묘사하는 길은 그 후로 새로운 건물들이 들어서며 모습이 달라졌습니다. 길이란 원래 그런 것입니다. 우리가 길들을 완벽하게 안다고 생각할 때쯤이면 누군가 와서 새로운 주유소나 식료품점을 짓고 새로운 신호등을 설치합니다. 그래서 우리는 지형지물을 이용해 다시 길을 찾아야 합니다.

　이어지는 이야기는 현대판 영적 고전에 내가 보태는 기록입니다. 여기에는 개인적 정체성이 완전히, 돌이킬 수 없이 산산이 부서진 뒤 걸어온 14년간의 여정이 담겨 있는데, 내가 나 자신(개인적인 자아)이라고 부르던 모든 것이 그때 영원히 사라져 버렸습니다. 이러한 심오한 변형은 동양의 수많은 영적 고전에 기술되어 있습니다. 그러나 나의 문화적 믿음들, 성장 배경, 가치관, 두려움 때문에 나는 그 경험을 지극히 서구적인 방식으로 맞닥뜨렸습니다. 그 경험은 내가 이전에 상상하거나 생각해 본 것들과 너무 달랐기에 그 충격을 온전히 받아들이는 데는 10년 넘게 걸렸습니다. 그 기간에 '나라는 것'이 텅 비어 전혀 붙잡을 수 없게 되자 마음은 심한 공포에 시달리며 힘들어했는데, 이 시기에 도움을 받기 위해 비슷한 체험을 기록한 글이 있는지 찾아보았지만 전혀 발견하지 못했습니다. 이 책은 개인적 자아의 공백이 상상할 수 없는 방식으로 전면에 불쑥 나타나는 경험을 하게 될 이들에게 이해의 틀과 길동무를 제공하고 싶은 바람에서 탄생했습니다.

무아(無我, 자아 없음) 체험은 개인의 역사가 멈추게 하며, 그 모든 사건과 연관되어 있던 '개인'은 영원히 사라집니다. 개인의 역사는 그저 이야기일 뿐, 지은이 없는 서사, 개인적인 의미가 없는 사건들로 남게 됩니다. 그것은 더이상 '나'에게 속하거나 '나'를 가리키지 않습니다.

서구에서는 세상에서 제대로 살아가려면 개인적 자아가 반드시 있어야 한다는 믿음이 있습니다. 자아가 한 사람의 모든 것을 통합하고 존재하게 하는 바탕이라고 여깁니다. 자아가 없으면 사람은 바보나 정신 이상의 상태로 전락할 것이라고 믿는데, 그 어느 것도 진리로 깨어난다는 개념과 맞지 않습니다.

서구인인 우리는 개인적 자아가 없다는 사실이 드러날 가능성에 두려움을 느끼지 않을 수 없습니다. 서구에서는 개인적 자아에게 가장 높은 가치를 부여하기 때문입니다. 이 이야기는 개인이라는 기준점 없이 매 순간을 살아가는 상태를 묘사하는데, 그런 상태라도 생활하는 데 별문제가 없음을 분명히 보여 줍니다. 이 '개인적 자아를 넘어선 삶'의 기록은 앞서간 이들이 묘사했던 삶을 현대적인 모습으로 보여 주면서도, 그들이 글에 담지 않았던 여정 자체의 경험을 더해 줍니다. 설령 그들이 그런 여정의 경험을 묘사했더라도, 그들은 자신의 경험을 폄하하거나 병적인 것으로 보지 않고 오히려 존중하던 문화적 환경에서 살았으므로 오늘날과는 틀림없이 크게 달랐을 것입니다.

편집자의 제안으로 '나'가 더는 존재하지 않게 되기 이전의 '나'였던 시절의 이야기를 책에 담았습니다. 개인적 자아가 사라지기 전 수잔 시걸이었던 사람에 관해 쓰는 것은 쉽지 않은 일이었습니다. 그 삶의 이야기는 더이상 존재하지 않는 등장인물에 관한 허구에 불과합니다. 이 책을 쓰고 있는 사람은 개인의 정체성은 텅 비어 있지만, 깨어남이 어떠할 것이라는 전통적인 관념과는 들어맞지 않는 이야기의 기억을 지닌 사람입니다. 사실, 깨어남이 기존의 통념과 다를 수 있다는 깨달음이야말로 이 삶이 전달하고자 하는 가장 중요한 메시지 중 하나입니다.

수잔 시걸의 이야기를 읽으면서, 그 후 자아가 사라지게 된 일의 '원인'을 어린 시절의 사건에서 찾으려는 실수를 저지르지 마세요. 여기에는 선형적인 인과관계가 작용하지 않습니다. 우리 문화에서 강한 영향을 미치는 서구 심리학으로 인해, 많은 사람이 인간의 모든 경험은 유년기에 뿌리를 두고 있으며 심리학 이론으로 삶의 어느 시점이든 설명할 수 있다고 믿게 되었습니다. 우리의 과거 사건들은 비개인적인 것이 아닌 개인적인 것에 관해 얘기해 주며, 보편적인 참된 자기가 아니라 개인적인 자기에 관해 이야기합니다. 이 이야기는 환원주의적으로 분류하거나* 심리학적으로 병리화하려는 경향을 삼가고 넓게 열린 의식으로 읽는 것이 중요합니다.

또한 이 글을 읽으면서, 언어의 형식적 제약 때문에 개인의 경험이 아닌 것을 전달할 때도 인칭대명사를 쓸 수밖에 없다는 점을 기억해 주세요. 당신이 지면에서 읽는 '나'는 아무도 가리키지 않지만, '나', '나를', '나의'와 같은 단어들을 쓰지 않고는 이야기를 이어 갈 수 없습니다. 모든 것을 포함하는 그 신비는 한없이 드넓습니다.

---

* 사람의 행동을 오로지 유년기 경험이나 특정 심리적 반응으로만 설명하려 하거나, 깨달음이라는 심오한 경험을 몇 가지 정해진 단계나 증상으로만 규정하려는 시도 등을 말한다.

그날,
무아無我를 만났다

1. 어린 시절

나는 침묵을 다시 만났습니다.
처음 만난 때가 언제였는지는 알지 못했지만,
그 침묵이 현존하던 한순간만으로도
우리의 재회를 기뻐하기에 충분했습니다.
침묵은 나의 첫사랑이었습니다.

어릴 때 나는 내 이름에 관해 자주 명상했습니다. 일고여덟 살 무렵, 거실에 있는 긴 하얀색 소파에 다리를 꼬고 앉아서 눈을 감고 내 이름을 계속 되뇌었습니다. 그 이름은 반복할 때마다 내 마음속에 울려 퍼졌는데, 처음에는 뚜렷하고 확실하게 느껴졌습니다. 내 이름, 그게 나였습니다. 그 느낌은 반복하고 반복하고 반복할수록 점점 희미해지더니, 어느 경계선을 넘어서자 그 이름을 나 자신으로 여기던 정체성이 끊어져 버렸습니다. 마치 닻줄에 매여 있던 배가 갑자기 풀려난 것 같았고, 어디에도 매이지 않은 채 바다의 물결 위를 떠다니는 것 같았죠. 드넓음이 나타났습니다. 이름은 그저 단어에 불과한 것, 드넓은 허공 속에서 울리는 소리의 묶음에 불과한 것이 되었습니다. 그 이름이 가리키는 사람도, 그 이름을 나 자신으로 여기는 정체성도 없었습니다. 아무도 없었죠.

그러자 공포가 밀려왔고, 심장은 귓가에서 방망이질 쳤고, 공포로

허파가 꽉 조여들어 숨쉬기가 힘들었습니다. 나는 멈추고 소파에서 일어나 걸어 다니며, 어떻게든 그 드넓음에서 빠져나와 그 이름의 정체성으로 다시 돌아가려고 애썼습니다. 어린아이가 감당하기에는 너무나 두려운 일이었죠. 하지만 그날 늦게 나는 다시 소파로 돌아와 앉아서 이름을 되뇌기 시작했습니다.

어째서 그런 수행을 하게 되었는지, 그렇게 할 생각이 어떻게 떠올랐는지는 알지 못합니다. 하지만 어린아이였을 때 매일 하던 수행에서 일어난 일, 곧 개인이라는 정체성이 떨어져 나가고, '나'라는 것이 해체된 일은 나의 변함없는 현실이 된 심오하고 영구적인 상태를 위한 하나의 준비 단계, 전조였을 뿐입니다. 그 이름이 벗겨져 나가고 그 자리에 커다란 텅 비어 있음이 남았을 때, 이 여정이 시작되었습니다. 이야기는 여기에서 시작됩니다.

❋ ❋ ❋

나는 이 나라에 이민 온 부모님의 둘째 아이이자 외동딸이었습니다. 아버지는 겨우 5살 아이일 때, 어머니는 28살일 때 미국에 왔습니다. 부모님은 두 분 다 평생에 걸쳐 혹독한 고난을 겪었지만, 특히 어머니에게서는 인간의 잔혹함을 수십 년간 목격한 이의 애잔한 슬픔이 배어 나왔습니다. 홀로코스트* 생존자였던 어머니의 슬픔은 깊고 단

---

* 제2차 세계대전 중 나치 독일이 약 600만 명의 유대인을 포함해 집시, 장애인, 폴란드인, 슬라브계 민족, 정치범, 성소수자, 여호와의 증인 등 수백만 명을 강제수용소, 게토, 집단 학살 현장에서 체계적으로 박해하고 살해한 사건.

단해서 시간이 지나도 줄어들지 않았습니다.

아버지는 외적으로 강인해지는 방식으로 어린 시절의 고난을 이겨 냈는데, 이는 아버지가 자기 분야에서 가장 성공한 사업가 중 한 명이 되는 데 도움이 되었습니다. 자수성가한 아버지는 정규 교육을 거의 받지 않고도 놀라운 수준의 물질적 성공을 거둔 이민자 세대의 일원이었습니다. 제국을 건설하겠다는 포부를 품고 출발해서 결국 그 꿈을 이루는 데 성공했죠. 그는 자신이 원하는 수준의 아름다움과 예술적 재능을 모두 갖춘 여인을 선택했고, 어머니를 안 지 겨우 2주 만에 청혼했습니다. 어머니는 전쟁 중에 폴란드 강제 노동 수용소를 탈출한 후 이탈리아에서 살다가 막 이 나라로 온 참이었습니다.

네 살 때 나는 글 읽는 법을 몹시 배우고 싶었습니다. 어머니와 함께 공공 도서관에 가서 어린이 방에 앉아, 무릎 위에 커다랗고 화사한 색깔의 책 한 권을 펼쳐 놓고 몇 시간씩 앉아 있곤 했습니다. 하얀 종이 위에 검은 선으로 쓰인 글자들을 뚫어지게 바라보며, 그 신비로운 암호를 풀려고 온 힘을 다해 애썼죠. 두세 단어쯤은 알아볼 수 있었고 그때마다 기뻤습니다.

나는 어머니에게 내가 가장 좋아하는 이야기책들을 하루에도 여러 번 읽어 달라고 졸랐는데, 윤이 나는 종이에 만화 같은 그림들이 그려진 커다란 책들이었습니다. 어머니 무릎에 앉아 어머니가 읽는 것을 주의 깊게 보면서 모든 단어를 외웠고 페이지들을 정확히 언제 넘겨야 하는지도 알게 되었습니다. 어머니의 친구들이 찾아오면 나는 최대한 어른스러운 목소리로 흥분해서 책들을 '읽어' 주었고 딱 맞는 곳에서 페이지를 넘기는 모습을 보여 주며 자랑스러워했습니다. 부모님이 집에서 많은 사람을 초대하는 큰 모임을 열면, 나는 부엌에서 작은 의자를 끌어와 올라가서 내가 외운 이야기들을 들려주었습니다. 그런 이야기들을 아는 사람, 그런 이야기들을 들려주는 사람이라는 데서 오는 깊은 즐거움을 느꼈습니다. 지금도 부모님의 친구들을 만날 때면 그분들은 어김없이, 내가 프릴 달린 파티 드레스와 에나멜 구두를 신고 부엌 의자 위에 서서 이야기들을 들려주던 시절을 아련하게 회상합니다.

어머니가 물려준 것 가운데는 슬픔만이 아니라 두려움도 있었습니다. 어렸을 때 나는 어머니가 집을 나설 때마다 무서웠습니다. 너무 무서워서 어머니의 목소리라도 듣기 위해 전화했고, 어머니와 아버지가 정확히 언제 집에 돌아올지 알려달라고 부탁하곤 했습니다. 그리고는 차량 진입로가 보이는 창가에 서서 마치 불침번을 서는 사람처럼 어둠 속을 응시하며, 그분들이 돌아오기를 애타게 기다렸습니다. 그분들이 탄 차가 진입로로 들어서는 걸 보고서야 비로소 잠자리에 들었죠. 여러 세대에 걸친 두려움이 어머니를 거쳐 내게 전해졌고, 어머니에 대한 사랑 때문에 나는 망설임 없이 그 두려움을 짊어졌습니다. 어쩌면 지나치게 무거워 보이는 그분의 짐을 조금이라도 덜어드리고 싶었는지도 모릅니다.

❋　❋　❋

　고등학교 시절, 어머니는 내가 사귀는 친구들을 보며 늘 걱정했습니다. 내가 나쁜 영향을 미치는 '문제아들'과 어울리고 있다고 굳게 믿었죠. 당시 내 친구들이 '혁명가들'이었던 것은 사실이지만, 어머니는 내가 항상 친구들을 관찰하기만 했다는 것은 알지 못했습니다. 나는 60년대 후반과 70년대 초반의 반(反)문화 운동*에 실제로 참여하지는 않고 지켜보기만 했습니다. 어떤 경험에든 두려움 없이 뛰어드는 친구들을 선택했지만, 나 자신은 두려움에 너무 사로잡혀 그저 지켜볼 수밖에 없었죠.

　내가 열다섯 살 때 어머니는 그분의 이모와 함께 이탈리아로 떠났습니다. 전쟁이 끝난 뒤 그곳으로 탈출했을 때 자신을 도와준 사람들을 만나기 위해서였습니다. 이 여행 중에 어머니는 비통함이라는 괴물에 사로잡혀 깊은 우울증에 빠졌고, 돌아오자마자 열흘간 정신병원에 입원해야 했습니다. 어머니가 입원해 있는 동안 나는 집안의 '임시

＊　반문화(counterculture)는 사회의 지배적인 문화적 규범과 가치에 저항하며 대안적인 가치관과 생활 방식을 추구하는 사회 운동이나 하위 문화를 의미한다. 특히 1960년대 후반부터 1970년대 초반까지 미국을 중심으로 서구 사회 전반에 확산된 반문화 운동은 기성세대가 대표하던 물질주의와 권위주의적 사회 질서에 도전하며, 시민권, 여성 해방, 반전·평화주의, 환경 의식 등 새로운 사회적 가치의 실현을 추구했다. 기존 제도 종교에 대한 회의와 의식 확장에 관한 관심 속에서 명상, 요가, 선불교, 힌두 전통 등 동양의 사상과 영성이 대안적 삶의 방식으로 적극 수용되었다. 1970년대 이후 운동의 열기는 점차 분산되었지만, 이 시기가 남긴 문화적, 정신적 유산은 개인의 영적 탐구, 자기성찰, 대안적 삶의 방식에 대한 현대적 관심에 깊은 영향을 미쳤다.

엄마' 역할을 맡아 오빠와 남동생, 아버지를 최선을 다해 돌보았습니다. 그때 어머니와 나의 역할이 바뀌었고, 다시는 원래대로 돌아오지 못했습니다. 어머니가 퇴원한 뒤에도 나는 어머니가 가고 싶어 하는 곳이라면 어디든 차로 모셔다 드렸고, 옷이나 식료품 사는 일을 도왔으며, 학교에서 집으로 돌아오면 집안일을 돌보았습니다.

한편, 나는 이런 삶의 패턴에 대한 반작용을 겪고 있었고, 그 때문에 미래에 대한 절망과 분노로 가득 찬 폭풍 같은 청소년기를 보냈습니다. 이러한 불안정한 심리상태는 당시 사회 전반의 격변과 맞물려, 내 혈관 속 피처럼 흐르던 슬픔에서 벗어나는 쪽이든 위안을 얻는 쪽이든 두려움을 안은 채 찾아 나서도록 나를 내몰았습니다.

졸업하는 해 여름, 나는 '자연 체험형 리더십 교육[*] 프로그램에 참여하기 위해 와이오밍의 산악 지대로 향했습니다. 고등학교 시절은 청소년기의 경험이 흔히 그렇듯이 혼란과 갈등, 새로운 시도들로 점철된 4년을 안겨 주었고, 내가 살던 교외 지역의 환경은 나를 옥죄고 감성을 억누르며, 뭐라 말할 수 없는 자유를 갈망하는 내면의 열망을 짓밟는 것 같았습니다. 나는 스무 명의 청소년, 네 명의 성인 안내자와 함께 윈드 리버 산맥에서 6주 동안 지내는 과정에 등록했는데, 이 기간에 고산지대에서 하이킹과 야영을 하며 생존 기술, 급류 타는 법, 지구를 존중하며 걷는 법을 배울 예정이었습니다.

---

[*] 아웃워드 바운드(Outward Bound)는 도전적인 야외 활동(등반, 래프팅, 생존 훈련 등)을 통해 개인의 잠재력을 개발하고 리더십, 문제 해결 능력, 회복력, 자신감 등을 함양하는 체험 중심 교육 프로그램이다.

오래전부터 아주 친숙하게 알고 있지만 세상에서는 만난 적이 없는 드넓음을 체험하고 싶었습니다. 그리고 그 산들에서 그것을 발견했습니다. 매일 밤, 다른 사람들이 잠든 사이, 나는 머리 위로 끝없이 펼쳐진 밤하늘 아래 캠핑장 주변을 거닐며, 밤의 그 광대함에 형언할 수 없이 감동했습니다. 그 산들에서 나는 침묵을 다시 만났습니다. 처음 만난 때가 언제였는지는 알지 못했지만, 그 침묵이 현존하던 한순간만으로도 우리의 재회를 기뻐하기에 충분했습니다. 침묵은 나의 첫사랑이었습니다.

열여덟 살에 명상을 시작했습니다. 레이크 포레스트 대학교에서 첫 학년을 마칠 무렵이었는데, 부모님 댁에서 멀지 않은 작은 사립학교였습니다. 말로 표현하지는 않았지만 마음 깊이 어머니와 동의했던 어떤 이유로, 집에서 가까운 대학교에 다니기로 마음먹었기 때문이죠.

봄 방학 때 오빠 댄이 내게 초월 명상(TM)*에 관해 얘기해 주었습니다. 그때는 1973년이었고, 초월 명상은 당시 대학생들 사이에서 한

---

* 초월명상(Transcendental Meditation, TM)은 인도의 영적 지도자인 마하리쉬 마헤쉬 요기가 보급한 명상 기법이다. 수련 방법은 간단하다. 공인 교사에게 1대 1로 개인 만트라를 부여받은 뒤, 하루 두 번 각 20분씩 눈을 감고 편안히 앉아 그 만트라를 소리 없이 반복한다. 집중하거나 조절하려는 노력 없이 자연스럽게 마음이 고요해지도록 내버려두는 것이 핵심으로, '노력 없는 명상'이라고도 불린다.

창 화제를 모으고 있었습니다. 비틀즈*가 인도에서 마하리쉬 마헤쉬 요기와 함께 지냈다는 소문이 퍼지면서, 그의 독특한 영적 수행법은 그 세대 젊은이들에게 널리 지지받는 분위기였습니다. 레이크 포레스트에서 가장 가까운 초월명상 센터는 시카고 북부 에반스터의 노스웨스턴 대학교 근처의 작은 집에 자리하고 있었습니다.

어느 화창한 봄날 저녁, 나는 그 센터에서 열리는 입문 강좌에 참석했습니다. 키 크고 마른 두 명의 청년이 강연을 했는데, 나이와 시대에 어울리지 않게 정장에 넥타이, 윙팁 구두 차림이었습니다. 그들은 차분하고 조용한 목소리로 명상의 효능과 자신들의 주장을 뒷받침하는 과학 연구를 소개했고, 명상을 배우는 데 필요한 절차와 비용을 설명했습니다. 그날 밤 당장 나는 다음 토요일 아침에 시작하는 과정에 등록했고, 토요일 오전 9시까지 싱싱한 꽃 몇 송이, 과일 몇 개, 깨끗한 흰 손수건을 준비해서 센터로 오라는 안내를 받았습니다.

그날 약속 시간보다 일찍 도착했고, 몇 가지 서류를 작성해 달라는 요청을 받았는데, 지도교사가 내게 줄 만트라를 고르는 데 필요한 정보라고 했습니다. 대기실에서 기다리고 있던 나를 지도교사인 로스가 작은 침실로 불렀습니다. 그곳에는 제단이 있었고, 그 위에는 호랑이 가죽 위에 가부좌를 틀고 앉아 있는 엄숙한 표정의 인도 남성 사진이 커다란 금색 액자에 담겨 있었습니다. 그는 내가 가져온 과일과 꽃,

---

* 1960년 영국 리버풀에서 결성된 록 밴드. 존 레넌, 폴 매카트니, 조지 해리슨, 링고 스타로 이루어진 비틀즈는 1960년대 세계 대중음악의 흐름을 혁신하고 현대 대중문화 전반에 지대한 영향을 미쳤다.

손수건을 작은 바구니에 담아 제단에 올렸고, 그중 꽃 한 송이를 골라 말없이 내게 건넸습니다. 나는 그 옆에 조용히 서서 꽃을 든 채, 사진 속 엄숙한 남자의 눈을 바라보았습니다. 그는 남은 꽃들을 집어 들더니, 그중 하나를 물이 담긴 듯한 작은 놋쇠 그릇에 담갔다가 꺼낸 뒤 산스크리트어로 가락에 맞추어 노래하기 시작했습니다. 그가 내 쪽을 한 번도 쳐다보지 않았기에 나는 그저 지켜보면서, 명상할 시간이 되면 그가 알려 주리라 생각하며 기다렸습니다.

그는 4, 5분가량 노래를 부르면서, 사진 속 인물의 발치에 놓인 직사각형 놋쇠 쟁반 위에 꽃, 과일, 손수건을 차례로 올려놓아 그분에게 바쳤습니다. 공양물마다 따로 노래가 있었습니다. 마침내 모든 공양을 마친 그는 제단 앞에 무릎을 꿇고 이마를 바닥에 잠시 댔습니다. 그 뒤 일어서서 나를 향해 몸을 돌리며 뭐라고 읊조렸는데, 그 소리는 처음에는 산스크리트 주문의 일부처럼 들렸지만, 나는 곧 그것이 나에게 주는 만트라임을 깨달았습니다. 그는 나를 엄숙하게 바라보며, 자신이 하는 대로 만트라를 따라 하되 평소 어조로 소리 내어 반복하라고 말했습니다. 내가 만트라를 따라 하자 그는 고개를 끄떡였고, 내 바로 뒤에 있는 의자에 앉으라고 손짓을 했습니다.

나는 만트라를 소리 내어 계속 반복했습니다. 잠시 후 그는 되풀이할 때마다 점점 더 낮은 목소리로 하라고 지시했고, 나중에는 소리 내지 말고 마음속으로만 반복하라고 했습니다. 나는 눈을 감고 명상을 시작했습니다. 몇 분이 지나자 마음이 차분해지는 것이 느껴졌습니다. 몇 분이 더 지난 뒤에는 앞으로 평생 명상을 하게 되리라는 것을 직감했습니다. 그 의자에 앉아, 산스크리트 단어를 마음속으로 되뇌는 동안, 나는 사랑하는 침묵의 품속으로 부드럽게 이끌려 들어갔습니다.

✳ ✳ ✳

대학 1학년을 마칠 무렵, 왠지 모를 불안감이 느껴지기 시작했고, 정든 교외의 삶을 떠나야 할 때가 왔음을 알았습니다. 나는 워싱턴주 올림피아에 있는 대학교에 편입하기로 했습니다. 그곳에서는 60년대의 비전(vision)*을, 주 정부가 승인한 교육 시스템에 통합하려는 혁신적이고 실험적인 프로그램이 막 시작된 참이었습니다. 에버그린 주립 대학교에서 나는 크나큰 자유를 경험했습니다. 무척이나 아름다운 자연환경에서 생활하며, 우리가 공유하는 이상주의와 젊음의 에너지가 선사하는 무한한 가능성에 들떠 있던 사람들, 뜻이 맞는 사람들에게 둘러싸여 있었기 때문입니다. 거기서 나는 초월명상 상주 지도교사인 댄을 만났고, 그의 우정으로 영적 세계의 놀라운 신비와 더 친숙해졌습니다.

댄은 나의 가장 가까운 친구이자 첫 영적 동반자가 되어, 설명할 수

---

* 1960년대 서구 반문화 운동이 지향했던 거대한 시대적 열망을 가리킨다. 인권, 여성 해방, 반전 평화, 환경 의식 등 진보적 가치를 추구하는 동시에, 물질주의의 대안으로 인간 존재의 본질과 내면의 영성을 회복하고자 했다. 기성 권위와 지배적 가치관에 도전하며 사회의 근본적 변화를 꿈꿨던 이 역동적인 집단 상상력은 단순한 저항을 넘어 새로운 삶의 양식을 제안하는 비전이 되었다.

없는 것, 초월적인 것, 형언할 수 없는 것에 대한 설렘과 흥분을 함께 나누었습니다. 우리는 침묵 속에 함께하는 동반자였고, 해질녘 산책 길에 캠퍼스 주변의 무성한 양치식물 숲을 거닐며 취할듯한 고요함을 음미했습니다. 어느 날 저녁, 우리는 꽤 늦게 산책을 나섰습니다. 밤은 칠흑같이 어두웠고, 짙은 구름에 가려 별조차 보이지 않았습니다. 숲으로 들어서자 댄이 오른팔을 앞으로 뻗어 왼쪽에서 오른쪽으로 공기를 쓸어내리듯 휘저었습니다. 몇 초쯤 지난 뒤 공기 분자들에서 가느다란 빛줄기들이 나와 우리의 길을 비추어 주었습니다. 식물들은 저마다 은은한 빛을 발했고, 우리가 숲으로 더 깊이 들어갈수록 그 빛은 점점 더 퍼졌습니다. 내가 놀라워하자 댄은 온화한 눈길로 나를 돌아보았습니다.

“이 빛은 늘 우리와 함께 있어. 모든 생명에 깃들어 있지. 밤처럼 보일 때도 우리는 어둠 속에 있지 않아. 네가 보는 이 세상이 처음 보이는 그대로가 아니라는 걸 잊지 마.”

“어떻게 그렇게 한 거야? 네가 이 모든 걸 빛나게 했잖아.” 내가 물었습니다.

“아니, 내가 한 게 아니야.” 그가 말했습니다. “난 단지 매 순간 항상 현존하는 것을 네게 보여 주고 있을 뿐이야. 우리는 거기에 주의를 기울이기만 하면 돼. 그건 내가 만들어 낸 게 아니야. 나는 네게 가리켜 보일 뿐이지.”

2. 초월적 세계를 경험하다

나는 초월적인 앎의 바다에 나 자신을 맡겼고,
내 걱정들을 그 물결 위에 띄워 보냈으며,
머지않아 물결에 실려 '합일 의식'의 바닷가에
닿을 것이라는 약속에 마음이 놓였습니다.

나는 내가 지금 무얼 하는지 알까요?
숨 한 번, 아니 반 번 쉬는 동안이라도
내가 나의 주인일까요? 그렇다면
펜은 자신이 지금 무얼 쓰고 있는지 알 테고,
공도 다음에 어디로 튈지 짐작할 수 있겠죠.
_루미

에버그린 대학교에서 성탄절 방학을 보내면서, 가까운 다른 대학교에서 열리는 명상 수련회에 등록했습니다. 이 무렵 나는 명상을 시작한 지 여덟 달쯤 되었는데, 명상 중에 겪은 심오한 체험들과 친구 댄의 영향으로 영적 영역에 더 큰 매력을 느끼고 있었습니다. 오빠도 나와 함께 이 수련회에 참가하기 위해 대학교에서 왔는데, 친구 릭을 데리고 왔습니다.

수련회 동안 나는 초월적 세계를 처음 경험했는데, 이 강렬한 체험은 이제까지 들었던 어떤 설명과도 들어맞지 않았고, 아무리 애써 설명하려 해도 설명할 수 없는 어떤 것을 묘사하려다 실패해 느끼게 되는 (곧 익숙해질) 좌절감을 처음 맛보게 했습니다.

그동안 초월 경험에 관해 여러 가지 설명을 들었습니다. 시간이 정지한 듯한 생각의 틈새, 만트라가 사라지는 고요의 순간, 무슨 말인지 모를 '생각의 근원' 같은 설명들이었죠. 하지만 기쁨에 찬 내 마음에서 벌어진 일에 들어맞는 설명은 들어 본 적이 없었습니다. 나는 거대한 자석 같은 강력한 힘에 붙들려 무한한 속도로 빛의 터널로 끌려들어 갔습니다. 동시에 터널 자체도 무한한 속도로 바깥을 향해 팽창하며 굉음을 냈고, 그 소리는 무한함이 빛 속에서 폭발할 때 귀청이 터질 듯 절정에 달했습니다. 폭발의 순간, 어떤 경계를 넘어서는 일이 일어 났습니다. 잴 수도 없이 짧은 순간에 보이지 않는 격렬한 불길이 모든 것을 집어삼켰고, 모든 현상을 뒤집어 놓으며, 모든 창조물의 이면, 즉 공(空, 텅 비어 있음)을 드러냈습니다.

수련회 첫날 아침, 명상을 시작한 지 거의 3시간 만에 눈을 뜨고 방 석에서 일어났는데, 마치 술에 취한 것 같았고 내 몸이라는 감각도 없 이 걸었습니다. 세상이 더는 이전 같아 보이지 않았고, 단단하던 물체 들은 훤히 드러난 투명한 침묵으로 변해 있었습니다.

나는 오빠와 그의 친구에게 무슨 일이 일어났는지 말하려고 했습니 다. 억지로 입을 열어 소리를 내자, 단어들이 내 입술 밖으로 나가면 서 서로 부딪치고 공기 중으로 함께 떨어지며 의미를 모아 갔습니다. 두 사람은 뭐라고 말해야 할지 몰랐고, 내가 조금 멍해 보인다고 여겼 습니다. 나는 내가 뭘 잘못하고 있는지도 모른다고. 이 일에 관해 지 도교사들에게 얘기해야겠다고 생각했습니다.

그래서 수련회 지도자 중 한 사람을 따로 불러내어 내 체험을 설명했습니다. 그는 차분한 미소를 지었습니다. 내 눈은 그의 얼굴에 제대로 초점을 맞출 수 없었고, 그가 입을 열어 말하자 나뭇가지 사이로 쏟아지는 햇살처럼 그의 입에서 빛이 뿜어져 나오는 것 같았습니다. 그는 우리가 명상하는 동안은 아무것도 우리를 해칠 수 없으며 명상할 때 겪는 경험은 무엇이든 좋은 경험이라는 마하리쉬의 가르침을 전해 주었습니다. 그리고 미소 지으며 "그냥 그 지복을 즐기세요"라고 부드럽게 말했습니다. '지복(至福, 더없는 행복)'이라는 말을 듣는 순간, 시원한 알아차림의 바람이 내 안을 스쳐 지나갔습니다. 내가 느끼던 것을 가깝게 묘사할 수 있는 유일한 단어가 바로 '지복'임을 알아본 것을 반기듯이…. 그것은 지복이었습니다.

나의 지각 방식은 평소의 패턴에서 크게 흔들려 벗어나 있었습니다. 사물들에 개별적으로 초점을 맞추는 것이 불가능했습니다. 왜냐하면 사물들 사이의 경계가 배경으로 물러나며 희미해지고, 그 자리에 강한 광채가 들어서면서 시야에 있는 모든 것이 함께 녹아들어 하나의 거대하고 빛나는 덩어리로 변하는 것 같았기 때문입니다.

수련회는 계속 진행되었고, 나는 일정에 따라 명상을 하고 마하리쉬의 비디오 강연을 들었습니다. 그러면서 의자에 앉아 있고, 방을 찬찬히 둘러보고, 대화하고, 웃고, 숨 쉬고, 생각하는 가장 단순한 지각의 순간들이 근본적으로 달라진 경험을 기쁘게 즐겼습니다. 이러한 지각의 변화는 몇 주간 지속되다가 알아차리기 힘들 만큼 서서히 희미해졌고, 경계와 구분이 내 지각의 장(場)에서 다시 전면으로 나왔습니다.

그 수련회를 통해 나는 신비의 영역으로 들어섰고, 사춘기의 권태감에서 벗어나 지복의 품으로 뛰어들었습니다. 그리고 그림이 완성되듯 오빠 친구 릭과 사랑에 빠졌습니다. 우리는 복도에서 춤을 추었고, 음정을 무시하며 새벽이 올 때까지 노래했습니다. 들떠 잠들지 못하며 달을 보고 울어 대는 길고양이들처럼…. 그는 유쾌한 남자였습니다. 따뜻하고 재능 있고 총명하고 영적 호기심과 깊은 감정으로 가득하면서도 나를 두렵게도, 설레게도 할 만큼 무모하게 사랑할 줄 아는 사람이었습니다. 난생처음 낭만적인 사랑의 폭풍을 경험했습니다. 우리의 관계는 명상 수행으로 덩굴처럼 얽혀 있었고, 현실적으로도 영적으로도 동반자로서 단단히 결속되어 갔습니다.

우리 둘 다 명상 지도교사가 되기로 결정한 것은 너무나 당연한 일이었습니다. 우리가 달리 무엇을 할 수 있었을까요? 우리는 학년을 마친 뒤, 8월에 시작될 지도교사 연수 과정에 참여하기 위해 1년 휴학하기로 했습니다. 오빠도 초월명상에 더 깊이 참여하고 싶어 해서, 1974년 8월 오빠와 나, 릭은 기대와 설렘으로 가득 차 있던 백여 명의 미국인 명상가들과 함께 초월 명상 지도교사 훈련을 받기 위해 이탈리아 북부의 산악 지역으로 떠났습니다.

초월명상 조직은 이탈리아의 아름다운 알프스 산악 마을 리비뇨에 있는 휴양 호텔들을 임대하여, '성스러운 전통'을 배우는 데 필요한 모든 편의를 제공했습니다. 우리는 명상, 요가 아사나(자세), 프라나야마(호흡 조절)가 차례로 진행되는 '라운딩(rounding)'을 매일 아침 5

시간, 오후 5시간씩 수행하도록 지도받았습니다. 매일 10회에서 12회 정도 '라운드'를 해야 했고, 각 라운드를 마무리하는 데는 1시간쯤 걸렸습니다.

우리는 수련 기간에는 중대한 결정을 내리지 말라는 강한 경고를 받았습니다. 집중 명상으로 인해 '스트레스 해소(unstress)[*] 과정을 겪을 수 있기 때문이라고 했는데, 우리는 그 상태를 두려워하면서도 줄곧 농담거리로 삼곤 했습니다. 마하리쉬는 원래 여러 차례 우리를 방문할 예정이었지만, 실제로는 수련 막바지에 딱 한 번만 그를 보았습니다. 그는 도착해서 우리를 교사로 임명하고, 우리가 앞으로 학생들을 가르칠 때 사용할 만트라를 전수해 주었습니다.

마하리쉬 전통의 훈련은 매우 엄격했습니다. 그는 모든 내용을 글자 하나하나까지 외우도록 요구했는데, 그 표현 방식은 전형적인 미국식 화법이라기보다는 영어를 사용하는 인도인의 말투에 가까웠습니다. 예를 들면, "좋습니까? 쉽습니까?" 같은 식이었죠. 마하리쉬는 자신의 가르침에 관해서는 어떠한 창의적 변형도 허용하지 않았고, 그 순수성이 조금이라도 흐려지는 것을 원치 않았습니다. 그래서 우리는 우리 미래의 학생들에게 명상을 가르치고 확인하고 검증하는 모든 부분에서 그가 직접 고른 문구들을 경건한 마음으로 수없이 반복해 읽었고, 마침내 그 말들이 꿈속에서도 반복될 정도가 되었습니다.

긴 시간 명상을 하자 몇몇 사람이 기억 기능에 꽤 혼란을 겪었지만,

---

[*] 깊은 명상 상태에서 신경계가 깊이 이완되며, 그동안 신경계에 누적되어 있던 신체적, 심리적 긴장과 그 흔적들이 자연스럽게 드러나고 방출되며 해소되는 과정.

우리 대부분은 젊고 회복력이 강한 집단이라 정신 기능에 가해지는 다층적인 공세를 버텨낼 수 있었습니다. 하지만 몇 사람은 그 강도를 견뎌 내지 못했고, 이들이 교육 지도자들과 마찰을 빚는 광경을 몇 차례 목격했습니다. 지도자들은 '스트레스 해소' 과정에서 부작용을 너무 많이 보이는 사람들을 연수 과정에서 제외했습니다. 지도교사 훈련을 이수하기에 부적합한 후보로 판단했기 때문입니다.

'천사들의 목소리'를 듣기 시작한 어떤 여성은 교육 지도자의 옆방으로 옮겨졌고, 명상 시간을 점차 줄여서 나중에는 하루에 20분만 명상하라는 지시를 받았습니다. 이후에는 교육 과정을 떠나 달라는 요청을 받았습니다. 그녀는 격분하여 그 결정에 관해 마하리쉬와 단독 면담을 하게 해 달라고 요구했습니다. 그녀의 요청은 거절당했고, 방문 앞에 경비원이 배치되어 그녀가 방을 떠나거나 연수받는 사람들과 얘기하지 못하게 막았습니다. 그녀의 방에서는 비명과 고함, 발작적인 울음소리가 새어 나왔지만, 그녀를 다시 보지는 못했습니다. 나중에 교육 지도자가 귀띔해 주었는데, 그녀는 괜찮고 가족 한 명이 와서 데려갔다고 했습니다.

연수 과정이 끝날 무렵, 마하리쉬가 오기 직전에 한 젊은 남자가 심각한 편집증 증세를 보이기 시작했습니다. 그는 호텔 복도를 배회하다가 객실 문간에서 불쑥 튀어나와 큰 소리로 떠들며 횡설수설했습니다. 공산주의자들의 음모가 있다느니, 스파이가 망원경으로 그의 창문을 지켜보고 있다느니, 자기 방에 도청 장치가 설치되어 있다느니

하는 이야기들이었죠. 그는 마하리쉬가 호텔에 들어설 때 내부에 숨어 있는 위험을 경고하기 위해 막아서려 했지만, 마하리쉬는 그에게 미소를 지으며 분홍색 장미를 건넨 뒤, 그가 더이상 접근하지 못하게 하도록 교육 지도자에게 신호를 보냈습니다. 곧 그 젊은 남자를 집으로 돌려보내는 조치가 이루어졌습니다. 솔직히 말해 우리는 모두 그를 걱정했고, 우리에게는 그런 일이 일어나지 않기를 속으로 기도했습니다.

돌이켜보면, 우리가 오랜 시간 명상하며 강력한 수행에 많이 노출되었는데도, 더 많은 사람이 '골칫덩이'가 되지 않았다는 사실이 놀랍게 느껴집니다. 우리는 자신이 겪고 있던 스트레스 해소 과정의 경험에 관해 서로 많이 얘기하지는 않았습니다. 누군가 엿듣거나, 맥락과 다르게 와전되거나, 교육 지도자에게 보고될지 모른다는 두려움을 다들 직감해서 그랬겠죠. 결국 불신의 분위기가 우리 주변에 감돌며 점차 가까워지고 있다는 사실을 깨달았지만, 누구도 상황의 심각성을 인정하려 하지 않았습니다.

나는 돌아가는 상황에 관해 너무 깊이 생각하지 않으려 애썼습니다. 거기에서 배우는 것들에 흥분되고 매료되어 있었으며, 고대의 지혜를 내 것으로 흡수하면서 '성스러운 전통'의 한 자리를 차지한 것을 영광으로 여겼죠. 이 모든 일을 겪는 동안, 나는 고작 스무 살이었어요! 단체 안에서 돌아가는 걱정스러운 일들만 외면할 수 있다면, 내가 상상할 수 있는 가장 완벽한 모습에 가까운 삶을 살고 있다고 느꼈습니다.

'라운딩'을 하던 그 몇 달 동안 명상 중에 겪은 체험들은 경외심을 불러일으키면서도 공포스러웠고, 나는 내 속을 태우고 뼈마디를 뒤흔드는 공포의 뜨거운 숨결에 점점 더 익숙해졌습니다. 지복은 나를 저버렸습니다. 명상하기 위해 눈을 감으면, 곧바로 거대한 드넓음이 나타났습니다. 문턱을 넘어 무한함 속으로 빨려 들어가는 느낌이 점점 더 빨리 찾아왔고, 나는 초월적 장(場)의 텅 빈 공간으로 발을 들여놓는 순간이 두려워 자신을 억제하며 조심스럽게 명상하기 시작했습니다. 내가 다시는 돌아오지 못하고, 며칠 뒤 텅 빈 채로 침대에 앉아 있는 내 몸이 발견될까 봐 겁이 났죠. 나는 속으로 '누군가와 함께 갈 수만 있다면 그렇게 무섭지는 않을 텐데'라고 생각했습니다.

이 체험이 정말 정상적인 명상의 과정이라고는 믿기 어려웠고, 그 강렬함 때문에 내가 어떤 위험에 처해 있을지도 모른다는 걱정이 들었습니다. 그래서 마하리쉬에게 물어보기로 마음먹었지만, 질문할 기회를 실제로 얻은 것은 1년이 지난 뒤였습니다. 그동안 공포는 마치 통제할 수 없는 기생충처럼 내 마음속에 자리 잡고는 점점 더 커졌습니다. 이런 두려움과 씨름하거나 이런 체험을 하는 사람은 나밖에 없는 것 같았고, 그래서 더 괴로웠습니다.

마하리쉬는 우리가 6년에서 8년 정도 명상하면 분명히 깨달음을 얻을 것이라고 말했습니다. 그는 우리가 깨어남의 이정표로 만나게 될 상태들을 구체적이고 자세하게 설명해 주었는데, 이 상태들은 의식이 '합일 의식'의 하나임(Oneness)으로 해방되어 가는 이정표라고 했습니다. 그의 말에 따르면, 깨달음은 세 가지 분명한 단계를 거쳐 옵니다.

첫째는 '우주 의식' 단계인데, 모든 현상과 분리된 채 지켜보는 자, 즉 알아차림이 특징이며, 이것은 깨어 있는 상태, 꿈꾸는 상태, 잠든 상태의 순환에 가려지지 않습니다. 다시 말해, 이 지켜보는 자는 몸과 마음이 잠들었거나 꿈을 꾸거나 세상에서 활동할 때도 계속 '깨어 있는' 상태로 있습니다.

둘째는 '신 의식' 단계로, 이때는 나와 남이 여전히 분리되어 있지만, 드러난 세계를 신성함으로 가득한 것으로 인지합니다. 이 단계에서는 앞에서 초연하면서도 단조로운 상태로 있던 지켜보는 자가 '신 의식' 안으로 사라지는데, 이 의식은 숭고한 지각 영역이며 신성한 사랑으로 가득합니다.

마지막은 '합일 의식' 단계이며, 이때는 의식이 확장되어 모든 창조물을 포함하므로 모든 분리가 사라집니다. 합일 상태는 어떤 이원성도 허용하지 않고, 순수한 하나임에 잠겨 있으며, 최종적이고 완전한 상태입니다. 마하리쉬는 구루 없이는 합일에 도달할 수 없다고 항상 말했습니다. 왜냐하면 합일 상태가 오더라도 우리가 그것을 알아볼 수 없기 때문이라는 것이었습니다. 오직 구루만이 그것을 알아볼 수 있으므로 "그래, 바로 그거야!"라고 말해 주어 제자에게 최종 상태를 전수할 수 있다고 했습니다.

나는 마하리쉬가 합일 의식을 알아봐 줄 것이라는 점이 기뻤습니다. 내가 직접 그것을 알아보기 위해 애쓰거나 염려할 필요가 없었기 때문입니다. 깨달음에 관한 이러한 설명이 당시에는 아주 명확하고 완벽해 보여서, 나는 초월적인 앎의 바다에 나 자신을 맡겼고, 내 걱정들을 그 물결 위에 띄워 보냈으며, 머지않아 물결에 실려 '합일 의식'의 바닷가에 닿을 것이라는 약속에 마음이 놓였습니다.

❋ ❋ ❋

지도교사 연수를 마친 뒤, 오빠와 나, 릭은 미국 중서부 지역으로 돌아왔습니다. 우리는 열정으로 가득 차 있었고, 2년 전 내가 처음 명상을 시작했던 에반스턴의 초월명상 센터에서 곧바로 가르치기 시작했습니다. 매달 수백 명이 수행법을 배우기 위해 찾아오던 시절이라 초월명상 센터에서 일하는 것이 신나고 재미있었습니다. 우리는 강의하고 입문시키고 센터를 운영하느라 계속 바빴는데, 나와 릭은 여건이 허락하는 한 함께 가르쳤습니다. 우리는 곧 에반스턴에서 북쪽으로 약 30분 거리에 있는 릭의 고향 하이랜드 파크에 새로운 초월명상 센터를 열 계획을 세우기 시작했습니다. 우리는 경험 많은 교사인 앤을 설득하여 합류시켰고, 그녀의 숙련된 지도와 우리의 에너지, 열정이 합쳐져 센터가 탄생했습니다.

몇 달이 빠르게 흘렀고, 새로운 센터는 큰 성공을 거두었습니다. 부모님도 명상을 배우셨고, 나는 아버지를 설득해 지역의 사업가들을 대상으로 함께 강연을 했는데, 반응이 아주 좋았습니다. 부모님은 초월명상 단체가 오빠와 나에게 미치는 영향을 보며 기뻐하셨는데, 특히 명상을 시작하기 전에 우리가 어떻게 생활했는지를 알게 되신 뒤에 더 그러신 것 같았습니다. 그리고 마하리쉬가 '신경계에 독'이라고 부른 술과 마약의 사용을 우리가 (명상의 명료함을 방해하는 것은 아무것도 원하지 않았기에) 단호히 거부한다는 사실을 알고 더욱 안도하셨습니다. 부모님께서는 집에서 여러 번 모임을 주최하셨고, 오빠와 나는 그 자리에서 초월명상에 관해 강연하며 부모님의 많은 친구와 이웃을 입문시켰습니다.

당시에는 초월명상이 사람들의 삶에 미치는 강력하고 긍정적인 영향에 관해 수많은 이야기가 떠돌았습니다. 이 이야기 하나하나가 가르침의 힘을 다시 신뢰하도록 나를 북돋아 주었습니다. 유일하게 의심이 들었던 때는 초월명상 조직 자체를 관찰할 때였습니다. 인정하기는 어려웠지만, 조직 내에서 오랫동안 가르쳐 온 많은 지도교사, 특히 권력과 권위 있는 위치에 있는 이들이 자신들이 가르치는 메시지대로 살지 않는다는 것이 내 눈에는 분명히 보였습니다. 그들은 숙련된 명상가라면 으레 갖추고 있을 것이라고 배운 친절함, 인내심, 따뜻함, 연민 같은 성품을 보여 주지 못했습니다. 사실, 그들 중 많은 사람은 그와 정반대로 퉁명스럽고, 화를 잘 내며, 통제하려 들고, 앙심을 품고 있었습니다. 하지만 나는 이러한 고위 교사들과의 접촉을 피함으로써 제 이상주의를 유지할 수 있었습니다.

✳ ✳ ✳

1976년, 마하리쉬가 그해 9월에 새로운 과정을 개설할 것이라는 소문을 들었습니다. 여러 가지 소문이 있었지만, 가장 끈질기게 돌던 이야기는 그분이 우리에게 초능력을 얻는 법을 가르치기 시작할 것이라는 소문이었습니다. 말할 것도 없이, 조직 안의 모든 사람은 이것을 반드시 참여해야 할 '세기의 과정'으로 여겼습니다. 하지만 이런 싯디(siddhi, 산스크리트어로 '능력'이라는 뜻)들에 관한 소문을 듣고서 나는 깊은 불안감을 느꼈습니다. 그동안 마하리쉬가 특별한 능력을 얻는 일에 관한 질문을 받을 때마다 "그것은 필요하지 않습니다. 진정한 목표인 초월적인 장에 대한 관심을 분산시킬 뿐입니다"라고 답하는 것을 익히 들었기 때문입니다. 그런데 이제 그는 '더 미묘한 창조의 차원에서 유희하기 위해' 싯디를 개발하도록 권유하고 있었습니다. 나는 혼란과 의심이 깊어졌지만, 어쨌든 그 과정에 등록했습니다.

6개월짜리 싯디 과정에 들어가기 전, 1976년 봄에 프랑스의 작은 스키 마을에서 열린 한 달간의 고급 수련 과정에 참가했습니다. 이 과정은 깨달음을 얻기 위한 우리의 노력에 '일념 집중'을 촉진하기 위해 마하리쉬가 남녀를 따로 분리하여 생활하도록 규정한 첫 번째 훈련이었습니다. 초월명상은 혈압에서부터 성생활에 이르기까지 모든 것을 개선하는 기법이라고 홍보되었지만, 고급 과정에 참여했던 우리는 오직 한 가지, 즉 깨달음만을 추구하고 있다는 것을 알고 있었습니다. 우리는 붙잡기 어렵지만 더없이 충만한 '합일 의식'의 경험을 찾기 위해 각자의 방식으로 전념했고, 마하리쉬가 우리에게 하라고 지시한 것을 모두 실천하면 그것을 얻으리라고 믿으며 수행했습니다.

싯디 과정을 위해 유럽으로 떠나기 한 달 전, 릭은 내게 청혼했습니다. 그는 우리가 천생연분인 것이 분명하니까 그렇게 하는 것이 당연하다고 생각했고, 과정을 마치고 돌아올 때까지는 도저히 기다릴 수 없다고 말했습니다. 나는 주저 없이 승낙했고, 나와 많은 열정을 함께 나눌 인생의 동반자를 찾았다는 사실이 무척 기뻤습니다. 그는 이미 우리 부모님께 나와 결혼하고 싶다는 뜻을 전하고 그분들의 축복을 구하는 편지를 보낸 상태였죠. 그는 나에게 줄 아름다운 다이아몬드 반지까지 마련했고, 양가 가족에게 소식을 전하러 가기 전에 내 손가락에 끼워 주었습니다. 양가 가족은 우리의 결혼 계획에 진심으로 기뻐했으며, 우리는 출국을 2주 앞두고 서둘러 약혼을 축하하는 모임을 마련했습니다. 당시에는 초월명상의 모든 과정이 남성과 여성을 분리했기에 우리는 6개월 동안 떨어져 있어야 한다는 것을 알고 있었습니다. 하지만 평생을 함께하겠다는 서로의 맹세가 주는 행복감 덕분에 그렇게 긴 이별에 대한 염려조차 견딜 수 있었습니다.

전 세계에서 온 수백 명의 지도교사가 '6개월 과정'에 참여할 계획이었고, 스위스 알프스 고지대의 여러 마을에 있는 수십 개의 호텔이 이들을 수용하기 위해 준비되었습니다. 나는 처음 세 달간은 루체른

호숫가에 있는 아름다운 마을 브루넨에서 보냈습니다. 열심히 명상했지만 만족스럽지는 않았고, 두려움이 걱정될 만큼 주기적으로 계속 밀려오는 와중에도 초월 체험은 점점 더 분명해졌습니다.

우리는 매일 자신의 체험을 묘사하고 초월 경험이 얼마나 분명한지를 평가하는 양식을 작성하라는 요구를 받았습니다. 또한 이렇게 기록한 체험 양식을 매주 모아서, 마하리쉬의 대리인 중 한 명에게 전화로 그 내용을 읽어 주는 책임을 맡을 그룹 리더를 우리 가운데서 선출할 것이라는 통보도 받았습니다. 이 리더는 매일 본부와 연락하며 모든 업무 메시지를 그룹에 전달하는 역할도 할 예정이었습니다. 나중에 내가 그룹 리더로 선정되었다는 통보를 받았습니다. 이 소식에 어떻게 반응해야 할지 알 수 없었지만, 어차피 되돌릴 수 없는 결정인 것 같아서 나는 수락의 의미로 고개를 끄덕였고, 맡은 일이 잘되기를 바랐습니다.

나는 거의 매일 릭과 편지를 주고받았습니다. 그도 나처럼 열정적인 명상가였고, 자신이 경험한 황홀경을 자주 묘사했으며, 편지 곳곳은 마하리쉬에 대한 열렬한 사랑과 감사의 고백으로 채워져 있었습니다. 세속을 버리고 스승과 함께 영적인 삶을 사는 이들이 이제 이해된다는 말도 여러 번 편지에 썼습니다. 나는 그의 마음속에서 무슨 일이 벌어지고 있는지 정확히 알 수는 없었지만, 걱정하지 않기로 마음먹었습니다. 긴 시간 라운딩을 하다 보면 감정의 파도가 계속 변한다는 것을 경험으로 알고 있었고, 마야(maya)의 세상을 떠나 오직 깨달음을 얻기 위해 사는 출가 수행자의 삶—당시에 우리가 이상화하던—을 마음속에 품어 보는 것이 우리 모두에게는 특별한 일이 아니었기 때문입니다. 우리는 마하리쉬의 지도를 받으며 오랫동안 수행하고, 그가 어디에 있든 늘 곁에 살면서, 이전의 세속적인 삶으로 돌아가지 않은 사람들에 관해 이미 들어 알고 있었습니다. '요가 매트와 결혼한' 사람이라고 일컬어지던 이런 남녀들은 부러움과 경외심이 뒤섞인 시선의 대상이었습니다.

당시에 마하리쉬는 헤르텐슈타인에 있던 호텔의 꼭대기 층에 머물고 있었고, 그곳에는 오랜 여성 신봉자들—분명 '요가 매트와 결혼한' 부류에 속하는—과 초월명상 조직의 고위 간부들이 머물고 있었습니다. 그는 여성들이 묵는 호텔들의 그룹 리더들을 헤르텐슈타인으로 소집해 그곳에서 진행되는 과정에 합류시키겠다는 소식을 전해 왔습니다. 대신에 헤르텐슈타인에서 여성 한 명이 각 호텔을 방문하여 모든 사람에게 싯디를 전수하기로 했습니다. 나는 짐을 싸서 브루넨의 호텔 로비에 내려온 뒤, 나를 태우러 올 승합차를 기다리리라는 지시를 받았습니다. 나는 가슴 벅찬 기쁨과 설렘으로 들떠 있었습니다. 이제 마하리쉬가 머무는 호텔에서 지내며, 싯디 기법을 가장 먼저 전수받을 사람들 가운데 한 명이 될 것이라 여겼기 때문입니다.

몇 시간 뒤 드디어 승합차가 도착했는데, 호수 주변의 작은 마을들에 흩어져 있던 여러 호텔에서 모인 여성들로 가득 차 있었습니다. 알프스의 밤을 가르면서 추위를 느끼며 울퉁불퉁한 길을 한참 달린 뒤,

호수와 주변 산들의 웅장한 경치가 한눈에 들어오는, 언덕 비탈에 자리한 동화 속 집처럼 아기자기한 건물에 다다랐습니다. 차가 멈추자 흰색 사리*를 입은 세 명의 여성이 문밖으로 나와 우리를 맞이했습니다. 방을 배정받은 뒤, 우리는 각자 스스로 알아서 지내야 했습니다.

내 방은 넓고 편안했으며, 루체른 호수와 그 주위를 목걸이처럼 감싼 마을들의 반짝이는 불빛이 어우러진 아름다운 풍경이 보였습니다. 나는 가방을 바닥에 내려놓고 침대에 푹 쓰러져 새벽까지 깊은 잠에 빠졌습니다. 다음 날 잠에서 깨어 샤워를 하고 아침 라운딩을 시작했습니다. 초월을 체험하기에 가장 알맞은 장소라고 소문난 마하리쉬의 호텔에서 명상하면 어떤 차이를 느끼게 될지 궁금했습니다.

아사나와 프라나야마를 서둘러 마친 뒤, 만트라를 시작하기 위해 눈을 감았습니다. 만트라를 암송하기 시작하자마자 마치 거대한 회오리바람 속으로 빨려 들어가는 것 같았습니다. 맹렬한 힘이 나를 회전시키기 시작했는데, 몇 초만 더 지속되어도 나를 산산조각 낼 것 같은 엄청난 속도였습니다. 눈을 뜨려 했지만 내 눈조차 찾을 수 없었습니다. 몸을 가지고 있다는 모든 감각이 사라졌지만, 회전은 멈추지 않았습니다. 찰나의 순간, 그 모든 것이 갑작스레 잦아들고 고요해졌습니다. 나는 침대에 누워 기력을 회복하며, 이제 명상 중에 나에게 일어나는 일이 대체 무엇인지 알기 위해 마하리쉬의 조언을 들어야겠다고 느꼈습니다. 조만간 그와 대화하게 되기를 바라며 기도했습니다.

---

* 인도 여성들이 입는 전통 의상으로 넓고 긴 천을 몸에 두르고 어깨 위로 넘겨 입는 형태의 옷.

　우리가 헤르텐슈타인에 도착하면서 수련 과정의 분위기가 크게 달라지기 시작했습니다. 우리는 다음 날 두 명의 선배 수행자를 통해 싯디에 입문할 예정이었습니다. 그런 뒤에는 명상 공간으로 개조된 아래층의 연회실에서 그룹으로 수련을 시작하기로 되어 있었습니다. 바닥에는 커다란 폼 매트들이 나란히 깔려 있었고, 그 위에는 수십 장의 하얀 천 시트가 덮여 있었습니다. 창문들도 폼 매트와 천 시트로 가려져서 사생활이 완벽하게 보장되었는데, 나중에 알게 된 사실이지만, 싯디를 수련하는 여성들의 소음이 스위스 이웃들에게 의심을 사지 않게 하기 위함이었습니다. 방은 완충재로 둘러싸인 거대한 감금실 같았고, 천장에 매달려 있는 웅장한 크리스탈 샹들리에는 우아하면서도 묘하게 우스꽝스러워 보였습니다. 처음 방에 들어서며 웃음을 터뜨린 신입은 나 혼자만이 아니었습니다. 이 기이한 광경은 우리가 '나는 법(공중 부양)'을 배우게 될 것이라는 소문을 확인시켜 주는 듯했습니다. 이 푹신한 방은 초보 비행자를 위한 '착륙장'이라는 것 말고는 달리 설명할 길이 없었습니다.

　우리는 아직 마하리쉬의 그림자도 보지 못했지만, 그가 직접 우리를 입문시킬 것이라는 소문이 돌았습니다. 우리는 '폼 매트로 둘러싸인 방'에 둥글게 둘러앉아 지시를 기다리라는 말을 들었습니다. 자리를 잡고 나니 자연스럽게 두 그룹으로 나뉘었는데, 신입들은 조금 어색해하는 것 같았고, 선배들은 초연하고 우월한 듯한 분위기를 풍겼

습니다. 우리가 준비되자 이 과정의 리더이자 마하리쉬의 오랜 헌신
자인 바바라가 전화기를 들고 방에 들어와서, 우리가 둥글게 모여 있
는 곳 중앙에 놓았습니다. 그녀는 우리가 푸자(puja, 헌신 의식)를 마치
면 마하리쉬가 전화로 첫 번째 다섯 가지 싯디를 전해 줄 것이라고 말
했습니다. 우리는 충격을 받았습니다. 마하리쉬는 위층에 계시는데,
우리에게 전화로 이야기하신다고?

바바라가 푸자 올릴 상을 준비하기 시작하자, 몇몇 여성은 부엌에
서 꽃과 과일을 가져왔습니다. 그들이 돌아오자 우리는 각자 꽃 한 송
이를 들고 일어서서 푸자 노래를 불렀습니다. 의식은 내 동요된 마음
을 차분히 가라앉혀 주었고, 평온함이 내 영혼으로 돌아오는 것이 느
껴졌습니다. 우리는 푸자를 마치며 함께 절했고, 전화기 주위에 둥글
게 모여 앉았습니다. 전화기에서 두 번 지지직거리는 소리가 들리더
니, 이내 마하리쉬의 가늘고 높은 목소리가 마치 수천 마일 떨어진 곳
에서 들려오듯이 전화선을 타고 흘러나왔습니다.

"여러분. 잘 지내고 계십니까?" 마하리쉬가 경쾌하게 말했다. "모두
행복한가요? 편안한가요?"

"저희는 아주 행복합니다, 마하리쉬." 바바라가 대답했다. "여기 서
른두 명의 여성이 있고, 방금 푸자를 마쳤습니다."

"좋아요, 아주 좋습니다. 이제 여러분 모두를 '깨달음의 시대'의 주
역으로 만드는 과정을 시작하겠습니다. 여러분은 몇 년간의 명상을
통해 많은 것을 얻었으니, 이제 가장 미세한 수준의 사고를 다루는 법

을 배우게 될 것입니다. 여러분 모두 분명한 초월을 체험해 왔죠? 아주 좋습니다. 이제 여러분의 분명한 초월은 지구 위의 모든 이에게 평화를 가져오는 데 쓰일 것입니다. 여러분이 오랜 시간 깊이 명상한 결과로 우리는 깨달음의 시대를 선포하고 있는 겁니다. 머지않아 온 세상은 우리의 명상이 모두에게 파도처럼 보내는 평화와 지복을 누리게 될 것입니다."

싯디들에 관해 상세히 설명한 뒤, 그는 다섯 가지 싯디의 정확한 수련법, 즉 수트라(sutra)를 알려 주었습니다. 그 가운데 하나가 비행(飛行) 수트라였습니다. 그가 하는 모든 말을 우리는 받아 적었고, 그는 우리가 완전히 암기할 때까지는 필기한 내용을 참고해도 된다고 말했습니다. 그리고 오전에는 각자의 방에서 3시간씩 명상하고, 그 뒤에는 아래층 홀에 모여 다 함께 싯디 수련을 하라고 지시했습니다.

다음 날 아침, 신입들은 첫 그룹 싯디 수련을 위해 제시간에 도착했습니다. 내가 폼 매트 위에 가부좌를 틀고 앉아서 눈을 감고 수트라를 시작하려는데, 방 여기저기에서 몹시 기괴한 소리들이 들렸습니다. 깜짝 놀라 눈을 번쩍 떠 보니, 이미 3주가량 싯디를 수련해 온 모든 선배가 몸을 좌우로, 앞뒤로 흔들면서, 이제껏 들어 보지 못한 소름 끼치는 소리들을 내고 있었습니다. 비명, 고함, 속삭임, 으르렁거리는 소리, 끙끙거리는 소리, 날카로운 외침, 웃음소리, 깨갱거리는 소리, 신음 소리…. 방은 온통 움직임과 소리로 들끓고 있었습니다. 나머지 우리는 놀라서 서로 바라보며 이 사태의 심각성을 가늠해 보려 했습니다.

선배들이 날아오르는 모습을 목격하자 우리의 놀라움은 이내 폭소로 바뀌었습니다. '비행'은 그들이 하는 동작에 알맞은 단어가 아니었습니다. 차라리 폴짝폴짝 뛰는 것에 더 가까웠죠. 그들은 눈을 감고 연꽃 자세로 앉은 채 전쟁터의 함성*부터 낄낄거리는 웃음소리까지 온갖 소리를 내뱉으며 폼 매트 위를 폴짝폴짝 뛰어다니고 있었습니다. 마치 연잎에서 연잎으로 뛰어다니는 개구리들 같았죠. 참으로 기묘한 광경이었어요!

나는 헤르텐슈타인에서 일어나는 모든 일을 릭에게 편지로 전했습니다. 그의 그룹도 첫 번째 다섯 가지 수트라를 전수받았고, 그도 불쾌한 소음과 함께 비슷한 경험을 하고 있었습니다. 하지만 나와 달리 그는 싯디 수행을 순전한 기쁨으로 받아들였습니다. 그는 수트라가 상상 이상으로 흥미진진하다고 느꼈고, 끝없는 행복의 파도를 타고 있는 것 같았습니다.

헤르텐슈타인에서 진행되는 과정은 이제 두 달째 접어들었지만, 우리는 아직 마하리쉬의 모습을 보지 못했습니다. 그가 호텔 스위트룸에서 이런저런 일을 하고 있다는 소식만 계속 들려올 뿐이었습니다. 다른 호텔에 머물고 있는 친구들은 우리가 수련회의 중심 현장에 있

---

* 북미 원주민 전사들이 전투에 임할 때나 승리를 거두었을 때 내지르는 특유의 격렬하고 드높은 함성.

는 것을 부러워하는 편지들을 보냈습니다. 우리는 부러워할 이유가 전혀 없다고 답장했습니다.

젤리스베르크에서 헌신자들이 꾸준히 유입되다 보니, 헤르텐슈타인에 머물고 있던 우리 가운데 일부는 가끔 신입들을 위해 방을 비워 달라는 말을 들었습니다. 브루넨에서 나와 함께 있었던 친구 앤은 화장실이 없는 작은 방으로 옮겨 달라는 요청을 받았습니다. 그녀는 아래층에 있는 로비의 화장실을 사용해야 했죠. 마침 그날이 앤의 생일이어서 우리는 그녀의 문을 카드와 쪽지들로 예쁘게 장식해 둔 상태였습니다. 앤은 그곳에서 생일을 즐기고 다음 날 아침에 옮길 테니 그때까지만 기다려 달라고 부탁했습니다. 돌아온 대답은 단호하게 안 된다는 것이었고, 너무나 강압적인 말투였기에 앤은 울음을 터뜨렸습니다.

앤이 서서 울고 있는데, 몇 명의 리더가 그녀의 방에 들이닥쳐 그녀의 물건들을 복도로 내던지기 시작했습니다. 나와 몇몇 참가자는 그들에게 멈추라고 소리치기 시작했고, 이내 고성이 오가는 말다툼이 벌어졌습니다. 바바라는 그들이 마하리쉬의 뜻을 따르고 있는 것이라며(이는 이해할 수 없는 요구를 할 때마다 늘 써먹던 변명이었습니다) 고함쳤고, 마하리쉬가 말하는 대로 따르는 것이 '너희의 영적 진화를 위한 것'이라고 했습니다.

이런 사건이 자주 일어난 것은 아니지만, 더 높은 의식을 개발한다는 기법을 수련하는 사람들에게서 기대할 만한 수준보다는 훨씬 자주 발생했습니다. 나는 내부 핵심 인사들이 보여 주는 명백한 자비심의 부족을 간과하기가 점점 더 어려워졌고, 이는 오랫동안 억눌러 온, 조직의 전체 메시지에 대한 의구심을 다시 불러일으켰습니다.

과정 종료를 2주 앞두고, 우리는 젤리스베르크에서 열릴 '졸업식' 행사를 준비하면서 들뜬 분위기에 휩싸였습니다. 그곳에서 우리는 모두 깨달음의 시대의 주역임을 증명하는 졸업장을 받게 될 예정이었습니다. 마하리쉬가 여성들에게 사리를 입으라고 요청하자, 사리를 입어 본 적 없는 여성들은 우스꽝스러워 보이지 않고 제대로 입을 수 있을지 걱정하기 시작했습니다. 그러자 그 과정에 참여하던 인도 여성이 우리에게 사리를 둘러 입고 최대한 우아하게 걷는 법을, 아니면 적어도 그냥 걸을 수 있는 법이라도 시범으로 보여 주겠다고 했습니다.

우리는 여전히 마하리쉬를 보지 못했지만, 지난 한 달간 그는 세 번 더 전화로 추가 수트라를 전해 주었습니다. 명상, 하타 요가, 프라나야마에 새로운 싯디 수련까지 더해지자 이제 한 라운드를 끝내는 데 총 3시간이 걸렸습니다. 미국에 돌아가서도 이렇게 강도 높은 일정을 유지할 수 있을지 의문이 들었죠. '세속에서의' 삶을 위한 권장 수행이라며 제시된 방식인 아침과 오후 각 한 라운드씩만 하더라도 거의 6시간이나 걸렸으니까요. 게다가 우리는 매달 젤리스베르크에 있는 본부에 싯디 체험을 묘사하는 수행 경과 보고서를 제출하도록 지시받았습니다.

겨울답지 않게 포근하고 화창한 날이었습니다. 점심을 먹은 뒤 매일 하던 대로 주변 산길로 산책을 나서려다 안내 데스크에 들러 우편물을 확인해 보았습니다. 릭에게서 편지가 와 있어서, 설레는 마음에 낚아채듯 가져와 얼른 뜯어 보았습니다. 첫 세 문장을 읽고는 심장이 너무 세차게 쿵쾅거려서 진정하기 위해 자리에 앉아야 했습니다. 잠시 후 그 구절들을 다시 읽어 보았습니다. 그는 결혼하고 싶지 않다고 했습니다. 우리 부모님께는 먼저 편지를 보냈고 이제 내게 편지를 쓰고 있다면서, 내가 상처받으리라는 것을 알지만, 평생 결혼하지 않기로 결심했다고 말했습니다. 자신의 삶을 스승에게 헌신하고, 마하리쉬 곁에서 최대한 가까이 지내면서 독신으로 깨달음을 얻고 싶다는 것이었습니다.

편지를 읽는 동안 숨이 턱턱 막혀 가쁜 숨을 몰아쉬어야 했습니다. 말문이 막혔습니다. 친구 몇 명이 내 주위로 모여들었고, 나는 목이 메어 겨우겨우 소식을 전하며 눈물을 흘리다가 결국 흐느껴 울기 시작했습니다. 며칠 동안 울고 또 울었습니다. 그에게서 받은 편지들을 들추어 보면서, 이 견디기 힘든 결정을 한 이유를 찾아보려고 애썼습니다. 그 뒤 분노가 폭풍처럼 거세고 강하게 치밀어 올랐는데, 아이러니하게도 그 격노가 산산이 부서진 내 마음의 조각들을 다시 이어 붙여 주었습니다. 나는 다이아몬드 반지를 손가락에서 뺐고, 릭에게 보낼 봉투에 주소를 쓰고 우표를 붙인 뒤, 반지를 봉투에 넣고 우체통에 밀어 넣었습니다. 이 행동이 그를 화나게 할 것을 알았지만, 그런 걸 신경 쓰기에는 내 상처가 너무 컸습니다. 우리는 일주일 뒤 수

료식에서 만난 뒤 미국으로 함께 돌아갈 예정이었습니다. 나는 그가 내 얼굴을 보며 이것이 정말 자신이 원하는 일인지 직접 말해 주기를 바랐습니다.

싯디 과정의 마지막 날 이른 아침, 우리는 젤리스베르크로 떠났습니다. 우리가 탈 비행기는 취리히에서 저녁 7시에 떠날 예정이었기에 수료식에서 충분한 시간을 보낼 수 있을 것으로 생각했습니다. 하지만 늘 그렇듯이 운영상의 문제로 일정이 지연되었고, 우리가 도착했을 때는 공항으로 가기 전 수료증을 받을 수 있는 시간이 20여 분밖에 남지 않았습니다. 버스에서 내리며 릭을 잠깐 보았습니다. 그는 아주 차분해 보였고 초연해 보이기까지 했습니다. 그는 내게 인사를 건네고 사리를 입은 모습이 멋지다고 말했지만, 그의 얼굴에는 어떤 감정도 드러나 있지 않았습니다. 비행기를 타고 오는 동안에도 더 나을 것이 없었습니다. 그는 집으로 돌아가는 내내 한껏 들떠 있었죠. 내 예상대로, 반지를 무책임하게 돌려보냈다며 조금 화를 냈을 뿐, 전혀 괴로워 보이지 않았습니다.

시카고 공항에 도착했을 때 우리를 맞이한 양가 부모님들의 표정에는 여러 감정이 뒤섞여 있었습니다. 오헤어 공항에 꽃다발을 들고 마중 나와 있던 그분들은 환한 미소를 띠고 있었는데, 시선이 내게 닿자마자 미소가 그대로 얼어붙은 듯 굳어 버렸습니다. 나를 보시는 그분들의 눈빛과 안아 주시는 손길에서 아픈 마음이 역력히 느껴졌습니다. 고맙게도 애써 밝은 모습을 보이려 노력하셨지만…. 긴 복도를 따라 짐을 찾으러 가는 동안, 우리 중 누구도 무슨 말을 해야 할지 몰랐습니다. 나와 릭은 세상의 분주함에 놀라 말을 잃었고, 가족들은 우리가 해외에 있는 동안 그리워했을 음식들과 저녁 식사로 갈 만한 식당들에 관해 의례적인 이야기를 나누었습니다.

릭이 짐을 챙겨 가족과 함께 떠날 때, 그의 어머니는 대신 사과하는 마음을 가득 담은 눈빛으로 나를 오래 바라보았습니다. 그들이 시야에서 사라지자 어머니는 갑자기 울음을 터뜨렸고, 덕분에 그 순간은 어머니를 위로하고 진정시키려 애쓰는 시간으로 바뀌었죠. 이번만큼은 어머니로 인해 바뀐 상황이 진심으로 반가웠고, 어머니의 등을 토닥이며 다 잘될 거라고 안심시켜 드렸습니다.

집에 돌아온 지 이틀도 채 되지 않아, 나는 스위스로 돌아가 3개월 더 머물기로 결심했습니다. 사실 그렇게 할 수 있는 선택지는 항상 있었고, 헤르텐슈타인에 있던 여성 중 상당수도 계속 그곳에 머물고 있었죠. 부모님은 흔쾌히 허락해 주셨는데, 아마도 이번 유럽 여행으로 내 상처받은 마음이 치유되기를 바라셨던 것 같습니다. 나는 스위스에 전화해 필요한 준비를 마쳤고, 이틀 후 스위스에어 항공편으로 취리히로 돌아갔습니다. 나는 세 달 동안 아로사에서 지냈는데, 그곳에서 진행되던 과정이 끝날 무렵 마하리쉬가 우리를 보러 왔을 때, 마침내 두려움에 관해 질문할 수 있었습니다.

"일 년 넘게 저를 괴롭혀 온 경험에 관해 여쭤 보고 싶습니다. 초월을 분명히 체험할 때마다, 명상을 멈추지 않으면 그 자리에서 죽을 것만 같은 엄청난 공포에 사로잡힙니다.”

마하리쉬는 웃음을 터뜨렸습니다. 예상했던 반응이 아니었죠.

“공포는 걱정하지 마세요.” 그는 웃으면서 말했습니다. “몸이 세상을 붙들고 있어서 그럴 뿐입니다. 초월하려면 세상을 놓아 버려야 하는데, 몸은 이 세상이 전부라고 여기니까 겁을 먹는 겁니다. 몸이 느끼는 두려움에 귀 기울이지 말고, 그저 놓아 버리세요.”

마침내 답을 얻었지만, 그저 놓아 버린다는 것은 너무나 두렵게 느껴져서 선뜻 받아들이기 어려운 대안이었습니다. 마하리쉬의 제안은 이론적으로는 이해되었지만, 그 일이 실제로 일어난 것은 오랜 세월이 흐른 뒤였고, 이전보다 훨씬 심한 공포를 겪은 뒤 완전히 기진맥진한 상태가 되어서야 저절로 놓아 버림이 일어났습니다.

3개월 과정은 헤르텐슈타인에서 했던 과정의 연장이었지만, 규모가 훨씬 컸습니다. 아로사에 있는 프라트잘리 호텔은 108명의 여성 싯다(shiddha)들—우리를 그렇게 불렀습니다—로 가득 차 있었는데, 그들은 유럽 각지에서 6개월 과정을 막 마치고 그곳에 도착했습니다. 대연회장은 거대한 동굴 같은 싯디 수련장으로 꾸며졌고, 수행자들의 비명과 괴성이 메아리치며 호텔 전체에 울려 퍼졌습니다. 우리는 하루에 6시간은 각자의 방에서 라운딩을 했고 3시간은 대규모 그룹으로 싯디 수련을 했는데, 그룹으로 할 때는 귀청이 터질 듯한 소음에 시달렸습니다.

이전에 경험했던 깊은 침묵과 평화가 간절히 그리웠습니다. 초월적인 의식만을 추구하던 시절, 그것은 나를 초월명상 운동에 빠져들게 한 경험이었습니다. 싯디 과정은 내 마음의 평화를 앗아가기 시작했고, 지복감 대신 불안감을 느끼게 했습니다.

과정이 끝날 무렵, 나는 얼른 아로사를 떠나고 싶었고, 광란의 집이 되어 버린 초월명상 조직으로 다시는 돌아오고 싶지 않았습니다. 제한된 마하리쉬의 세계라는 좁은 울타리 안에서 내가 받아들인 관념적 틀의 감옥에서 벗어나고 싶었고, 뒤돌아보지 않고 도망쳐서 인생의 다음 장에서는 내가 진정으로 찾던 것이 주어지기를 바랐습니다.

3. 파리에서

파리는 내가 경험해 본 어떤 도시보다도
생생하게 살아 숨 쉬는 곳이었고,
나는 그 에너지 안에서 편안함을 느끼며
도시의 마법에 전율을 느꼈습니다.

미국으로 돌아온 뒤, 캘리포니아로 가는 건 너무나 당연한 일 같았습니다. 짐을 싸고 부모님께 작별 인사를 드렸습니다. 나는 삶의 다음 단계로 나아가는 경험에 익숙해지고 있었습니다. 선택지를 분석하고 장단점을 따져 보는 방식이 아니라, 그저 다음 순간으로 발을 내딛고 당장 해야 할 일을 하는 방식이었죠. 어떤 행동 노선이 다른 것보다 낫다는 것을 뒷받침하기 위해 동기를 분석하거나 논거를 쌓아 올리지도 않았습니다. 다음에 할 일은 명백한 방식으로 저절로 드러나리라는 것을 완전히 신뢰해도 좋다는 점을 일찌감치 깨달았습니다. 캘리포니아로 이주하는 것은 단순히 다음으로 해야 할 일이었습니다.

가을 학기에 소노마 주립대학교에 등록했고, 이전에는 경험하지 못한 열정으로 학업에 몰입했습니다. 이 열정은 분명 친밀한 영적 공동체를 막 벗어난 삶의 외로움, 그리고 내가 깊이 몰두했던 영적 지식에 더할 아이디어를 얻는 데서 오는 억제할 수 없는 즐거움이 뒤섞여 만들어 낸 것이었습니다. 나는 과거를 돌아보지 않으려 애썼습니다. 이전의 경험들로부터 배울 수 있는 것은 다 배웠기를, 그 어떤 것도 다시 나를 괴롭히지 않기를 바랐습니다. 대체로 과거의 기억 없이 살았지만, 명상 중의 체험만은 예외였습니다. 자리에 앉아 눈을 감을 때마다 나를 무한한 공간의 장(場)으로 춤추듯 이끌어 가는 체험은 계속되었습니다. 싯디 과정에서 돌아온 뒤에는 명상을 드문드문 했는데, 매우 활동적으로 생활하다 보니 조용히 앉아 있을 시간을 내기가 어려웠기 때문입니다.

몇 년간 수행에만 전념했던 나는 이제 자유로운 독신 여성의 삶을 열정과 기쁨으로 탐험했습니다. 첫사랑을 잃은 아픔은 새로운 인간관계의 바다에 묻어 버리고, 이성 친구들을 만나며 친밀한 영역을 탐험하는 설렘과 즐거움을 한껏 누렸는데, 그런 관계들은 나에게 인간 존재라는 끝없어 보이는 프리즘의 또 다른 측면을 열어 주었습니다.

학업에서도 많은 것을 배웠습니다. 1978년 1월, 버클리 대학교에 편입하여 집중적인 탐구의 시기를 시작했고, 19세기와 20세기의 위대한 세계 문학을 공부하며 인간 이야기에 대한 사랑을 마음에 새겼습니다. 1979년 12월에는 영문학 학위를 받으며 졸업했고, 곧바로 다음에 할 일이 무엇인지 찾기 시작했습니다. 오래 기다릴 필요는 없었습니다. 늘 그랬듯이, 다음 할 일은 바로 그다음 순간에 기다리고 있었죠. 프랑스 파리행 비행기 표를 예약했습니다.

❋　❋　❋

왜 파리를 선택했는지 더 자세히 설명해 줄 수 있다면 좋겠습니다. 분명 나를 그 방향으로 이끈 수많은 알 수 없는 인연들이 있었을 것입니다. 하지만 당시에는 그게 명백히 다음으로 해야 할 일이었다고 말할 수밖에 없었습니다. 나는 고등학교 때 프랑스어를 배웠는데, 마치 처음 익히는 것이 아니라 이미 알고 있던 언어를 기억해 내는 것처럼 그 언어가 놀랍도록 편안했습니다. 파리에 도착하고 나서는 도시 자체에도 낯익은 느낌이 들었습니다. 마치 이전에 그곳에 살아서 구불구불한 거리와 활기찬 분위기를 이미 알고 있는 것 같았죠.

나는 센 강 왼쪽 지역의 생제르맹 데프레에 아파트를 구했는데, 그곳은 파리에서 가장 다채롭고 활기 넘치는 지역 중 하나였습니다. 소르본 대학교의 외국인 학생 프로그램에 등록했고, 새롭고 흥미진진한 삶에 푹 빠져들었습니다. 나는 이 도시를 숨 쉬듯 들이마셨는데, 어찌나 거침없이 받아들였는지 조금 더 조심스러운 사람이었다면 겁이 났을지도 모릅니다. 하지만 그때 나는 조심성과는 거리가 멀었고, 그저 모든 것의 비범한 완벽함에 흠뻑 취했습니다. 파리는 내가 경험해 본 어떤 도시보다도 생생하게 살아 숨 쉬는 곳이었고, 나는 그 에너지 안에서 편안함을 느끼며 도시의 마법에 전율을 느꼈습니다. 새벽녘 자갈길을 거닐다 보면 눈앞의 광경을 실제로 보고 있다는 것이 믿기지 않아 벅차오르는 기쁨과 경이감에 휩싸이곤 했죠.

파리에서 유일한 친구는 줄리에트였는데, 그녀는 내가 초월명상 교사 훈련 과정 중에 만난 남자의 여동생이었습니다. 줄리에트는 자유분방하고 몽상가 기질이 있는 여성으로, 마음이 내키기만 하면 곧바로 모험을 떠날 수 있는 사람이었습니다. 파리에 머물던 첫 몇 주 동안 우리는 많은 시간을 함께 보냈습니다. 파리 생활이라는 복잡한 세상을 내게 소개해 준 그녀에게 깊은 고마움을 느낍니다.

어느 날 줄리에트의 아파트에 있던 나는 텔레비전 뉴스 프로그램에서 유명 언론인과 인터뷰하던 철학자 베르나르 앙리 레비를 처음 보았습니다. 레비는 20세기의 전통 철학적 입장을 해체하는 새로운 운동의 리더였습니다. 그가 하는 말을 한마디도 알아들을 수 없었지만, 그의 열정적인 태도에 매료되었습니다. 줄리에트는 레비가 다음 날 파리 남쪽의 작은 교외 지역인 이브리에서 열릴 집회에 참석할 것이라고 말해 주었고, 우리는 이 집회에 함께 참석하기로 했습니다.

나는 레비의 연설을 듣기 위해 모이는 군중에 섞여 줄리에트보다 먼저 이브리에 도착했습니다. 집회는 행사를 위해 설치된 커다란 텐트 안에서 열렸는데, 접이식 의자가 수십 줄로 놓여 있었고, 그 앞에 있는 나무 단상에는 연단과 몇 개의 안락의자가 있었습니다. 나는 줄리에트를 위해 자리를 잡아 두면 나중에 그녀가 나를 찾을 수 있을 것이라고 생각하며, 붐비는 텐트 안에서 빈자리가 두 개 있는지 찾아보았습니다. 앞에서 열 줄쯤 뒤, 중앙 통로 가까운 곳에 두 자리를 발견하여 그곳에 앉아 기다렸습니다. 몇 분이 멀다 하고 누군가 다가와 옆자리가 비었는지 물었습니다. 텐트는 순식간에 사람들로 채워지고 있었지만, 줄리에트는 어디에도 보이지 않았습니다. 레비가 계단을 올라 무대 위 의자 가운데 하나에 앉았습니다. 조명이 약간 어두워지자 아직 앉지 못한 사람들은 마지막으로 빈자리를 찾아 둘러보기 시작했습니다. 20대 후반의 인상 좋은 남자가 내 옆자리가 비었는지 물었습니다. 나는 줄리에트가 보이는지 군중 속을 다시 한 번 둘러본 다음, 그에게 옆자리를 내주었습니다.

그는 곧바로 말을 걸어왔습니다. 내 억양을 듣고도 어디 출신인지 알 수 없었던 그는 내게 어디서 왔냐고 물었습니다. 내가 미국인이라는 사실을 알게 되자 기뻐하며, 최근에 다녀온 미국 여행에 관한 이야기를 쏟아 내기 시작했습니다. 캘리포니아와 네바다를 돌았던 그 여행이 그의 인생에서 가장 좋았던 순간 중 하나라며 흥분한 목소리로 숨 돌릴 틈도 없이 말했고, 나는 그의 열정적인 분위기에 빠져들었습니다. 레비가 연설을 시작하기 위해 연단에 서자 사람들이 우리에게 조용히 해 달라고 손짓했습니다. 내 옆에 있던 남자는 자신을 클로드 코헨이라고 소개하고 나와 정중히 악수했고, 연설이 끝난 뒤에 대화를 이어 가도 되겠느냐고 물었습니다. 나는 흔쾌히 승낙했습니다. 적어도 이 열정적인 이야기꾼과 프랑스어 회화 연습만큼은 제대로 할 수 있겠다고 생각했죠.

강연이 끝난 뒤 나는 클로드와 함께, 거리를 가득 메운 사람들 사이를 헤치고 나아가면서 카페로 걸어갔습니다. 줄리에트를 찾는 건 이미 포기한 상태였습니다. 우리는 그 후 몇 시간 동안 커피를 마시며 서로에 관한 이야기를 나누느라 시간 가는 줄 몰랐습니다.

우리는 두 문화의 차이점에 관해 얘기하며 웃고, 전형적인 미국인의 관점과 프랑스인의 관점을 서로 놀리기도 했습니다. 그는 최근 의학 공부를 마치고 사립병원에서 의사로 일하고 있다고 했습니다. 그는 1967년에 고향 튀니지에서 쫓겨나 파리에 정착할 수밖에 없었던 유대인 가정 출신이었는데, 그의 삶에서 매우 충격적이었던 그 시절의 경험을 상세히 들려주었습니다.

클로드는 내가 이전에 누구에게서도 본 적 없는 열정으로 어떤 주제에 관해서든 얘기할 수 있는 사람이었습니다. 날씨에서부터 미테랑 사회당의 집권이 지니는 의미에 이르기까지 폭넓은 분야에 걸쳐 해박한 지식을 갖추고 있었는데, 그런 주제들에 관해 많은 토론을 하고 깊이 생각해 본 게 분명해 보였죠. 나는 그가 하는 말을 다 이해하려 애쓰면서, 좀더 천천히 말해 달라고 하거나 알아듣기 쉽게 다시 설명해 달라고 부탁하는 신호를 자주 보내야 했습니다.

마침내 헤어질 시간이 되었을 때, 나는 프랑스어를 원어민처럼 말할 수 있도록 가르쳐 줄 사람을 만났다는 것을 직감했습니다. 우리는 전화번호를 교환했고, 며칠 뒤에 저녁 식사를 하거나 영화를 보자며 다시 만나기로 약속했습니다. 그 첫 만남 이후, 클로드와 나는 거의 모든 시간을 함께 보내기 시작했습니다. 식사의 아주 사소한 디테일이나 하늘의 구름 모양 같은 일상의 작은 것들부터, 거시적인 철학 이론, 정치 이론에 이르기까지 삶의 모든 면에서 즐거움을 찾아내는 그의 모습에 매료되었습니다. 그에게는 끝없이 솟아나는 열정의 저장고가 있는 듯했습니다.

우리의 관계가 진지해졌다는 사실은 곧 명백해졌습니다. 특히 네 번째 데이트 후, 그가 더 많은 시간을 함께 보내기 위해 내 아파트로 이사 온 뒤로는 더욱 그랬습니다. 나는 그의 활기차고 열정적인 모습에 매료된 터라 그의 단호한 결정을 거부하지 않았습니다. 하지만 그와 정말로 굳건한 유대감을 느끼게 해 준 것은 그의 가족이었습니다. 클로드만큼이나 활기차고 떠들썩한 그들이 발산하는 따스함은 나를 포근히 감싸주었고, 자연스러운 사랑으로 나를 그들의 품속으로 이끌었는데, 나는 그 사랑을 의심하지 않았습니다. 그의 부모님, 두 누이 부부, 그의 형제, 그리고 예고 없이 들른 친척이 모두 모이는 금요일 저녁 식사에 참석한 일은 내 인생 최고의 경험이었죠. 모두가 한꺼번에 이야기하며 질문을 쏟아 내면서도, 내가 그들 가운데서 편안함을 느끼도록 온 힘을 다해 배려해 주었습니다.

✳ ✳ ✳

1980년 11월, 만난 지 8개월 만에 클로드와 결혼식을 올렸습니다. 프랑스 당국이 요구하는 서류들을 모두 준비하느라 두 달간 관료주의의 악몽을 겪어야 했고, 그 바람에 결혼식 날짜를 늦가을로 미뤄야 했습니다. 파리를 처음 방문하는 우리 가족에게는 실망스러운 일이었습니다. 춥고 비 내리는 하늘 아래에서 첫 파리 여행을 하게 되었으니 아쉬울 수밖에 없었죠. 아버지는 결혼식에 오실 수 없었습니다. 2년 전 알츠하이머병에 걸린 뒤로 예전의 그분은 사라지고 희미한 그림자만 남은 듯한 모습으로 급속히 변해 갔습니다. 그분의 마음이 해체되어 가는 비극적인 과정을 우리는 멈출 수 없었고, 그저 공포 속에서 바라볼 뿐이었습니다.

결혼 생활 초반 몇 달간의 설렘이 가라앉기 시작하자, 나는 파리지앵의 아내라는 새로운 삶에 정착하려고 노력했습니다. 파리에 도착한 뒤 얼마 지나지 않아 명상을 완전히 중단했는데, 나중에 다시 시작하면 된다고, 별문제 아니라고 스스로 합리화했죠. 하지만 어느덧 일 년이 지났고, 명상을 다시 시작하는 게 꺼려진다는 것을 알게 되었습니다. 클로드가, 아마도 모든 파리 사람이 명상을 못마땅하게 여길까 봐 두려웠습니다. 또 하나의 이유는 마하리쉬에게 화가 나 있었기 때문입니다. 그가 대표하던 영적 세계에 깊이 실망했고, 그가 6~8년 안에 얻을 것이라고 약속했던 깨달음을 얻지 못해서 상처받은 상태였죠. 어쩌면 마음속으로 마하리쉬를 맹비난하며 나의 순수함이 죽은 것을 애도하고 있었는지도 모릅니다. 아니면, 그저 더 깊은 세계를 신뢰할 수 없게 되었다는 두려움 때문이었는지도 모릅니다. 어떤 이유에서든, 나는 파리지앵의 삶인 '겉모습의 숭배'를 받아들였습니다.

언제나 프랑스어만 사용해야 하는 상황도 내게 몹시 스트레스를 주고 있다는 것을 알게 되었습니다. 완벽에 가까울 만큼 유창하게 대화하고 내 뜻을 전달하는 데 문제가 없었지만, 하고 싶은 말을 온전히 전했다고 느낄 때의 후련함은 한 번도 느껴 보지 못했습니다. 우리는 다른 사람과 대화할 때, 상대방이 완전히 이해하지 못하더라도 말하는 것만으로 메시지라는 짐을 내려놓게 됩니다. 하지만 내가 전달하고 싶었던 메시지들은 프랑스어라는 언어에 담기지 않는 것 같았습니다. 마치 내게는 아무 의미 없는 소리를 내고 있는 기분이었죠. 결국 나는 전달되지 못한 메시지들이라는 짐을 짊어진 채 살아가고 있었습니다. 그 메시지들이 전해지지 못한 것은 듣는 사람의 잘못 때문이 아니라, 내가 사용할 수 있는 언어가 내 내면의 상태와 거의 연결되지 않았기 때문입니다.

창살 없는 감옥에 갇혀 있는 듯한 기분이 들기 시작했습니다. 꾸준히 영적 수행을 하던 시절에 누리던 행복은 희미한 기억으로 변해 버렸습니다. 어느새 절망과 냉소주의의 껍데기에 둘러싸여 있던 나는 깊은 외로움에 사로잡혀 있다는 사실을 더는 부인할 수 없었습니다. 이 외로움은 곧 극심한 불안으로 이어졌고, 급기야 본격적인 공황 발작으로 빈번하게 터져 나오기 시작했습니다. 모든 일을 잘 해내고 있는 것처럼 보이려 필사적으로 애쓰는 동안, 나는 혼돈 속으로 깊이 가라앉고 있었습니다.

이 무렵, 클로드는 아이를 갖고 싶다는 이야기를 꺼내기 시작했습니다. 전혀 예상치 못한 말은 아니었지만, 좋은 생각 같지는 않았습니다. 클로드의 가족을 만난 순간부터, 그와 결혼한다는 것은 (가능한 한 많이, 가능한 한 빨리) 아이를 갖는 데에 동의하는 것임을 알고 있었습니다. 물론, 그런 가정생활에 끌리기도 했고, 특히 이렇게 크고 떠들썩하며 따뜻한 가족 공동체라면 더 좋을 것 같았습니다. 하지만 깊은 내면의 위기로 몹시 힘든 시기에 아이를 갖는다는 생각을 하니 한동안 망설일 수밖에 없었습니다.

내 딜레마에 관해 클로드에게 솔직히 말하고 싶지 않아서, 부모가 되기 전에 우리 둘이 좀더 세상을 경험해 보고 싶다고 말했습니다. 그는 마지못해 동의했고, 이제 자신이 이해하기 어려운 여성과 결혼했으며, 결혼할 때 내가 이해하고 기꺼이 동의했다고 믿었던 규칙을 바꾸려 하는 것일지도 모른다는 점을 알아차렸습니다. 그가 몰랐던 사실은, 내가 그의 바람을 좌절시키려는 의도로 어떤 계획을 세운 적은 없다는 것이죠. 나는 그저 그때 다음으로 할 일은 아이를 갖는 것이 아니라 여행이라는 것을 알았을 뿐입니다. 아이를 가질 날은 머지않아 올 것이라고 생각했습니다.

1981년은 우리에게 여행의 해였습니다. 모로코, 이탈리아, 암스테르담, 그리고 프랑스 남부를 천천히 돌아다녔습니다. 한적한 시골 마을들에서 여유로운 나날을 보냈고, 시간이 멈춘 듯한 그곳의 평온함 속에서, 그동안 갇혀 있는 듯한 느낌으로 너덜너덜해져 있던 마음의 가장자리들이 부드럽게 펴지는 것 같았습니다. 파리를 떠나자 마음이 더 자유로워졌고, 끝없이 다채로운 풍경에 담긴 자연의 아름다운 고요함에 감동받아 가슴이 더 차분해졌습니다. 다시 기쁨을 느끼기 시작했습니다.

1982년 1월, 시칠리아에서 돌아온 뒤 클로드에게 아이를 가질 준비가 되었다고 말했습니다. 몇 주 뒤인 2월 중순에는 임신을 했고 곧이어 입덧이 시작되었으며, 시간이 어떻게 흐르는지도 모르는 채 뱃속의 아기를 키우는 일에 휩쓸려 들어갔습니다. 환한 모습의 예비 엄마들이라는 문화적 환상 속에서 자라난 나는 임신으로 인한 신체적 어려움에 전혀 대비되어 있지 않았죠. 임신 첫 주부터 시작된 구역질과 피로는 내 개인적인 역사의 종말을 알리는 신호였습니다. 임신 초기의 몇 달이 지난 뒤로는 그 어떤 것도 예전 같지 않았습니다. 나는 어떤 힘과의 충돌을 향해 나아가고 있었는데, 이름 붙일 수 없는 그 힘은 너무나 신비해서 아무도 나를 그 충격에 대비시킬 수 없었을 것입니다.

4. 무아無我를 만나다

몸, 마음, 말, 생각, 감정이
모두 비어 있었습니다.
그것들의 소유자도 없었고,
그것들 뒤에는 아무도 없었습니다.

존재를 지워 버리는 텅 비어 있음을 찬양하라.
존재,
저 텅 비어 있음을 향한 우리의 사랑으로 만들어진 이 자리!
그러나 어떻게든 텅 비어 있음이 오면,
이 존재는 사라지네.
그 일이 거듭해서 일어남을 찬양하라!
오랜 세월 나는 텅 비어 있음에서 나의 존재를 이끌어 냈지.
그러다 한 번의 낚아챔, 한 번의 팔 휘저음에
그 모든 일이 끝나 버렸네.
과거의 나도 없고, 자아감도 없고,
위험한 두려움과 희망도 없고,
산더미 같은 갈망도 비워졌네.
지금 여기에 높이 솟은 산은
텅 비어 있음 속으로 날려 간
지푸라기 한 오라기의 아주 작은 조각일 뿐.
_루미

임신 초기 몇 달간은 시간이 흐를수록 삶이 점점 더 힘들어졌습니다. 돌이켜보면, 내가 임신했다는 사실을 알게 된 날부터 곧 닥칠 급격한 현실의 변화가 예고되고 있었습니다.

임신을 확인한 뒤 곧 우리는 시부모님께 곧 조부모가 될 거라는 소식을 전하기 위해 20마일 떨어진 그분들의 아파트로 차를 몰고 갔습니다. 교통 체증이 심한 고속도로를 따라 나아가는 동안, 당혹스러운 감각이 느껴졌습니다. 내 몸이 분해되어 단단함을 잃고 주변의 대기 속으로 흩어지는 것 같았습니다. 눈을 통해 내다보니 내 몸의 형체가 변화되는 모습이 보였는데, 몸이 넓게 퍼져 있는 안개 같은 빛으로 채워지면서 이전에 뚜렷하던 경계가 지워지고 있었습니다. 대기도 똑같은 빛으로 이루어져 있었고, 그 빛은 사방으로 끝없이 뻗어 있었습니다. 내가 어느 한 곳에 있는 게 아니라는 것이 점점 더 강하게 느껴졌는데, 마치 '나'가 그 빛나는 안개 속 특정한 곳에 있지 않으며, 모든 곳에 동시에 있는 것 같았습니다.

클로드를 보니 어떤 환자에 관해 얘기하고 있었는데, 그가 한없이 넓게 퍼져 있는 빛 너머 아주 멀리, 닿을 수 없는 곳에 있는 것처럼 보였습니다. 그는 내가 잘 듣고 있는지 확인하려는 듯 잠시 고개를 돌리더니 괜찮냐고 물었습니다. "괜찮아요." 나는 힘없이 답했습니다. 공황이 내 안에서 차오르기 시작했고, 더는 말을 할 엄두가 나지 않았습니다. 잠시 뒤에는 공황 상태가 복수라도 하듯 거세게 밀려왔고 무서운 생각들이 머릿속에 떠올랐습니다. '내가 미쳐 가고 있어', '현실 감각을 잃고 사람 구실을 못 하게 될 거야'라고 그 생각들이 말했습니다. 나는 클로드를 돌아보며 이야깃거리를 찾으려 했습니다. 대기 속으로 해체되어 사라지는 이 경험으로부터 관심을 돌리려면 무슨 이야기든 필요했습니다.

우리는 그의 동생이 최근 만난 연인을 화제로 삼아 그녀가 몇 살이고 어떻게 만났는지 등에 관해 한동안 얘기했습니다. 그러다 클로드는 전날 동생에게 전화로 들었던 어떤 사건에 관해 꽤 길고 복잡하게 얘기하기 시작했습니다. 나는 의자에 편안히 기대어 앉아 경청하며, 단단한 현실로 돌아오기 위해 그의 이야기에 계속 집중하려 애썼습니다. 하지만 멀리 떨어져 있는 듯한 느낌은 계속되었고, 이 느낌은 대기가 빛나는 안개로 가득해 보이는 모습과 함께 며칠간 이어졌습니다. 이 지각의 변화가 너무나 괴로워서, 나는 지금 일어나고 있는 일에서 주의를 돌리기 위해 필사적으로 애쓰는 것 말고는 아무것도 할 수 없었습니다.

클로드의 부모님 댁에 도착했을 때 나는 들뜬 목소리로 임신 소식을 알렸고, 엄마가 되는 것과 육아에 관해 활기차게 얘기를 나누었습니다. 이후 며칠간은 그때 겪은 지각의 변화를 지우고 잊어버리기 위해 일상생활의 자잘한 문제들에 몰두했습니다.

이 무렵, 또 다른 지각의 변화가 짧게는 몇 분에서 길게는 몇 시간까지 이어지는 별개의 사건들로 나타나기 시작했습니다. 이런 일이 일어나는 동안, 세상은 마치 판지로 만든 영화 세트장 같았고, 그 뒤에 아무것도 없어서 일차원적으로 보였습니다. 파리는 평면적이고 텅 비어 있고 만화 같고, 입체감이나 견고함이 없는 풍경으로 보였습니다. 게다가 이전에는 사물들을 구분 짓던 뚜렷한 테두리들이 액체처럼 유동적으로 변해 경계가 모호해졌고, 함께 섞이며 흘러가면서 바다처럼 움직였습니다. 예전에는 안정되어 보이던 사물들이 더 크고 멀어 보였고, 어떤 단일한 생명의 움직임에 맞춰 부드럽게 맥동하였습니다. 그것들은 놀란 내 마음이 도저히 닿을 수 없는, 그들만의 지각 층위에 존재하고 있었습니다. 이러한 변화가 일어날 때마다 곧바로 공포가 솟아났고, 그 일이 지속되는 내내 공포는 사라지지 않고 오히려 더 커지기도 했습니다.

무슨 일이 일어나고 있는 것인지 전혀 알 수 없었습니다. 그저 임신이 내게 몹시 기이한 방식으로 영향을 미치고 있다고만 짐작했습니다. 그래서 그 변화가 마침내 가라앉아, 내가 정상적인 지각 상태라고 여기던 상태로 돌아올 때면 믿기지 않을 만큼 안도했습니다. 이런 변화는 나를 더 근본적인 무언가에 준비시키기는커녕 공포에 떨게 만들었습니다. 나는 이 현상을 일으키는 원인을 가려내기 위해, 평소의 지각 방식에 변한 점들이 있는지 주의 깊게 샅샅이 살펴보았습니다. 특정 음식부터 수면이나 운동량에 이르기까지 수많은 가능성을 검토해 보았지만, 이런 변화를 일관되게 일으키는 원인은 하나도 찾아내지 못했습니다. 모든 것이 완벽한 미스터리였고, 이 미스터리는 이제 천 배는 더 깊어질 참이었습니다.

❋　❋　❋

그 일이 일어난 것은 어느 봄날이었습니다. 6개월 뒤에 있을 출산을 앞두고 시내 반대편에 있는 병원에서 임산부 교실 수업을 들은 뒤, 센 강 왼쪽 지역에 있는 우리 아파트로 돌아가던 중이었습니다. 임신 4개월째 첫 주였고, 그때 막 딸아이의 아주 미세한 움직임을 느끼기 시작했는데, 마치 깃털로 안쪽을 살짝 스치는 듯한 느낌이었습니다. 때는 5월이었고, 그랑드 아르메 거리의 버스 정류장에 서 있을 때 머리와 얼굴에 와 닿는 따스한 햇살이 느껴졌습니다. 서두를 필요가 없어서 그 좋은 날씨를 즐기려고 지하철 대신 버스를 타기로 했습니다.

몇 대의 버스가 지나가고 나서야, 마침내 37번 버스가 넓은 도로를 따라 다가오는 것이 보였습니다. 정류장에는 예닐곱 명 정도가 모여 있었고, 날씨가 좋다는 이야기를 가볍게 나누거나, 모든 광고판에 새로 등장한 광고 캠페인에 관해 한마디씩 주고받았습니다. 버스가 가까워지자 우리는 반가운 마음에 차도 근처로 모여들었습니다. 버스는 덜컹거리며 둔중하게 멈춰 섰고, 매캐한 배기가스 냄새와 뜨겁게 달궈진 고무 타는 냄새를 따스한 봄 공기 속으로 내뿜었습니다.

줄을 서서 기다리는데, 비행기가 하강하면서 기내의 기압이 변할 때 그러듯이 갑자기 귀가 먹먹해졌습니다. 마치 거품에 갇힌 듯 눈앞의 풍경과 단절된 것 같았고, 지극히 기계적인 동작 말고는 아무것도 할 수 없었습니다. 오른발을 들어 버스에 오르는 순간, 나는 보이지 않는 힘과 정면으로 충돌했고, 그 힘은 소리 없이 터지는 다이너마이트처럼 내 의식으로 들어와, 평소 의식의 문을 폭파하여 경첩에서 떼어내 활짝 열어젖혔고, 나를 둘로 갈라놓았습니다. 그렇게 생긴 공간

안에서, 내가 이전까지 '나'라고 불렀던 것이 평소에 있던 내부의 장소에서 강제로 밀려나 새로운 곳으로 옮겨졌는데, 내 머리 뒤쪽에서 왼편으로 30센티쯤 떨어진 곳이었습니다. 이제 '나'는 몸의 눈을 쓰지 않고 몸 뒤에서 세상을 바라보고 있었습니다.

몸 뒤쪽에서 왼편, 어디라고 지정할 수 없는 곳에서 나는 내 몸이 앞에 있지만 아주 멀리 떨어져 있는 것을 보았습니다. 몸이 보내는 모든 신호는 마치 머나먼 별에서 오는 빛처럼, 이 어디라고 지정할 수 없는 곳으로 전달되는 데 오랜 시간이 걸리는 것 같았습니다. 공포에 사로잡힌 나는 주변을 둘러보며 다른 사람들도 무언가 이상을 느꼈는지 살펴보았습니다. 하지만 다른 승객들은 모두 평온하게 자리에 앉아 있었고, 버스 기사는 이제 출발해야 하니 노란색 표를 기계에 넣으라고 내게 손짓했습니다.

나는 의식이 제자리로 돌아가기를 바라며 몇 번 머리를 흔들어 보았지만, 아무것도 변하지 않았습니다. 손가락이 더듬거리며 표를 넣고, 내가 통로를 따라 걸어가 자리에 앉는 것을 멀리 떨어진 곳에서 느꼈습니다. 버스 정류장에서 나와 이야기를 나눈 노부인 옆에 앉아 대화를 이어 가려 했습니다. 하지만 나의 마음은 이전의 현실을 제자리에서 이탈시켜 버린 갑작스러운 충돌의 충격으로 완전히 멈춰 버렸습니다.

내 목소리는 계속 조리 있게 말하고 있었지만, 나는 그 목소리와 완전히 분리된 느낌이었습니다. 옆에 앉은 여성의 얼굴은 멀리 있는 것처럼 보였고, 우리 사이의 공기는 뿌연 안개 같았는데 마치 걸쭉하고 은은하게 빛나는 수프로 가득한 것 같았습니다. 그녀는 고개를 돌려 잠시 창밖을 내다보더니, 다음 정류장에서 내려 달라는 신호를 기사에게 보내기 위해 손을 뻗어 하차 벨 줄을 당겼습니다. 그녀가 자리에서 일어나자, 나는 창가 쪽 그녀의 자리로 미끄러지듯 옮겨 앉으며, 미소와 함께 작별 인사를 건넸습니다. 팔을 타고 식은땀이 흘러내리고 얼굴에 땀방울이 맺히는 것이 느껴졌습니다. 나는 겁에 질려 있었습니다.

버스가 르쿠르브 거리의 정류장에 도착하자, 나는 내렸습니다. 집으로 가기 위해 세 구역을 걷는 동안, 몸에 집중하여 자신을 원래 있어야 할 곳으로 밀어 넣으려, 원래대로 되돌리려 애썼습니다. 몸의 눈으로 보고, 몸의 입으로 말하고, 몸의 귀로 듣는 이전의 정상적인 감각을 되찾고 싶었습니다. 하지만 의지의 힘은 처참하게 실패했습니다. 나는 신체 감각을 통해 경험하는 대신, 마치 바다 위의 부표처럼 몸 뒤에서 둥둥 떠 있었습니다. 감각의 견고함에서 떨어져 나와 몸과 분리된 채 멀리 떨어진 곳에서 몸을 바라보면서, 익숙하면서도 낯선 몸을 뒤따르는 의식의 구름처럼 거리를 걸어갔습니다. 그 몸은 더는 '나의 것'처럼 느껴지지 않았지만, 그 몸과 묘하게 이어져 있었습니다. 몸은 계속해서 감각적 지각 신호들을 보내고 있었지만, 그 신호들이 어떻게, 어디에서 수신되고 있는지는 알 수 없었습니다.

이 상태를 도무지 이해할 수 없었던 마음은 '나'를 다시 하나로 합치려고 미친 듯이 질주하거나, 완전히 멈추어 버리기를 반복했고, 공간에서 웅웅거리는 텅 빈 소리만이 귓가에 울려 퍼질 뿐이었습니다. 지켜보는 자는 마음, 몸, 감정과는 완전히 분리되어 있었으며, 머리 뒤쪽 왼편이라는 위치에 변함없이 머물러 있었습니다. 지켜보는 자와 마음, 몸, 감정 사이의 아득한 거리감은 그 자체로 공황을 불러일으키는 것 같았습니다. 육체적 존재에 아주 가느다란 끈으로만 아슬아슬하게 매여 있는 것처럼 느껴졌기 때문입니다. 이렇게 지켜보는 상태에서는 육체적 존재가 곧 사라질 것처럼 느껴졌고, 육체는 이 위기에 대한 반작용으로 소멸에 대한 엄청난 공포를 불러일으켰습니다.

아파트로 들어서자, 클로드는 읽던 책에서 눈을 들어 나를 맞이하며 오늘 하루가 어땠는지 물었습니다. 그에게 나의 공포가 바로 눈에 띄지 않았다는 사실이 묘하게 안심이 되었습니다. 나는 아무 일도 없다는 듯이 차분하게 그를 대하며, 병원에서 받은 수업에 관해 얘기하고, 집에 오는 길에 영어책 서점에서 산 새 책을 보여 주었습니다. 내게 일어난 모든 일을 설명할 엄두가 나지 않아서 아예 시도조차 하지 않았습니다. 공포는 순식간에 고조되었고 몸은 공황 상태에 빠졌습니다. 옆구리에서는 식은땀이 줄줄 흘러내렸고, 손은 차가워지고 덜덜 떨렸으며, 심장은 미친 듯이 뛰었습니다. 마음은 생존 모드로 전환되어, 주의를 돌릴 만한 것을 필사적으로 찾기 시작했습니다. 목욕이라도 하면 나아질까, 아니면 낮잠을 자 볼까, 뭐라도 먹으면 좀 괜찮아질까, 책을 읽어 볼까, 누구한테 전화라도 걸어 볼까.

이 모든 일이 믿기지 않을 만큼 악몽 같았습니다. 마음(더는 '내' 마음이라고 부를 수도 없었습니다)은 도저히 설명할 수 없는 이 사건을 어떻게든 설명해 보려고 애썼습니다. 몸은 두려움을 넘어 광란에 가까운 섬뜩한 공포에 휩싸였고, 그로 인해 육체적으로 완전히 탈진해 버려 잠만이 유일한 선택지가 되었습니다. 클로드에게 혼자 있고 싶다고 말한 뒤, 반가운 망각이 찾아오기를 기대하며 침대에 누워 잠들었습니다. 잠은 찾아왔지만, 지켜보는 자는 계속 깨어 있었고, 몸 뒤편에서 잠든 상태를 지켜보고 있었습니다. 참으로 기이한 경험이었습니다. 분명히 마음은 잠들었지만, 동시에 무언가는 깨어 있었습니다.

다음 날 아침 눈을 뜨자마자, 마음속에서 걱정이 폭발하듯 분출했습니다. '이게 미친 걸까? 정신병인가? 조현병? 사람들이 말하는 신경쇠약이 이런 건가? 우울증? 대체 무슨 일이 생긴 거지? 이게 멈추기는 할까?' 클로드는 내 불안한 기색을 알아차리기 시작했고, 설명을 기다리는 눈치였습니다. 전날 있었던 일을 말해 주려 했지만, 나는 너무나 멀리 떨어져 있어서 입이 떨어지지 않았습니다. 지켜보는 자가 있는 자리에 '나'가 있는 것 같았고, 그 때문에 몸과 마음, 감정은 사람이 없이 텅 비어 있었습니다. 그 모든 기능이 여전히 제대로 작동하고 있다는 사실이 신기할 정도였습니다. 이런 상황을 클로드에게 설명할 수는 없었는데, 다행히도 그는 내가 꺼리는 이야기를 끈질기게 파고드는 사람이 아니었습니다.

마음은 현재의 존재 상태를 전혀 이해할 수 없다는 사실에 압도되어 다른 곳으로 관심을 돌릴 수 없었습니다. 마음은 이 지켜보는 의식 상태에서 끊임없이 쏟아져 나오는 이해할 수 없고 답할 수도 없는 난제들에 붙들려 꼼짝하지 못하고 있었습니다. 존재함과 존재하지 않음의 경계선에, 벼랑 끝에 서 있는 듯한 느낌이 들었고, 마음은 존재에 관한 생각을 붙들고 있지 않으면 존재 자체가 끝나 버릴 것이라고 믿었습니다. 이 생사가 걸린 듯한 지령를 받은 마음은 그 생각을 놓지 않으려 발버둥쳤지만, 몇 시간에 걸쳐 한 번씩 온 힘을 다하다가 지치기를 반복한 끝에 결국 기진맥진해 버렸습니다. 마음은 전혀 이해할 수 없는 것을 필사적으로 이해하려 애쓰며 극심한 고통에 시달렸고, 몸은 그런 마음의 괴로움에 반응하여 자기를 생존 모드에 가두어 버린 채 아드레날린을 분출하고 감각을 극도로 예민하게 만들어 매 순간 소멸의 위협을 찾아내고 반응했습니다.

어쩌면 이 지켜보는 경험이, 예전에 마하리쉬가 깨어난 의식의 첫 단계라고 설명했던 '우주 의식'일지도 모른다는 생각이 떠올랐습니다. 하지만 마음은 즉각 이 가능성을 버렸습니다. 내가 겪고 있는 이 지옥 같은 상태가 우주 의식과 관련이 있을 리 없다고 생각했기 때문입니다.

지켜보는 상태는 몇 달 내내 계속되었고, 매 순간이 괴로웠습니다. 금방이라도 해체될 것 같은 상태로 몇 주를 살아가는 것은 상상 이상으로 스트레스가 심했고, 유일하게 숨 돌릴 곳은 가능한 한 자주, 오

래 빠져들었던 잠 속의 망각뿐이었습니다. 잠이 들면 그제야 마음은 끝없이 쏟아내던 공포의 독백을 멈추었고, 지켜보는 자는 그저 무의식 상태의 마음을 지켜볼 뿐이었습니다.

이 이해할 수 없는 '지켜보는 의식'이 몇 달간 지속된 뒤, 또다시 어떤 변화가 일어났습니다. 지켜보는 자가 사라진 것입니다. 이 새로운 상태는 이전 몇 달간의 경험보다 훨씬 더 당혹스러웠고, 그래서 더 무서웠습니다. 지켜보는 자가 사라졌으니 큰 짐을 덜었을 것으로 생각할 수 있겠지만, 오히려 그 반대였습니다. 지켜보는 자의 사라짐은 개인의 정체성이라는 경험의 마지막 흔적마저 사라졌음을 의미했습니다. 지켜보는 자는, 멀리 떨어진 곳일지라도, 적어도 '나'라는 개인이 있을 자리는 남겨 두고 있었기 때문입니다. 지켜보는 자가 사라지면서, 말 그대로 '나'라는 개인의 경험이 완전히 없어졌습니다. 개인의 정체성 경험은 스위치가 꺼지듯 끝나 버렸고, 다시는 나타나지 않았습니다.

개인적 자아는 사라졌지만, 몸과 마음은 그 안에 아무도 없이 텅 빈 채로 여전히 존재했습니다. 개인의 정체성 없이, 어떤 사람이라는, '나'라는 경험 없이 살아가는 경험은 설명하기 매우 어렵지만, 절대로 착각할 수 없을 만큼 명백한 것입니다. 기분이 언짢거나 독감에 걸리거나 화가 나거나 몽롱한 상태 따위와 혼동될 수 있는 것이 아닙니다. 개인적 자아가 사라지면, 몸 안에는 당신이라고 할 만한 존재가 더는 없습니다. 몸은 윤곽에 불과하며, 이전에는 그렇게 가득하다고 느꼈던 모든 것이 텅 비어 있습니다.

마음, 몸, 감정은 이제 어떤 특정한 사람을 가리키지 않았습니다. 생각하는 사람도, 느끼는 사람도, 인지하는 사람도 없었습니다. 하지만 마음, 몸, 감정은 아무 차질 없이 계속해서 활동을 이어 갔습니다. 그것들이 늘 하던 일을 계속하는 데는 '나'라는 개인이 필요하지 않은 것 같았습니다. 생각하고 느끼고 인지하고 말하는 모든 활동이 이전처럼 계속되었고, 그 뒤에 있는 텅 비어 있음을 짐작할 수 없을 만큼 매끄럽게 잘 돌아갔습니다. 이처럼 근본적인 변화가 일어났으리라고는 아무도 눈치채지 못했습니다. 모든 대화는 이전처럼 이어졌고, 언어도 이전과 같은 방식으로 사용되었습니다. 묻는 말에 대답하고, 운전하고, 요리하고, 책을 읽고, 전화를 받고, 편지를 쓸 수 있었습니다. 겉으로는 모든 것이 완전히 정상으로 보여서 이전의 수잔이 늘 그랬던 것처럼 자신의 삶을 살아가고 있는 것 같았습니다.

마음은 무슨 일이 일어났는지 이해하려 하면서 밤낮없이 온갖 질문을 쏟아 냈지만, 그 모든 질문에는 답이 없었습니다. 누가 생각하는가? 누가 느끼는가? 누가 두려워하는가? 사람들이 나에게 말할 때 그들은 누구에게 얘기하는가? 그들은 누구를 보고 있는가? 거기에 아무도 없다면, 왜 거울에 모습이 비치는가? 왜 이 눈은 아침마다 떠지는가? 이 몸은 왜 계속 살아가는가? 누가 살고 있는가? 삶은 영원히 풀수 없는, 영원히 신비한, 마음이 도저히 이해할 수 없는, 끊어지지 않고 깨지지 않는 하나의 화두가 되었습니다.

가장 이상한 순간은 내 이름이 언급될 때였습니다. 수표에 이름을 쓰거나 편지에 서명할 때면, 나는 종이 위의 글자를 멍하니 바라보았고 마음은 당혹스러워했습니다. 그 이름은 아무도 가리키지 않았기 때문입니다. 이제 수잔 시걸은 존재하지 않았고, 아마 애초에 존재한 적도 없었을 것입니다. 마음이 감정이든 생각이든 이름과의 연결이든, 혹은 어떤 종류의 내적 경험이든 간에 내부 정보를 찾으려 할 때면 내부로 향하는 일이 일어납니다. 이를 가리켜 흔히 '내면 탐색'이라고 합니다. 그러나 개인적 자아가 없으니 '안'이나 '내면'이라는 것 자체가 존재하지 않았습니다. 마음이 내면을 향할 때마다 그것은 더없이 기이한 경험이 되었습니다. 이전에는 그곳에 지각할 대상, 자아 관념이 있었지만, 이젠 완전한 텅 빔만이 계속 발견되었기 때문입니다.

마음이 혼란스러워질수록 두려움은 더욱 커졌습니다. 이 무렵, 몸은 극도의 공포에 사로잡혀 팔다리가 끊임없이 떨리고 땀이 비 오듯 쏟아졌습니다. 옷은 항상 축축하게 젖어 있었고, 침대 시트는 매일 아침 널어서 말려야 했습니다. 가장 힘들었던 점은, 개인의 정체성이 사라지자마자 잠의 경험도 완전히 달라져서, 자아가 텅 비어 있음을 끊임없이 자각하는 앎에서 벗어날 길이 없었다는 것입니다. 깨어 있는 의식 상태일 때 깨어 있는 자가 없다는 앎이 있듯이, 잠들거나 꿈을 꿀 때도 잠자거나 꿈꾸는 사람이 없다는 앎이 있었습니다.

이제는 내게 무슨 일이 일어나고 있는지를 클로드에게 설명해야겠다고 생각했습니다. 그는 내가 느끼는 불안과 동요가 눈에 띄게 심해졌다는 것을 알아채고, 몇 달 전부터 내게 말을 걸어 보려 애썼으니까요.

"클로드, 내게 무슨 일이 생겼어요."

나는 프랑스어로 말을 꺼냈고 신중히 단어를 고르며 말했습니다.

"이게 뭔지는 모르겠지만… 내가 더는 존재하지 않는 것 같아요. 이젠 '나'도 없고, 개인이라는 정체성도 없어요. 몇 달 전, 병원 수업에 갔다가 집에 오는 길에 그 일이 시작됐죠. 버스에 타려는데 뭔가가 변했고, 지금은… 음, 예전과 달리 내 안에서 한 사람의 경험이라는 것을 도저히 찾을 수가 없어요. 당신은 자신이 누구인지를 절대 의심하지 않죠. 누가 '당신은 누구인가요?'라고 물으면, 당신은 '나는 나죠, 당연히' 하고 알잖아요. 그런데 나는 이제 '나'를 발견하지 못해요. 아무도 없어요."

"당신이 없다는 게 무슨 뜻이죠?" 그가 물었습니다. "당연히 당신은 있죠. 여기 내 앞에서 나한테 말하고 있잖아요."

"하지만 나는 더이상 '나'를 경험하지 못한다고요!" 나는 거의 소리치다시피 말했습니다. "내 평생 이렇게 끔찍한 일은 없었어요. 거울을 볼 때마다 거기에 비친 모습에 충격을 받고, 길을 걷다가 사람들이 나를 쳐다보면 저들이 대체 누구를 보고 있는 건지 의아하죠. 내가 말할 때면 목소리는 들리지만, 그 목소리 뒤에는 아무도 없어요. 아, 이걸

어떻게 당신에게 설명할 수 있겠어요? 말로는 도저히 표현할 수 없지만, 정말 끔찍해요! 나 완전히 미쳐 버린 건지도 모르겠어요. 정말 그런 걸까요?"

"수잔, 진정해 봐요. 정신과 의사한테 가 봅시다, 응? 그러면 도움이 되지 않을까요?"

"모르겠어요." 나는 말 그대로 공포에 떨면서 대답했습니다. "이 모든 게 말이 안 돼요. 어떻게 모든 일이 이전처럼 계속되는데, 여전히 말하고 걷고 잠자고 꿈꾸고 울고 웃는데, 그 모든 일을 하는 '나'는 없는 거죠?"

클로드에게도 당연히 답은 없었습니다. 몇 가지 질문을 더 한 뒤, 그는 동료가 추천해 준 정신과 의사에게 예약하기 위해 방을 나갔습니다. 그는 예약된 시간에 나와 동행했고, 내가 의사에게 모든 일을 설명하는 동안 말없이 앉아 있었습니다. 내 이야기가 이어지는 동안, 그와 의사는 걱정스러운 눈빛을 주고받았습니다. 이 상태를 묘사할 프랑스어 단어를 찾는 일은 쉽지 않았고, 정신과 의사는 몹시 당혹스러운 표정으로 나를 바라보았습니다. 나는 지켜보는 상태와 은은히 빛나는 안개 같은 것에 관해 얘기했습니다. 안에 사람이 남아 있지 않고, 개인의 정체성이 사라졌으며 다시는 돌아오지 않을 것 같다고 느껴지는 경험에 관해 최선을 다해 설명했습니다. 멈추지 않는 공포에 관해서도 말했고, 몸과 마음은 계속 공포를 만들어 내는데 정작 그 공포를 느끼는 사람은 없는 상태에 관해서도 말했습니다. 내 이름이 이제는 아무도 가리키지 않는다는 말도 했습니다. 내 이야기가 끝났을 때, 의사는 무슨 말을 해야 할지 몰라 더듬거렸습니다.

"뭐라고 말씀드려야 할지 모르겠네요." 그가 입을 열었습니다. "무엇이 문제인지 확실히 알 수는 없지만, 불안감을 진정시키는 약은 드릴 수 있습니다. 임신 중이시니 강한 약은 드릴 수 없습니다. 하지만 출산 후에는 적절한 약을 찾아보겠습니다. 지금 환자분의 마음에 무슨 일이 생긴 것 같은데, 가까운 시일 안에 약을 드시지 않으면 더 심각해질 수도 있습니다."

"대체 무슨 일이 있었던 걸까요? '나'는 어디로 가 버린 거죠? 다시 돌아올 수는 있을까요?" 나는 참지 못하고 외쳤습니다. "이런 일을 전에 들어 본 적 있으세요?"

그는 고개를 저으며 일어섰고, 상담이 끝났음을 알렸습니다. 문 쪽으로 걸어가다 돌아보니, 그는 클로드와 악수하며 위로하듯 어깨를 다독이고 있었습니다.

"힘내세요"라고 말하며 그가 문을 열어 주었습니다. 우리에게서 얼른 벗어나고 싶어 하는 기색이 역력했습니다. "행운을 빌어요. 아기 낳으시면 어떻게 지내시는지 연락 주세요."

클로드는 더 할 말이 없다는 것을 알기에 슬픈 눈빛으로 나를 바라보았습니다.

정신과 의사를 방문하고 얼마 지나지 않아 어머니에 관한 생각이 마음속에서 강박적으로 맴돌기 시작했습니다. '어머니를 보기만 하면 모든 게 괜찮아질 거야라고 생각이 속삭였습니다. 그녀, 나를 낳아 주고 키워 주고 이름 붙여 준 그 여성을 보기만 하면 된다고…. 어머니를 보기만 하면 개인의 정체성을 되찾아 이 이상한 병이 치유될 것이라고 확신했습니다. 마음은 여전히 '나'라는 개인의 경험을 되찾기 위해 필사적으로 노력하고 있었던 것입니다.

클로드는 나와 함께 비행기를 타고 시카고에 가기로 했습니다. 나는 당시 임신 7개월째였기 때문에 곧바로 떠나야만 했습니다. 나는 어머니와 오빠에게 전화를 걸어 공항으로 마중 나와 달라고 부탁했습니다. 비행기를 타고 가는 동안, 마음은 개인적 정체성의 소멸을 이해하려 애쓰는 악몽 같은 경험에서 벗어날 것이라는 환상을 만들어 냈습니다. 클로드는 몇 달 만에 처음으로 내 얼굴에 미소가 번지는 것을 보니 기쁘다고 말했습니다. 우리는 오헤어 공항에 착륙해 수하물 찾는 곳으로 가서 여행 가방을 찾았습니다. 마음은 어머니를 보는 순간 모든 것이 정상으로 돌아올 것이라고 계속 말했습니다.

우리가 에스컬레이터에서 내려서자, 그곳에 어머니가 서 있었습니다. 내가 기억하는 모습보다 더 작아 보였고, 머리는 금발로 염색한 상태였습니다. 어머니를 본 순간, 가슴이 철렁 내려앉았습니다. 어머니를 보았지만 아무것도 달라지지 않았고 텅 비어 있음은 그대로였기 때문입니다. '나'는 여전히 돌아오지 않았습니다. 어머니는 달려와 나를 껴안은 뒤, 뒤로 조금 물러나 내 얼굴에서 미소를 찾아보려 했지만 내 얼굴에는 웃음기가 없었습니다. 그 순간, 마음은 내가 다시는 개인적 자아를 경험할 수 없으리라는 것을 (어떻게 그런 일이 가능한지는 도무지 이해할 수 없었지만) 깨달았고, 마음속에 깊은 절망감이 내려앉았습니다.

어머니는 요즘 어떤 멋진 사람들과 어울리는지, 어떤 흥미로운 일들을 하고 있는지 얘기하기 시작했습니다. 이따금 나를 힐끗 쳐다보았지만, 내게 무슨 문제가 있는지는 전혀 눈치채지 못하는 듯했습니다. 나는 입이 떨어지지 않아서 어머니를 말없이 바라보기만 했고, 가끔 고개를 끄덕여 이야기를 듣는 척했습니다. 그러면서 오빠에게 눈짓해서 할 말이 있다는 신호를 보냈습니다. 오빠와 수하물 찾는 곳으로 걸어가서 짐을 기다리는 동안, 내게 무슨 일이 있었는지 설명하기 시작했지만, 어머니와 클로드가 곧 다가오는 바람에 많은 이야기를 나누지는 못했습니다. 우리는 가방을 챙겨 집으로 가는 차에 올랐습니다.

익숙한 시카고 교외를 지나는 동안, 답을 알 수 없는 수많은 질문이 마음속에 밀려들었습니다. '누가 이 풍경을 알아보는 거지? 여기서 좌회전하고 저기서 우회전해야 하는지를 누가 알지? 차에 타고 있는 이 사람들은 누구지?' 나는 어머니와 오빠를 계속 보면서 그들이 누구인지 의아해했습니다. 모든 것이 너무나 익숙하면서도 너무나 낯설었습니다. 연결될 사람이 아무도 없으니 '연결'이라고 느껴지는 것이 전혀 없었습니다. 이제 관계를 맺을 사람이 없는데, 어떻게 관계가 이루어질 수 있을까요?

어머니 댁에 도착할 때쯤에는 내가 괜찮지 않다는 것을 다들 분명히 알아차렸습니다. 뒷좌석에서 내 옆에 앉아 있던 어머니는 계속 내 손을 어루만지며, 임신이란 참 힘든 일이라면서도 곧 끝날 테니 괜찮을 거라고 안심시켜 주었습니다. 운전하던 오빠는 룸미러를 통해 염려하는 눈길로 나를 힐끗힐끗 보았습니다. 나는 마주 보며 어깨를 으쓱하여 답했습니다. 오빠는 나를 유심히 쳐다보더니, 차를 현관 앞 마당에 세운 뒤 시동을 껐습니다. 우리는 몇 분 동안 말없이 앉아 있었고, 클로드가 문을 열고 차에서 내렸습니다. 어머니는 나를 돌아보며 울기 시작했습니다. 오빠는 좌석 너머로 손을 뻗어 어머니의 어깨를 다독였습니다. 나는 아무 말도 하지 않았습니다.

저녁 식사를 준비하는 동안, 어머니는 이런저런 소문들, 이야기들, 생각들에 관해 쉬지 않고 계속 말씀하셨습니다. 그러다 클로드가 어머니와 시댁 식구들, 우리 부부의 파리 생활에 관해 대화하기 시작했고, 그 덕분에 오빠와 나는 단둘이 얘기할 수 있었습니다. 나는 버스 정류장 사건부터 시작해서, 마음을 너무나 힘들게 하는 현재의 무아(無我, 자아 없음) 상태까지 내가 겪은 일들을 서둘러 설명했습니다. 오빠는 자신도 가끔 비슷한 경험을 하는데, 몸을 가지고 있는 것 같지 않은, 실제로 그곳에 있는 것 같지 않은 듯한 '멍한 상태'라고 표현했습니다. 그는 그런 느낌에 크게 신경 쓰지 않고 일상을 살아간다고 말했습니다. 나는 내 경험은 멍한 상태가 아니라 누군가이기를 그친 상태라고 대답했습니다.

저녁 식사를 마친 뒤, 시카고 시내에 살고 있는 남동생 밥이 우리와 저녁 시간을 보내기 위해 찾아왔습니다. 밥은 여러 해 동안 '원초 요법*'을 받았는데, 내 이야기를 듣더니 자신의 치료사 폴을 만나 보라고 제안했습니다. 나는 그러겠다고 했습니다. 공포가 점점 더 커지고 있었고, 이것이 미쳐 가고 있다는 징후일지도 모른다는 걱정이 다시 일어나고 있었기 때문입니다. 해체 직전의 상태에 계속 있는 듯한 느낌은 마음과 몸에 극심한 부담을 주었고, 그로 인해 마음은 모든 기능이 곧 완전히 붕괴해 버릴 것이라는 논리적인 듯한 결론에 도달했습니다. 이런 상황에서 누군가가 이 임박한 붕괴를 막아 주거나, 조금이라도 안심시켜 줄 수 있다는 생각은 정말 매력적이었습니다. 밥은 다음 날 예약을 잡아 주고 폴의 사무실로 가는 길을 쪽지에 적어 주었습니다.

개인의 정체성이 중단된 사건을 심리 치료사에게 묘사하는 경험은 이후 10년 동안 수없이 반복하게 될 일이었습니다. 폴은 분명 친절한 사람이었고 어떻게든 도와주고 싶어 했습니다. 하지만 내 이야기를 듣고는 몹시 당혹스러워했고, 그 당혹감이 두려움으로 이어진 것 같았는데 내게는 전혀 도움이 되지 않는 반응이었습니다. 그의 사무실을 떠날 때쯤 내 몸은 공포로 뻣뻣하게 굳어 있었습니다. 나는 어머니

---

* 원초 요법(Primal Therapy)은 1970년 아서 자노브 박사가 개발한 심리 치료법으로, 어린 시절의 트라우마나 억압된 감정을 의식적으로 재경험하여 그 고통을 해소하는 방식이다. 치료 과정에서 환자는 비명이나 울음 등 격렬한 신체 반응을 통해 억눌린 감정을 표출하게 되며, 자노브는 이 현상을 '원초적 절규(Primal Scream)'라고 명명했다. 현대 심리학계에서는 치료 효과에 관한 객관적 근거가 부족하다는 이유로 주류 치료법으로 인정받지 못하며, 일각에서는 유사 과학으로 분류하기도 한다.

집으로 돌아가 침실 커튼을 치고 13시간 동안 잠들었습니다.

다음 날, 어머니는 나를 위해 파티를 열고, 나를 어릴 때부터 알던 어머니의 오랜 친구들을 초대했습니다. 친구분들은 내가 곧 엄마가 된다는 사실을 축하해 주며 기뻐했습니다. 늦은 오후에 서른 명이 교외의 유명한 레스토랑에 모였습니다. 손님들이 축하 인사를 건네러 다가올 때마다 나는 악수하고 미소 짓고 그들의 건강이나 자녀에 관해 물으며 평범한 사람처럼 행동하려 애썼습니다. 내가 어떻게 이 사람들을 아는 거지? 그들의 이름을 누가 기억하고, 우리가 살아가는 이야기를 나누며 보냈던 수많은 세월을 누가 기억하는 거지? 그들이 예전에 알던 그 사람은 더이상 존재하지 않았지만, 아무도 눈치채지 못하는 것 같았습니다.

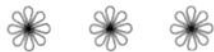

파리로 돌아온 뒤, 진정한 절망이 시작되었습니다. 나는 아직 자아가 살아 있는 사람이 있는지 살펴보며 돌아다녔습니다. 정처 없이 거리를 걸으면서 가게 유리창마다 들여다보며, 다음에 창에 비친 내 모습을 볼 때는 '나'라는 인식이 찰나라도 돌아오기를, 창문에 반사되어 나를 응시하는 그 눈에서 나 자신을 분명히 볼 수 있기를 기도했습니다. 하지만 그런 일은 끝내 일어나지 않았습니다.

자아가 사라졌을 뿐만 아니라, 이전까지 세상의 끊임없는 감각 유입을 걸러내 주던 여과장치마저 작동을 멈춰 버렸습니다. 그래서 더는 상점이나 다른 붐비는 장소에 들어갈 수 없었습니다. 감각 자극이 이미 혹사당하고 있어서 취약해진 뇌 회로에 과부하를 주는 것 같았기 때문입니다. 마음은 내가 존재한다는 생각을 붙들기 위해 애쓰고 있었는데, 마음의 관점에서는 내 존재 자체가 그 생각에 달려 있었던 것입니다. 하지만 자극이 너무 많아지면 마음은 그 생각을 붙들지 못했고, 이내 소멸에 대한 끔찍한 공포가 밀려오곤 했습니다.

모든 것이 눈앞에서 끊임없이 해체되는 것처럼 보였습니다. 텅 비어 있음은 모든 곳에 있었고, 내가 바라보는 모든 얼굴의 모공마다 스며 나오고 있었으며, 단단해 보이는 사물들의 틈새로 흘러나왔습니다. 몸, 마음, 말, 생각, 감정이 모두 비어 있었습니다. 그것들의 소유자도 없었고, 그것들 뒤에는 아무도 없었습니다. 나는 이전에 현실이라고 여겼던 모든 관념을 완전히 상실했습니다.

캘리포니아에서 대학생이던 시절, 유명한 심리학자에게 상담을 받은 적이 있는데, 그는 인도의 영적 가르침에 심취해 있었고, 나는 그의 영적 세계와 심리적 세계에 관한 견해를 신뢰하게 되었습니다. 이제는 그에게 전화해 보기로 마음먹었습니다. 여기저기 알아본 끝에 그가 있는 곳을 어렵게 찾아냈는데, 그는 그 여름에 동부 해안의 한 대학교에서 근무하고 있었습니다. 그는 내 목소리를 듣고 놀라면서 자기가 있는 곳을 어떻게 찾아냈느냐며 놀라워했습니다. 나는 그에게 내가 겪은 경험 — 지켜봄, 텅 비어 있음, 개인적 정체성의 부재 — 을 설명했고, 무슨 일이 일어나고 있는지 이해하게 도와달라고 부탁하면서 내가 미친 게 아니라는 확신을 달라고 간청했습니다. 그는 내 이야기를 주의 깊게 듣고 몇 가지 확인하는 질문을 했습니다. 그러고는 믿기지 않게도 나를 축하해 주었습니다.

"정말 대단한 일이에요!" 그가 외쳤습니다. "사람들은 이런 경험을 얻으려고 몇 년씩이나 동굴에서 수행합니다. 이건 영적으로 만점짜리 경험입니다!"

"하지만 선생님은 이해 못 해요." 나는 울먹이며 말했습니다. "이건 영적 깨어남일 리 없어요. 기분이 끔찍하단 말이에요. 이 경험이 사라져 버리면 좋겠어요. 예전의 나로 돌아가고 싶어요."

그는 이것이 절대로 병적인 상태가 아니니 걱정할 필요가 없고, 정말로 많은 사람이 갈망하는 영적 경험이라면서 안심시키려 했습니다. 하지만 그의 말을 도저히 믿을 수 없었습니다. 내가 영적 성장에 관해 가졌던 모든 생각은 오직 지복과 황홀경이라는 개념에만 바탕을 두고 있었으니까요. 내가 처한 상태처럼 끔찍한 것이 진정한 영적 경험일 수는 없다고 생각했습니다.

나는 말했습니다. "만약 이게 사람들이 몇 년씩 동굴에서 애써 수행하며 얻으려는 것이라면, 그들은 제정신이 아닌 거예요."

✳ ✳ ✳

1982년 11월, 우리 딸이 태어났습니다. 진통이 시작된 뒤 출산까지 사흘이 걸렸고, 이전에 경험해 보지 못한 탈진 상태를 심하게 겪었습니다. 하지만 그렇게 극심한 몸과 마음의 피로를 겪는 동안에도 무아(無我, 자아 없음)의 경험은 가려지지 않았고, 늘 그랬듯이 언제나 현존했습니다. 출산 과정을 겪는 동안, 삶의 모든 행위는 우리가 찾을 수 없는, 보이지 않는 행위자에 의해 이루어진다는 사실이 명백해졌습니다. 이전에 행위의 주체라고 느꼈던 '나'라는 감각은 완전히 환상에 불과했습니다. 개인적인 '나'는 결코 행위자가 아니었고, 그저 행위자인 척 가장했을 뿐입니다. 모든 일은 전과 같이 계속되었지만, 자신이 무언가를 하고 있다고 생각했던 사람만 사라진 것입니다.

내가 아이를 낳으러 갔던 파리의 병원은 프레데릭 라마즈*가 세운 곳이었는데, 거의 전적으로 조산사들이 출산을 담당했습니다. 8시간 교대 근무마다 당직 의사가 한 명씩 있었지만, 나는 의사를 한 번도 본 적이 없습니다.

진통이 시작되자 클로드는 나를 차에 태워 병원으로 데려갔고, 한 조산사가 나를 진찰했습니다. 그녀는 내게 집으로 돌아가 있다가 진통 간격이 2분으로 짧아지면 다시 오라고 했습니다. 우리는 집으로 돌아와 기다렸지만, 진통 간격은 5분에서 변하지 않았습니다. 8시간 뒤, 우리는 다시 병원으로 갔습니다. 조산사는 나를 다시 진찰하더니 기다리라고 했습니다. 그녀는 누군가와 상의하러 갔다가 돌아와서는 내가 쉴 곳을 마련했다고 말했습니다. 그녀는 우리를 위층의 작은 방

---

* 라마즈 분만법을 개발한 프랑스의 산부인과 의사. 이 분만법은 출산에 대한 공포와 긴장을 줄이기 위해 호흡법, 이완법, 심리적 지지를 활용해 산모가 출산 과정에 능동적으로 참여하도록 돕는 데 중점을 두었다.

으로 안내했고, 나는 테이블에 누워 다음 진통이 시작되기를 기다렸습니다.

텅 비어 있음이 끊임없이 존재했지만, 그곳의 누구에게도 말할 수 없었습니다. 클로드는 이미 그런 이야기는 들을 만큼 들었고, 사실 몇 주 전에 그런 '미친 소리'는 더이상 듣고 싶지 않다고 분명히 말했습니다. 마음은 이 모든 일을 겪는 '누군가'를 찾으려는 시도를 계속 이어 갔습니다. 하지만 번번이 실패하자, '나'가 더는 존재하지 않으니 무슨 일이든 일어날 수 있다는 암울한 시나리오를 만들어 내며 공포를 키웠습니다. '아니, 네가 존재하지 않는데, 네가 어떻게 아기를 낳을 수 있겠어?' 진통이 진행되는 동안, 마음은 출산할 '누군가'를 찾지 못하면 출산은 절대 일어나지 않을 거라고 계속 속삭였습니다. 그러나 출산에 필요한 모든 기능은 느리긴 해도 정상적으로 작동하고 있었습니다.

클로드는 자궁 수축을 촉진하기 위해 침술을 사용해도 되는지 조산사들에게 물었습니다. 모두들 이 작은 실험을 보고 싶어 해서, 그는 침과 전기 자극 장비를 꺼내 시술을 시작했습니다. 그는 내 몸 양쪽의 여러 경혈에 25개쯤 침을 꽂고 침마다 전기 자극기를 연결했습니다. 전기를 켜자 자궁 수축이 훨씬 더 강해졌습니다. 현장에 있던 네 명의 조산사는 그 결과에 깊은 인상을 받은 듯했습니다. 강한 자궁 수축이 20분간 계속된 후 수석 조산사가 자궁이 더 열렸는지 확인했지만, 아무런 진전이 없었습니다. 침을 놓으니 자궁 수축은 분명히 더 강해졌지만, 이전보다 더 효과가 있지는 않았던 것입니다.

결국 분만을 유도하는 약물인 피토신을 투여하기로 결정했습니다. 피토신 투여 후 6시간 안에 아기가 태어나지 않으면 제왕절개를 해야 한다고 했습니다. 정맥 주사 장치를 연결한 뒤 40분 만에 자궁 수축의 강도가 엄청나게 세졌습니다. 그로부터 45분 뒤에는 자궁 수축이 1분 간격으로 오면서 자궁이 효과적으로 열리기 시작했습니다. 피토신 투여 후 3시간이 지나자 아기는 산도로 내려왔고, 40분 뒤 무사히 태어났습니다.

이 병원이 처음으로 도입한 프레데릭 르봐이에*의 철학에 따라, 우리 딸은 밝은 빛에 놀라지 않도록 어두운 방에서 태어났고, 자궁 밖 세상에 순조롭게 적응할 수 있도록, 따뜻한 물을 채운 커다란 욕조 안에 부드럽게 내려놓아 주었습니다.

엄마라는 개인이 없는데 아기가 태어나는 것을 어떻게 설명할 수 있을까요? 아기에게는 엄마가 없었지만, 출산은 아무 문제 없이 이루어졌고, 이후 몇 년 동안 '엄마 역할' 기능은 아기를 아주 능숙하게 잘 돌보고 기를 것입니다. 마음은 그 일을 할 누군가가 없는데 어떻게 엄마 역할을 잘할 수 있는지 끊임없이 의문을 품었지만, '엄마 역할'이 주저 없이 엄마 노릇 하는 모습을 마음은 지켜볼 수밖에 없었습니다.

출산은 사흘 가까이 걸렸는데, 그동안 몸은 강한 진통을 주기적으

---

* 프레데릭 르봐이에(1918–2017)는 아기 중심의 '폭력 없는 출산'을 주창한 프랑스 산부인과 의사다. 그는 아기가 겪는 충격을 최소화하기 위해 어두운 조명, 따뜻한 물, 그리고 산모와의 즉각적인 피부 접촉 등을 제안했다.

로 겪고 거의 잠을 자지 못해 완전히 지쳐 있었습니다. 나는 전날 아기를 낳은 다른 여성과 함께 병실을 썼습니다. 프랑스에서는 산모들이 출산 후 일주일 동안 병원에 머무릅니다. 라마즈 철학에 따라 신생아가 산모와 분리되지 않아야 해서 두 아기 모두 우리와 함께 있었습니다.

첫 일주일 동안 나는 한 번에 두 시간 이상 잠을 자지 못했습니다. 두 아기 중 적어도 한 명은 거의 항상 깨어 있었기 때문이죠. 피로는 걷잡을 수 없이 심해졌습니다. 몸이 경험하는 피로의 방식은 '나'라는 기준점이 없어도 변하지 않았습니다. 지금도 다르지 않습니다. 몸의 기능은 휴식, 영양, 보살핌이 늘 필요했고 지금도 여전히 필요로 합니다.

우리 딸의 생애 첫해는 내게 몹시 지치면서도 무척 즐거운 시간이었습니다. 처음에는 잠을 많이 자지 않았는데 신생아에게는 흔한 일이지만, 어른의 몸에는 규칙적인 수면 없이 그렇게 오래 버티는 것이 때로는 견디기 힘든 일이었습니다. 몸의 수면 시간이 줄어들수록, 마음은 버스 정류장 이후에 벌어진 일들이 정신 이상이라는 것을 더욱 확신했습니다. 특히 몸에 피로가 쌓일수록 동시에 완전한 텅 비어 있음이 더 선명히 드러났기 때문입니다.

그렇지만 우리 딸 아리엘과 '아무도 아닌' 엄마의 관계는 아름답게 자라나서, 개인적 자아가 텅 비어 있는 것을 병적인 상태나 정신 이상으로 규정하려는 마음의 시도는 결국 실패할 수밖에 없었습니다. 우리 관계를 직접 지켜본 사람들이나 다른 상황에서 아리엘을 아는 사람들은 모두 그 아이가 어떤 면에서도 트라우마의 징후를 보이지 않는 특별한 아이라고 말했습니다.

내가 이토록 다른 경험을 하고 있다는 것을 밖에서는 아무도 알지 못해서, 나는 모든 사람을 '속여' 내가 이전과 똑같다고 생각하게 만들 수 있었습니다. 시부모님은 새로 태어난 손녀딸을 보고 무척 기뻐하며, 가족으로 맞이하는 큰 잔치를 열어 이 경사를 축하해 주었습니다. 내 의식 속에서는 공포의 파도가 끊임없이 몰아쳤지만, 다른 사람들이 '정상적인' 수잔이라고 여기는 그 몸의 기능은 아무런 동요 없이 완벽하게 정상적으로 계속되었습니다. 사람들이 줄지어 우리 딸을 칭찬하고 진심 어린 축하를 건네는 동안, 아무도 내 행동에서 이상한 점을 알아차리지 못했습니다. '정말 이상한 일이야!' 마음은 생각했습니다. '우리 딸은 영영 엄마가 없겠구나. 여기에는 아무도 없는데, 누가 없이도 엄마 역할이 이루어지고 있어. 마치 말함이 말하고, 생각함이 생각하듯이.' 마음은 이 사실에 익숙해지는 데 꽤 애를 먹고 있었습니다.

딸이 태어난 지 8개월 되었을 때, 나는 파리를 떠나야 할 때가 왔음을 깨달았습니다. 클로드는 나를 만류하려 갖은 노력을 했지만, 미국으로 돌아가는 것이 그냥 명백하게 다음에 해야 할 일이라는 것이 느

꺼졌습니다. '나'라는 존재가 산산조각 난 지 1년이 조금 넘었지만, 끊임없이 이어지는 자아 없음의 상태에는 여전히 적응하지 못하고 있었습니다. 내가 겪는 이 도무지 이해할 수 없는 경험을 클로드가 이해하기를 바랄 수는 없었고, 그 때문에 클로드와 나의 관계는 급격히 변해버렸습니다. 시간이 지나면서 우리의 관계는 사실상 해체되었습니다. 그가 결혼했던 그 사람은 더이상 그곳에 없었습니다. 나는 더이상 '개인적인' 관계를 맺을 수 없었고, 앞으로도 그럴 수 없을 것이었습니다.

클로드는 우리 가족을 지키려고 나와 함께 가기로 결심했습니다. 프랑스에서는 의사였지만, 미국에서 의사 면허를 얻으려면 시험을 통과하고 1년의 인턴 과정을 거쳐야 했습니다. 우리가 떠나기 몇 달 전부터 클로드는 시험공부에 매진했고, 나는 파리의 삶을 정리하며 귀국할 준비를 시작했습니다. 클로드의 가족들은 우리가 떠날 거라는 소식을 듣고 몹시 슬퍼했지만, 우리를 말리려 하지는 않았습니다. 이유는 몰랐지만, 내가 파리 생활을 힘들어하고 있다는 것은 알고 있었기 때문입니다. 아마 환경이 바뀌면 내가 더 행복해질 거라고 기대했던 것 같습니다. 그들은 내가 우울하고 향수병에 걸렸다고 생각했을 테고, 우리의 결혼 생활이 좋아지기를 기도했을 것입니다.

우리 딸은 어떤 일에도 조금도 동요하지 않았습니다. 늘 명랑하고 행복한 아이였고, 사람들을 계속 놀라게 할 만큼 영특한 아이였습니다. 어떤 힘든 상황에서도 까르르 웃으며 보조개를 짓고 금발 곱슬머리를 살랑살랑 흔들었는데, 주위에 있던 모든 사람이 그 모습에 매료되어 슬픔을 잊을 정도였습니다. 딸이 그렇게 행복한 모습을 보고 나는 안도했습니다. 임신 마지막 다섯 달 동안 나를 짓눌렀던 공포와 의식의 급격한 변화가 딸에게 어떤 부정적인 영향을 남기지는 않았을까 계속 걱정했으니까요.

태중에 있던 아기에게 어떤 좋지 못한 영향이 전해졌든, 그것이 딸에게 트라우마가 된 것 같지는 않았습니다. 십 대 소녀로 자란 지금도 그 아이는 태어날 때부터 늘 발산하던 지혜로운 행복감을 여전히 내뿜고 있습니다. 사실, 그 아이는 자신이 다른 사람들과 다르면서도 같다는 것을 분명히 알고 있다고 자주 표현했습니다. 때로는 이런 점에 혼란스러워하고 보통은 말하고 싶어 하지 않았지만, 적어도 한 번은 이렇게 말했죠.

"엄마, 사람들은 나를 보면서 내가 어떤 사람이라고 생각하지만, 나는 그 사람이 아니라는 걸 알아요. 무슨 말인지 엄마도 알죠?"

나는 대답했습니다. "그래, 나도 잘 알지."

5. 오해

나는 그 모든 감정이

단 한 순간도

'나'라는 개인을 가리키지 않았다는 것을

아무에게도 말하지 않았습니다.

광기의 벼랑 끝에 살면서
이유를 알고 싶어
문을 두드렸네. 문이 열리네.
아, 나는 안에서 두드리고 있었구나!
_루미

1984년 봄, 무아(無我, 자아 없음)의 경험이 시작된 뒤 2년 가까이 지났을 때, 우리는 익숙한 환경에서 생활하면 두려움이 진정되는 데 도움이 될 것으로 기대하며 파리를 떠나 시카고 지역으로 돌아왔습니다. 하지만 기대와는 달랐습니다. 가족, 특히 어머니와 함께 있는 것은 괴로운 일이었습니다. 어머니는 내가 심각한 우울증에 걸린 것으로 여겼고, 약 처방 상담을 위해 정신과 의사를 만나 보라고 거듭 권했습니다. 정신과 의사를 만나는 것은 피할 수 있었지만, 만날 때마다 어머니의 눈에 어린 절망감과 슬픔을 피하기는 힘들었습니다.

미국으로, 어머니 집으로 돌아오자, 나는 정신 이상에 대한 두려움과 정면으로 마주하게 되었습니다. 어머니는 합리적이고 이해할 수 있는 경험만을 타당하다고 받아들이는 서구 세계의 경향을 상징했습니다. 내가 겪고 있던 일은 과학적으로나 심리학적으로 설명이 되지 않아 병적인 증세로 여겨졌습니다.

나는 내 경험에 관해 다른 사람에게 말하지 않기로 마음먹었습니다. 그저 하루하루 살아가면서, 개인적 자아가 더는 없다는 사실을 잊어버리기로 했습니다. 물론, 그것은 터무니없는 결정이었죠. 자아가 없다는 사실은 그렇게 마음속에서 쉽게 떨쳐 낼 수 있는 문제가 아니었으니까요. 하지만 그 시점에서는 모든 것이 터무니없게 느껴졌습니다. 도대체 개인의 정체성을 느끼지 못하며 살아가는 사람이 세상에 몇이나 되겠어요?

마음은 분명 자아 없음의 경험을 감당하기 힘들어했습니다. 무언가 크게 잘못되었다는 것을 증명이라도 하려는 듯 마음은 그 믿음을 뒷받침할 만한 모든 증거를 끌어모았습니다. 가장 설득력 있는 증거는 바로 공포의 존재였습니다. 그동안 내가 들어 본 영적 성장에 관한 설명에는 하나같이 지복이나 황홀경, 기쁨 같은 것이 포함되어 있었죠. 그러나 이 자아 없음의 경험에는 지복이 없었습니다. 마음이 '경험하는 자' 즉 자아 관념을 찾기 위해 거듭 내면을 향할 때마다 텅 비어 있음만을 발견하자, 반복적으로 공포를 일으켰습니다.

다른 사람들과의 관계는 근본적으로 바뀌어 있었습니다. 개인적인 '나'가 없으니, 인간관계에서 생긴 일들이 미치는 여파를 받을 곳이 없었습니다. 다른 사람들과 연결되어 있다는 느낌이 사라졌는데, 그들과 연결될 수 있는 개인이 더는 존재하지 않았기 때문입니다. 다시 말하지만, 그런데도 모든 감정은 여전히 상황에 맞게 계속 일어났습니다. 사라진 것은 그런 감정들을 개인적인 것으로 느끼는 개인적 자아라는 기준점이었죠. 텅 비어 있음은 모든 감정 상태, 마음 상태와 항상 함께 존재했고, 이 공존으로 인해 어떤 개인적 특성도 존재할 수 없었습니다. 이제는 어떤 생각, 감정, 행동도 개인의 목적을 위해 일어나지 않았습니다.

가장 기이한 현상은 말 그대로 이름이 없다는 사실이었습니다. 나를 가리키던 그 이름은 이제 그 누구와도 연결되지 않았습니다. 종이에 적힌 그 이름을 보아도 인지 반응이 일어나지 않았고, 그 이름이 불리는 것을 들어도 그것이 나를 가리킨다는 느낌은 전혀 들지 않았습니다. 지금도 그 이름이 불리거나 글로 적힐 때면 텅 비어 있음이 더욱 강하게 느껴집니다. 이 강한 느낌은 텅 비어 있음이 더 깊어지는 것처럼 경험되는데, 마치 텅 빈 공간이 고개를 돌려 자기를 들여다보고, 그렇게 보는 순간, 자기가 얼마나 텅 비어 있는지를 다시 실감하는 것과 같았습니다.

여러 해가 지난 뒤, 마음은 어린 시절 내 이름을 계속 반복해서 부르다가 내게 개인의 정체성이 없다는 두려운 진실에 다다랐던 일을 떠올렸습니다. 이 기억은 어느 정도 평온을 가져다주었지만, 마음은 여전히 개인적 정체성의 부재를 병적인 것으로만 여기려 했습니다. 당시에는 마음이 언젠가 이 상태에 익숙해져서 무언가 끔찍하게 잘못되었다는 신호를 더는 보내지 않게 되는 것이 그나마 기대할 수 있는 최선 같았습니다. 하지만 그런 일이 일어난 것은 그로부터 10년이 더 지난 뒤였습니다.

우리가 미국으로 돌아온 이듬해, 클로드는 의사 시험에 합격했고 시카고에 있는 쿡 카운티 병원에서 인턴으로 근무하게 되었습니다. 그러나 인턴 생활을 시작하기도 전에, 돌이킬 수 없이 변해 버린 우리의 관계로 인한 부담감과 그다지 우호적이지 않은 낯선 나라에서 사는 스트레스가 그에게는 너무 버거웠습니다. 1985년 1월, 우리는 별거하기로 했고, 클로드는 시카고 시내 근처의 아파트로 이사하여 여섯 달 동안 지내다가 정식으로 이혼했습니다. 결혼 생활이 끝난 지 두 달 뒤인 9월, 그는 상심하고 실망한 채 더 익숙하고 호의적인 환경에서 새로운 삶을 시작하기 위해 미국을 떠났습니다.

그가 떠날 때 나는 슬픔을 느끼지 않았습니다. 2년 전, 그가 이처럼 당혹스러운 미스터리의 동반자가 되는 데에 더는 관심이 없다는 것이 분명해졌을 때 우리의 관계는 이미 끝난 상태였습니다. 우리는 딸이 미국에서 나와 함께 살며 해마다 여러 번 파리로 가서 그와 만나기로 합의했습니다. 클로드가 떠날 무렵, 나는 캘리포니아로 돌아갈 계획을 세우고 있었죠. 그것이 명백히 다음에 해야 할 일이었습니다.

✳ ✳ ✳

클로드와 헤어질 무렵, 오빠는 어떤 영적 교사에 관해 얘기해 주었는데, 그는 스위스에서 열린 초월명상 교사 연수 과정 중에 깨달음을 얻었다고 알려진 사람이었습니다. 그는 카리스마 넘치는 캐나다인 남자 로버트 피터슨이었고 기존의 틀과 고정관념을 거부하는 반항아로 명성을 얻고 있었는데, 특히 마하리쉬 국제 대학교가 있는 아이오와 주 페어필드를 중심으로 초월명상 공동체 전체의 주목을 받고 있었습니다. 내가 그를 만나 보면 좋을 것으로 생각한 오빠는 그가 페어필드에서 여는 모임에 나도 참석하도록 주선해 주었습니다.

그곳에는 60명쯤 모여 있었는데, 오빠와 내가 방 안으로 들어서자마자 로버트는 나에게 마이크 앞으로 나와 자신과 대화하자고 요청했습니다.

"어서 오세요, 수잔. 당신 자신과 당신의 삶에 관해 얘기해 주세요." 로버트가 열정적으로 말했습니다.

"저는 파리에서 3년 반 정도 살다가 얼마 전에 돌아왔어요. 1975년에 초월명상 지도자가 되었는데, 지난 6년간은 명상을 하지 않았죠. 마하리쉬의 가르침에 실망한 사람들과 흥미로운 작업을 하고 계신다고 들었어요."

"그렇다고 말할 수도 있겠지만, 가장 중요한 점은 제가 '의식의 빛'의 드라마를 모든 사람에게 전하고 있다는 겁니다. 당신은 분명 아주 특별한 사람이군요. 당신이 지금 사는 곳을 떠나 캐나다 빅토리아에 있는 우리 공동체에 와서 살아야 한다는 게 강하게 느껴집니다. 당신은 정말 정말 특별합니다. 수잔, 저와 함께하시겠습니까?"

"글쎄요. 한번 생각해 볼게요. 캐나다라… 어쩌면요…."

우리는 몇 분 더 이야기를 나누었습니다. 그 뒤 그의 추종자 몇 명이 나를 에워싸더니, 로버트가 누군가에게 이렇게 직접 함께하자고 요청하는 것은 한 번도 본 적이 없다고 말했습니다. 그곳에 가면 안 될 이유가 없어 보여서 그의 제안을 고려해 보겠다고 답했습니다.

다음 날 시카고로 돌아오는 동안, 오빠와 나는 그가 제안한 일에 관해 오랫동안 논의했습니다. 나는 며칠간 빅토리아에 가서 상황을 알아보기로 했고, 어머니에게 그동안 딸아이를 돌봐 줄 수 있는지 여쭤보기로 했습니다. 어머니는 흔쾌히 동의했고, 나는 2주 뒤에 떠날 계획을 세웠습니다.

시애틀에서 9인승 셔틀 비행기를 타고 날아가 작은 빅토리아 공항에 도착하자, 오빠의 친구가 나를 맞이했습니다. 그는 내가 그곳에 머무는 동안 자기 집에서 지내게 해 주었습니다. 다음 날 아침, 우리는 로버트의 주말 강좌에 참석하기 위해 일찍 집을 나섰습니다. 그 강좌는 시내에 있는 대학교의 한 강당에서 열리고 있었습니다.

로버트를 다시 만나게 되어 설렜습니다. 그를 둘러싼 사람들은 하나같이 그의 카리스마에 매료되어 있었죠. 그가 자신의 가르침을 어찌나 강력하게 전달하던지, 실제 내용은 중요해 보이지 않을 정도였습니다. 그의 가장 친한 친구이자 오른팔인 윌리엄은 나를 열렬히 환영해 주었고, 얼마 지나지 않아 윌리엄과 내가 서로에게 끌리고 있다는 사실이 명백해졌습니다.

주말 강좌가 열리는 동안, 나는 자아 없음의 경험에 관해 얘기 나눌 사람이 있지 않을까 싶어 강연에 귀를 기울였습니다. 개인적 자아가 사라진 뒤 처음으로 접한 영적 환경이었지만, 그곳은 자아 없음의 경험에 관해 얘기하기에 그리 우호적인 분위기는 아닌 것 같았습니다. 결국, 로버트는 마하리쉬 마헤쉬 요기의 추종자였는데, 마하리쉬는 자신의 가르침에서 자아 없음을 언급한 적이 한 번도 없었죠. 마음은 텅 비어 있음에 관해 큰 두려움을 계속 일으켰고, 그 두려움은 로버트의 말을 들어도 줄어들지 않았습니다.

그 후 5개월 동안 나는 빅토리아와 시카고를 계속 오가며 지냈습니다. 클로드와 이혼 절차를 밟고 있어서 시카고의 변호사와 논의해야 했고, 클로드와 딸 아리엘의 만남도 조율해야 했습니다. 하지만 그런 일들 사이에 틈이 생길 때면 아리엘과 함께 비행기를 타고 빅토리아로 갔습니다.

로버트의 모임에 더 정기적으로 참여하게 된 지 몇 주 만에 나는 윌리엄과 연인이 되었습니다. 그는 로버트의 제자들이 소유한 아름다운 집 1층에 있는 그의 거처로 들어와서 함께 살자고 제안했죠. 윌리엄과의 관계는 어디에 국한되지 않은 행위자로서 항상 현존하던 바로 그 텅 비어 있음에서 일어났습니다. 연인이 된 것은 그저 다음에 해야 할 명백한 일이었을 뿐, 개인적인 필요나 욕망에서 비롯된 것은 아니었습니다. 관계에서 작동하는 기능들은 그것들이 귀속될 '나'라는 주체가 없는데도 계속 작동했습니다. 어떤 일도 '왜'라는 이유를 따지거나, 할지 말지 저울질한 뒤 결정하여 진행되지 않았습니다. 선택하는 것처럼 보이는 자, 즉 관계를 맺을지 말지, 상대방이 알맞은 파트

너인지 아닌지 판단하여 결정하는 것처럼 보이는 자는 더이상 없었습니다. 관계는 개인적인 것처럼 보였지만 그렇지 않았고, 마음은 이 사실에 혼란스러움과 두려움을 느꼈습니다.

로버트에게는 제자들이 잘못했다고 생각하면 그들을 '공개 질책'하는 관행이 있었습니다. 그의 강연을 점점 더 많이 듣다 보니, 그가 세상과 모든 사람을 선과 악의 관점에서 보고 있다는 것을 분명히 알게 되었습니다. 그는 어떤 제자를 공개적으로 질책할 때, 그들을 악하게 보는 자신의 관점에 근거해 공격했고, 그들은 공개 질책을 당한 뒤 즉시 공동체에서 추방되었습니다. 어떤 사람들은 여러 해에 걸쳐 공개 질책, 추방, 복귀를 몇 번이나 반복했죠. 다른 사람들은 공개 질책을 당한 뒤 공동체를 영영 떠났습니다.

어느 날, 로버트에게 '정신병자'로 낙인찍힌 여성이 일주일 과정의 강좌에 참석했습니다. 그녀는 매력적이었고, 다양한 주제에 관해 조리 있고 명료하게 얘기했습니다. 로버트 말고는 아무도 그녀를 '미친 사람'으로 여기지 않았습니다. 사실, 로버트의 관점에서는 '미쳐 있음'과 '악'이 동의어였습니다. 그 여성은 제자들 앞에 서서 자신의 경험을 얘기해 달라는 요청을 받았습니다. 그녀는 긴장한 모습으로 서서 말했습니다. "제 문제는 깊은 '자아 부재'입니다."

그 말을 듣는 순간, 온몸이 얼어붙는 것 같았습니다. 그것은 두려움이 말한 대로, 텅 비어 있음은 '정신 이상'이라는 것을 확인해 주는 가장 끔찍한 말이었습니다. 로버트는 그녀의 설명을 듣고는, 전날 밤에 자신이 그녀에게 '자아를 돌려줌'으로써 그녀를 '치유'했다고 말했습니다. 그녀는 실제 그런 일이 일어났다며 동의했고, 그에게 깊은 감사를 표했습니다. 로버트는 미소를 지으며 그녀의 칭찬을 자랑스럽게 받아들였습니다.

이제 공포가 걷잡을 수 없이 밀려왔습니다. 사흘 뒤에 나는 윌리엄과 내 두려움에 관해 밤새도록 얘기했고(내 '자아 없음'의 경험은 얘기하지 않았지만), 윌리엄은 로버트를 만나 보자고 제안했습니다. 나는 새벽 네 시 반쯤이니 로버트가 깨어 있을 리 없다고 했지만, 윌리엄은 전화를 걸어 보자고 우겼습니다. 로버트는 전화를 받더니 당장 집으로 오라고 했습니다. 우리는 10분쯤 뒤에 도착했고, 그는 환한 미소로 우리를 맞았습니다. 우리는 한 시간쯤 이야기를 나누었는데, 대부분은 그저 당시 로버트가 관심을 두던 이런저런 주제에 관한 이야기였죠. 대화를 마친 뒤 윌리엄과 나는 자리를 떴습니다.

일주일 뒤, 윌리엄이 이틀 동안 출장으로 자리를 비운 사이, 로버트가 늦은 밤에 내게 전화를 걸었습니다. 그는 지난주에 우리와 대화를 나눈 뒤로 줄곧 이상한 기분이 들었다며, 내가 그에게 무슨 짓을 한 건지 궁금하다고 말했습니다. 이는 로버트가 다른 사람들에게 자주 퍼붓던 방식의 비난이었습니다. 그는 어떤 사람과 함께 있을 때 '현실감이 흐려지거나 멍해지거나 자기 감각이 희미해지는 느낌'을 받으면, 그 사람이 분명 악하다고 결론짓곤 했습니다. 윌리엄도 전에 나에게 비슷한 말을 한 적이 있습니다. 늦은 오후에 함께 낮잠을 잔 뒤 깨어난 그는 기분이 좋지 않다면서, 잠자는 동안 내가 그에게 무슨 짓을 한 건지 궁금하다고 말했죠.

로버트와 통화를 마친 뒤 나는 잠이 들었습니다. 아침 6시에 로버트의 아내 테사가 내 방으로 들어와 나를 깨웠습니다. 그녀는 로버트가 현관 밖에 와 있으며 나와 대화하고 싶어 한다고 말했습니다. 그녀가 말하지 않은 게 있었는데, 로버트가 그 집에 거주하는 다른 제자들에게 내가 유대인이라서 악하다고 말하고 있었다는 사실입니다. 지난주에 그는 모든 유대인이 악하다는 극적인 깨달음을 얻었던 모양입니다. 이제 그는 현관 복도에서 오래된 제자들을 만나 나를 집에서 내보내라며 압박하고 있었습니다.

나는 현관에서 로버트를 만났고, 그는 이야기 좀 하자며 다른 제자의 거처로 따라 들어오라고 했습니다. 그곳에는 우리의 대화를 지켜보기 위해 열두 명이 모여 있었습니다. 그는 먼저 지난주에 나 때문에 '이상한' 기분을 느꼈다며 나를 비난했고, 이어서 내가 자신에게 저질렀다는 온갖 일을 하나하나 열거했습니다. 그리고 마지막으로, 내게 당장 이 집에서 떠나라고 말했습니다. 모든 유대인은 악하니까, 그에게 신성한 장소인 이 집에서 더이상 환영받지 못한다는 이유였습니다.

나는 방으로 돌아가 짐을 싸라는 지시를 받았고, 나와 딸 아리엘은 몇 마일 떨어진 곳에 사는 다른 제자의 거처로 옮기기로 결정되었습니다. 윌리엄이 돌아올 때까지 기다렸다가 그가 이 소식을 어떻게 받아들일지 보고 싶었지만, 한 시간 이상 집에 머무는 것조차 허락되지 않았죠. 나는 서둘러 짐을 꾸렸고, 저택에 살던 남자 두 명의 차를 타고 새 거처로 옮겼습니다.

다음 날 윌리엄이 돌아왔을 때 저택에 거주하던 사람들은 그를 가로막고, 전날 있었던 일을 알려 주었습니다. 그는 나를 만나러 오지도 않았고, 내가 어떻게 지내는지 알아보려고 전화하지도 않았습니다. 로버트가 그에게 나와 관계를 끊고 연락도 하지 말라고 경고했기 때문입니다.

일주일도 되지 않아 나는 빅토리아를 떠날 준비를 했습니다. 미국으로 돌아갈 계획을 세우던 중, 로버트가 윌리엄을 공개 질책하고 그를 악마 그 자체라고 비난했다는 사실을 알게 되었습니다.

로버트와 그가 '악'이라고 부른 것의 관계에서 벌어진 이 드라마는 마음에게 개인적 자아가 없는 것은 잘못된 것이라는 강력한 증거로 활용되었습니다. 3년 전쯤 개인의 정체성이 갑작스레 사라진 이후로 처음 접한 영적 공동체였기에, 마음은 모든 영적 가르침이 로버트처럼 내 경험을 병적인 상태로 여길 것이라고 결론지었습니다. 그러니 당연히, 이 불가사의한 상태를 이해하기 위해 영적 세계에 다시 도움을 구하는 것은 전혀 끌리지 않는 일이었습니다.

빅토리아에 머물던 마지막 주에 아버지께서 돌아가셨다는 소식을

들었습니다. 파리에서 돌아온 뒤로 지난 6개월간 요양원에서 지내던 아버지를 자주 찾아뵈었습니다. 아버지는 10년 동안 알츠하이머병을 앓으셨는데 점점 심해지던 그분의 병세는 마음의 끊임없는 두려움—개인적 자아가 없으면 신체 기능들이 멈추거나 크게 손상될지도 모른다는 두려움—에 기름을 부었습니다.

결국 아버지는 자신이 누구라는 감각을 완전히 잃어버렸고, 그로 인해 아버지에게 어떤 일이 일어났는지를 나는 똑똑히 보았습니다. 아버지는 자녀와 아내를 알아보지 못했고, 자신이 누구인지도 알지 못했습니다. 말하지도, 읽지도, 운전하지도, 걷지도 못했습니다. 아버지를 바라볼 때마다 나도 곧 그렇게 될 것이라는 두려움이 커졌습니다.

아버지의 부고를 들었을 때 나는 울었습니다. 슬픔을 느끼는 '사람'은 없었지만 감정 반응은 예전처럼 일어났고, 그 슬픔이 어떤 사람(수잔)과 관련된 것처럼 보였지만 사실은 그렇지 않았습니다. 울음이 있었고, 단지 그뿐이었습니다. 다른 사람들에게는 슬퍼하는 사람이 있는 것처럼 보였을지 모르지만, 그곳에는 아무도 없었습니다.

마음은 자아 없음의 상태에서도 이렇게 감정의 기능이 계속 이어지는 현상을 달가워하지 않았고, 이 경험에 무언가 문제가 있다는 증거를 다시 모으기 시작했죠. 동시에, 마음은 마치 내가 아버지의 죽음에 알맞게 반응하는 개인인 것처럼 보이려 애썼습니다. 나는 즉시 시카고로 돌아가 어머니와 형제들이 장례식 준비하는 일을 도왔습니다.

그들과 함께 있으면서 아버지에 관해 얘기할 때마다 나는 펑펑 울었습니다. '개인인 척하는 시도'는 꽤 그럴듯한 연기로 이어져서 아무도 이상하게 여기지 않았고, 나는 그 모든 감정이 단 한 순간도 '나'라는 개인을 가리키지 않았다는 것을 아무에게도 말하지 않았습니다.

6. 심리 치료사들

하지만 당신의 과거에 관해 이야기하며
근본 원인을 찾으면
이 증상은 멈출 겁니다.
물론 시간은 좀 걸릴 겁니다.

1986년 1월, 나는 딸을 데리고 샌프란시스코로 향했습니다. 우리는 조용한 동네에 있는 아름답게 복원된 빅토리아풍 주택의 맨 위층에 있는 집을 빌렸습니다. 그곳에서 느긋하게 아침을 보내고, 오후에는 공원에서 한가롭게 지내며, 저녁에는 거실 소파에 꼭 붙어 앉아 이야기책을 읽어 주는 편안한 일상을 보냈죠. 이런 식으로 첫 몇 주가 금세 흘러갔는데, 이혼 절차와 격렬한 대립, 아버지의 죽음으로 점철되었던 지난 몇 달간의 고난 이후에 누리는 반가운 휴식이었습니다.

딸 아리엘은 여전히 내게 기쁨을 주는 동반자였고, 그 아이의 해맑은 웃음은 끊임없이 흘러나와 어떤 상황이든 멋진 모험으로 바꿔 주었습니다. 텅 비어 있음과 마주친 운명의 순간 이후 3년이 지나도록 두려움은 내 경험을 움켜쥐고 있었는데, 그 아이의 존재는 그 두려움을 덜어 주었습니다. 마음이 온갖 두려운 생각을 쉴 새 없이 일으킬 때면 나는 그 아이의 웃음을 보며 마음을 진정시켰습니다. 그 아이는 당시에, 그 후에도 오랫동안 내게 누구보다 많은 도움이 되었습니다. 가장 무서운 순간에도 유머 감각을 잃지 않으면 안전함을 찾을 수 있다는 사실을 그 아이는 다정하게 일깨워 주었으니까요.

개인적 자아가 없는 상태에 익숙해지는 과정은 계속 진행되었습니다. 마음은 삶의 사건들이 얼마나 다르게 경험되는지를 끊임없이 감시하며, (마음이 늘 그러듯이) 매 순간의 부정적인 면과 긍정적인 면을 판단하고 평가했습니다. 마음은 이미 의식의 변화 전체를 부정적으로 판단했기 때문에 긍정적인 면이 인식될 여지는 거의 없었습니다. 텅 비어 있음이 배경으로 조금이라도 밀려난 듯 보이는 순간이 드물게 찾아오면, 마음은 그 기회를 틈타 '정상적인' 의식 상태로 돌아왔다고 여겼습니다. 마음에게 긍정적인 것으로 여겨지는 일은 오직 텅 비어 있음이 배경으로 물러나는 것뿐이었죠.

마음의 과도한 감시와 활동은 심신을 녹초로 만들었습니다. 마음은 텅 비어 있음의 경험을 끊임없이 거부하느라 다른 것에 주의를 기울일 여력이 거의 없었습니다. 내 삶은 자아 없음을 보고, 자아 없음을 두려워하고, 자아 없음을 판단하고, 자아 없음을 잊으려 하고, 자아 없음을 거부하고, 자아 없음을 걱정하고, 자아 없음에 관해 의문을 제기하는 것으로 채워져 있었습니다. 잠들어 있는 동안에도 개인적 정체성 없음은 아무런 방해 없이 계속되었습니다. 어떤 정신적 활동도 자아 없음의 경험을 조금도 바꾸지 못했고, 그것을 이해하거나 정리하거나 평가하려는 어떤 시도도 개인적 정체성의 감각을 돌려주지 못했습니다.

마음은 무슨 일이 일어났는지 이해하려 안간힘을 썼지만, 마음 자체 안에서 답을 찾으려는 노력은 성과가 없었습니다. 그러자 다른 누군가가 이 현상을 설명해 줄 수 있을지도 모른다는 생각이 점점 커졌습니다. 과연 누가 이 일을 이해할 수 있을까요? 미쳐 있는 상태일지 모른다는 공포가 여전히 가장 큰 걱정이었고, 내 경험을 이해하도록 도와줄 심리 치료사를 아직 찾지는 못했지만, 심리 치료만이 유일하게 의지할 수 있는 곳 같았습니다.

자살예방 상담전화에서 일하는 친구가 자주 전화하는 환자 중 한 명을 치료해 주는 정신과 의사에 관해 말해 주었습니다. 그 환자는 삶에서 유머를 찾도록 도와주는 그 의사의 놀라운 능력을 극찬했다고 합니다. 삶에서 유머가 얼마나 중요한지는 딸아이가 내게 분명히 보여 주었죠. 나는 그 의사에게 전화해서 상담을 예약했고, 다음 주에 한 시간쯤 운전해서 산호세 근처 로스가토스에 있는 그의 진료실로 찾아갔습니다.

칼 트림블의 진료실은 아름다운 산타크루즈 산맥을 따라 굽이굽이 이어지는 고속도로 바로 옆에 있는 작은 건물 단지에 있었습니다. 그는 나를 따뜻하게 맞아주며, 나무 흔들의자 맞은편에 놓인 편안한 의자 중 하나에 앉으라고 권했습니다. 그는 파이프에 불을 붙이고는 의자에 기대앉으며, 어떤 문제로 찾아왔는지 물었습니다. 나는 내 경험을 설명하면서 그의 반응을 조심스럽게 살폈습니다. 그는 한동안 묵묵히 내 말을 듣더니, 파리에서의 삶은 어떠했는지, 결혼 생활에는 문제가 없었는지, 임신했을 때 어떤 감정을 느꼈는지 등 여러 가지 질문을 던졌습니다. 나는 최대한 자세히 대답했습니다. 내가 겪은 경험을 유발했을 만한 특별한 스트레스 요인이 있었는지 판단하려는 것임을 알아차렸기 때문입니다. 여섯 달 전에 아버지가 돌아가신 일도 말했는데, 그는 대화하는 동안 이따금 메모하던 무릎 위 노트에 이 사실도 적었습니다. 이런 경험을 들어 본 적이 있는지 묻자, 그는 있다고 대답했습니다.

"들어 보신 적 있어요?" 나는 머뭇거리며 물었는데, 내 목소리에는 불안감이 조금 담겨 있었습니다. "정말요? 그게 정확히 뭔가요?"

"이인성 장애*라고 합니다." 그는 표정의 변화 없이 대답했습니다. "사람들이 깊은 충격을 받은 뒤에 흔히 겪는 증상이죠. 사랑하는 사람이 죽거나 몹시 나쁜 소식을 들었을 때, 심지어 복권 당첨처럼 엄청나게 긍정적인 일이 일어났을 때도 이런 증상을 겪을 수 있는데, 보통은 몇 시간, 길어도 며칠 동안 나타났다 사라집니다. 솔직히 말

---

* 이인증(離人症)은 자기의 생각, 감정, 신체로부터 분리되어 마치 제3자의 시점에서 자신을 바라보는 듯한 비현실감을 경험하는 상태다. 해리 장애의 일종으로, 극심한 스트레스나 정서적 외상 이후 자아를 보호하기 위한 방어기제로 나타나기도 한다. 이인성(離人性) 장애는 이러한 증상이 지속적, 반복적으로 나타나 심한 고통을 유발하거나 일상적인 사회생활에 지장을 주는 상태를 말한다.

해, 당신처럼 이렇게 오랫동안 지속되는 사례는 들어 본 적이 없습니다. 하지만 그 증상이 맞다고 확신합니다. 분명히 당신을 도울 수 있을 겁니다."

"이 증상이 사라지게 도와주신다는 건가요?" 내가 물었습니다.

"예. 당신에게 그렇게 큰 충격을 준 원인을 찾아낸다면 시간이 지나면서 증상이 사라질 겁니다. 오래전 어린 시절의 일일 수도 있고, 파리에서 일어난 일일 수도 있겠죠. 하지만 당신의 과거에 관해 이야기하며 근본 원인을 찾으면 이 증상은 멈출 겁니다. 물론 시간은 좀 걸릴 겁니다. 얼마나 걸릴지는 알기 어렵습니다만." 그가 대답했습니다.

"이인성 장애라고 하셨죠?"

그는 고개를 끄덕였습니다.

"다른 사람들도 정말 똑같은 일을 겪나요?"

"예. 사실은 꽤 흔한 편입니다."

"흔하다니," 나는 고개를 저으며 이 말을 반복했습니다. "개인의 정체성이 없다고 느끼는 게 흔한 일이라는 건가요?"

"중단되지 않고 이렇게 오랫동안 지속되는 경우가 흔치 않을 뿐입니다. 하지만 사람들은 짧은 기간에 이 감정을 꽤 자주 느낍니다. 증상 완화에 도움이 될지 확인하기 위해 항불안제도 복용해 보시면 좋을 것 같습니다."

나는 고개를 저었습니다. "아뇨, 괜찮아요. 약은 정말 싫어요. 저희어머니가 오랫동안 항우울제를 복용 중이신데 약에 의지하는 것도 싫지만, 약을 처방해 주었다는 이유로 그 정신과 의사를 신처럼 떠받드는 건 더 싫어요."

"알겠습니다." 그는 웃으며 말했습니다. "저도 그런 일이 일어나는 건 원하지 않으니까요."

칼과 나는 자아 없음 경험의 '치료법'을 찾아 나섰습니다. 나는 일주일에 한 번씩 그의 진료실로 차를 몰고 가서 어린 시절에 관해, 인간관계에 관해 얘기했고, 심리학에 관심이 생겨 공부해 보고 싶어졌다는 얘기도 했습니다. 어쩌면 답을 찾게 될지도 모른다고, 어쩌면 이 고통스러운 공포가 드디어 사라질지도 모른다고 생각했죠. 만약 '나'가 사라진 근본적인 이유를 알아낸다면, 정말로 '나'가 돌아올지도 모른다고 생각했습니다.

칼이 심리 치료 과정의 치유력을 완전히 신뢰하는 모습에 영향을 받아, 나는 심리학 대학원 과정을 진지하게 알아보기 시작했습니다. 1986년 가을에는 존 F. 케네디 대학교의 임상 심리학 석사 과정에 등록하고 수업을 듣기 시작했습니다. 칼은 '나'가 반드시 돌아올 것이며, 시간문제일 뿐이라고 자주 말해 주었습니다. 우리 둘은 '나라는 느낌'이 돌아오는 것을 치료의 목표로 삼았고, 이 목표를 위해 마음을 모아 함께 노력했습니다.

칼을 만난 지 석 달쯤 되었을 때, 나를 대하는 그의 태도에 뚜렷한 변화가 생겼습니다. 그는 자신에 관해 더 자주 얘기하기 시작했고, 아이를 갖고 싶다는 바람이나 산타크루즈 산맥에 새집을 샀다는 등의 작은 정보들을 넌지시 흘렸습니다. 내가 그의 말에 관심을 보이며 더 깊이 물어보면 그는 솔직하게 답했고, 우리의 대화는 눈에 띄게 사적인 분위기로 바뀌었습니다. 그는 새집과 반려견 사진을 가져와서 보여 주었고, 우리는 나란히 소파에 앉아 함께 사진을 보았습니다.

칼의 관심이 기뻤습니다. 그는 나에게 한 가닥 희망을 준 첫 번째 사람이었고, 내가 겪은 경험이 무엇인지를 진단한 뒤 자신의 견해를 분명히 얘기해 준 첫 번째 사람이었습니다. 그가 내 경험을 이인성 장애라고 이름 붙였을 때 병적인 것으로 규정했다는 것을 알았지만, 치유될 수 있다고 말해 주어서 더는 문제로 느끼지 않았죠. 적어도 내 문제에 이름이 생겼고, 칼이 그것을 없애는 데 도움을 줄 테니까요. 그가 나에게 점점 더 관심을 보이자, 내가 '나'의 없음 속에 영원히 갇혀 있지는 않을 거라는 희망이 더 커졌습니다. 그것은 내가 가망 없이 미쳐 있는 사람이 아니라는 뜻이기도 했습니다. 내가 그런 사람이라면, 이토록 이성적이고 매력적인 남자가 나에게 완전히 매료된 듯한 온갖 신호를 보낼 리는 없었을 테니까요.

심리 치료를 시작한 지 5개월이 지났을 때, 칼은 우리의 치료 관계를 끝냈습니다. 그는 다른 방식으로 나를 계속 알아 가고 싶다며, 더는 내 심리 치료사로 있을 수 없다고 말했습니다. 우리는 연인 관계로 발전했고, 그는 곧 샌프란시스코에 있는 우리 집을 주말마다 찾아오는 사람이 되었습니다. 그는 나를 자기 친구들에게 소개하기 시작했는데, 우리가 어떻게 만났는지는 숨기려고 여러 이야기를 지어 내다가, 결국에는 서로 아는 친구를 통해 소개받았다고 말하는 것으로 정했습니다. 곧 우리는 주말마다 샌프란시스코나 로스가토스에서 함께 보냈고, 주중에는 매일 밤 전화로 대화했습니다.

칼을 더 알아 가면서, 나는 그가 우리 관계의 문제에 관해 얘기하는 데에 치료할 때만큼의 열의를 보이지 않는다는 것을 깨달았습니다. 그는 종종 이미 '진료실에서 진을 다 뺐다'며, 우리 사이에 생길 수 있는 문제들을 논의하고 싶지 않다고 말했습니다. 그리고 내가 겪는 자아 없음의 경험이 어떻게든 사라졌다고 생각했습니다. 심지어 그가 내 연인이 되어야만 나의 '자아'가 돌아올 수 있었다는 뉘앙스를 풍기기도 했죠. 나는 여전히 내 경험을 숨겨야 하는 문제로 믿고 있어서 그에게 더는 그 이야기를 하지 않았습니다.

여섯 달 뒤에 내가 다시 심리 치료를 받으러 가겠다고 말했을 때, 칼과의 관계는 결국 끝나고 말았습니다.

"왜죠?" 그가 물었습니다. "당신의 문제들이 다 나았다고 생각했는데요."

내가 대답했습니다. "당신은 내 문제에 관해 더는 아무 얘기도 하지 않으려 하잖아요. 당신은 모든 게 괜찮다고 생각하지만, 그렇지 않아요. 나는 여전히 '나'를 경험하지 못하고 있는데, 이게 대체 뭔지 이해하려면 도움이 필요해요. 여전히 엄청난 공포가 남아 있어요."

"그 경험이 한 번도 멈추지 않았다는 건가요?"

"한 번도. 단 한 순간도 개인적 정체성을 가진 한 사람이라는 느낌이 돌아온 적은 없어요. 벌써 5년째예요. 희망이 없는 건지도…."

"당신 상태가 나아진 줄 알았는데…." 그가 말했습니다. "하지만 이 인성 장애는 시간이 지나면서 나타났다 사라졌다 해요. 어떤 경우에는 완전히 사라지지 않기도 하고."

내가 반박했습니다. "이른바 이인성 장애라는 이것은 한 번도 사라진 적이 없어요. 이해가 안 돼요? 5년 전에 갑자기 시작됐고, 잠잘 때조차 변하거나 사라진 적이 없다고요!"

"이건 이인증 증상 외에 다른 증상이라고 생각할 수가 없어요." 그가 대답했습니다. "어쩌면 당신이 이 모든 일을 너무 과장하는 건지도 몰라요. 당신은 개인으로 존재하지 않는다고 계속 말했지만, 지금 여기 내 앞에 앉아서 나와 얘기하고 있잖아요. 당신은 여기 있어요. 여기 없다고 생각할 뿐이죠."

"왜 다들 똑같은 말을 하죠? 내가 이 모든 걸 꾸며 내고 있다고 생각해요? 당신이 앞에 있는 몸을 보고 입에서 나오는 말을 듣는다는 사실이 내 상태를 설명해 주지는 않아요. 내 경험에는 사람이 없어요. 그게 사실이에요. 그건 밖에서 볼 수 있는 게 아니에요. 내가 이 얘기를 일 년 가까이 했잖아요!"

칼의 얼굴이 굳어졌습니다. 그는 손을 저으며 대화를 끊고는 바람이나 좀 쐬고 오겠다며 나갔습니다. 그가 집으로 돌아왔을 때, 나는 이미 차에 내 짐을 싣고 딸을 태우고 있었습니다. 내가 차를 후진할 때 그는 진입로에 서 있었고, 우리가 샌프란시스코로 향하는 길로 들어설 때 손을 흔들었습니다. 그것이 내가 본 그의 마지막 모습이었습니다.

❋ ❋ ❋

칼과 헤어진 뒤 몇 주 동안, 두려움이 더욱 심해져서 내 마음을 전쟁터로 만들어 버렸는데, 그 전쟁터에서는 자아의 텅 비어 있음이 적군으로 느껴졌습니다. 두려움이 텅 비어 있음에 맞서 전투를 벌일수록 텅 비어 있음은 훨씬 더 깊어졌고, 마음이 아무리 다른 여러 일에 몰두하려 해 봐도 텅 비어 있음은 뒤로 물러나지 않았습니다. 나는 존 F. 케네디 대학교의 수업에 관심을 쏟으면서, 새로운 책들을 읽고 심리학 이론들을 암기하고 논문을 쓰는 등 마음을 바쁘게 만드는 흥미로운 학문 생활에 깊이 뛰어들었습니다. 하지만 텅 비어 있음은 내가 관심을 두는 모든 순간에 늘 동행했죠. 어쩔 수 없이 받아들여야 하는 초대받지 않은 손님처럼 조금도 변함없이 언제나 그 자리에 함께 있었습니다.

나는 칼의 진단을 떠올리며 이인성 장애, 현실감 상실, 해리를 포함한 '해리성 장애'에 관한 책들을 더 많이 찾아 읽었습니다. 분명히 이 장애들의 어떤 특징이 내 경험에 있거나 있었던 적이 있지만, 가장 중요한 특징─개인적 '나라는 느낌'의 완전한 부재, 세상에서 아무 문제 없이(오히려 더 향상된 상태로) 활동하는 상태─을 묘사하거나 설명하는 책은 하나도 없었습니다.

심리학 책들조차 아무런 답을 주지 못한다면, 이제 어떻게 해야 하는 것일까? 자아 없음을 경험한 지 거의 6년이 지났는데도, 그게 무엇을 의미하는지 아는 사람조차 찾지 못했습니다. 친구 앨런이 한 말이 문득 떠올랐습니다. "사람들은 이런 경험을 하려고 동굴에서 몇 년씩 수행해." 심리학 책에도 이 경험에 관한 언급이 없다면, 이것이 정말 영적인 경험일 수 있을까? 하지만 마음은 여전히 이 가능성을 거부했습니다. 이 경험에는 지복, 기쁨, 행복이 전혀 없었기 때문입니다. 그리고 너무나 텅 비어 있었습니다. '그런데 왜 앨런은 내가 그 모든 일이 얼마나 끔찍한지 말했을 때조차 나를 안심시켜 주었던 것일까? 어쩌면 적어도 영적 경험에 관해 무언가 아는 사람을 찾아봐야 할지도 모르겠어.' 더는 갈 곳이 없는 것 같았죠.

이때는 아직 심리학의 영역을 크게 벗어날 준비가 되어 있지 않아서, 다시 한 번 심리 치료를 받아 보기로 했습니다. 이번에는 자아초월 심리학과 임상 심리학 분야의 학위를 모두 가진 치료사를 선택했습니다. 그는 내가 겪고 있는 상태가 병적인 것인지, 아니면 영적인 것인지를 판단해 줄 수 있는 완벽한 훈련 배경을 갖춘 사람으로 보였습니다. 지역의 자아초월 저널에 실린 그의 광고는 신뢰감을 주었고, 영적 경험에 관한 이해를 보여 주면서, 사람들이 어떤 고난을 겪든 따뜻한 마음으로 함께하고 싶다는 바람을 설득력 있게 표현하고 있었습니다.

고속도로 출구를 잘못 빠지는 바람에 첫 약속 시간에 늦어서, 숨을 헐떡이며 샘 골드파브를 뒤따라 그의 집으로 들어갔는데, 그 집은 조용한 동네인 리치먼드 힐스에 있었습니다. 그는 집 뒤쪽에 있는 상담실로 나를 안내했고, 나는 곧바로 이야기를 시작해 텅 비어 있음, 자아의 부재, 두려움에 관해 최대한 자세하게 얘기했습니다.

"음, 제가 보기엔 당신은 일곱 번째 차크라가 극적으로 열리는 심오한 영적 체험을 하고 있거나, 아니면 현실로부터 도피하는 해리 상태에 있는 것 같군요." 그가 말했습니다.

"그 말씀만으로는 별 도움이 되지 않아요." 내가 대답했습니다. "두 상태를 어떻게 구분하는지 아신다면 모를까."

"음, 그 차이를 구분하는 건 그리 쉽지 않습니다. 상담을 시작해 보고 어느 쪽으로 분명해지는지 지켜봐야 할 것 같아요." 그가 말했습니다.

나는 샘에게 3년 동안 심리 상담을 받으며 어린 시절의 기억과 감정을 분석하고 파헤쳤습니다. 치료 초기 단계에서 샘은 이 경험이 영적 체험일 가능성을 일찌감치 배제했습니다. 샘은 자아 없음 상태가 사실은 내가 '두려움, 슬픔, 혹은 다른 힘든 감정을 느끼지 않기 위해' 들어간 상태라는 (무언의) 가정하에 치료를 진행했습니다. 다시 말해, 그것은 생존을 위한 방어기제*이자 심리 전략이라는 것이었습니다.

---

* 방어기제는 자아가 불안, 갈등, 죄책감, 수치심 등 받아들이기 힘든 감정으로부터 자신을 보호하기 위해 무의식적으로 사용하는 심리적 전략이다. 현실을 왜곡하거나 재해석함으로써 일시적인 심리적 안정을 제공하지만, 과도하게 사용되거나 경직되면 현실 적응을 방해할 수 있다. 억압, 부인, 투사, 합리화, 전치 등이 대표적인 예다.

샘은 내가 어린 시절 충분한 '거울 반응'*을 받지 못했으며, 어릴 적 누구에게도 온전한 관심을 받지 못해 깊어진 상처들이 지금 이 텅 비어 있음으로 드러나고 있다고 주장했습니다. 그는 내가 자기애에 상처를 입었고, 내 안에 채우려 해도 채울 수 없는 '거대한 구멍'이 나 있다고 말했습니다.

샘은 나에게 소리 지르고 흐느껴 울고 베개를 때리는 방식으로 아픔을 표출하도록 몰아붙였습니다. 그는 내가 그 아픔을 온전히 마주하려 하지 않기 때문에 그 아픔이 계속해서 나를 텅 비어 있음으로 도피하게 하는 것이며, 도망치지 않고 그 아픔을 직면할 때까지는 치유될 수 없을 것이라고 했습니다.

자아 없음은 또다시 병적인 것으로 취급되었는데, 이는 경험 자체를 전혀 바꾸지 못했고 오히려 그에 대한 두려움만 더 키웠습니다. 어떤 날들에는 말 그대로 몸이 공포로 덜덜 떨려서 집 밖으로 나갈 수도 없었죠. 샘과 나눈 대화를 통해 마음은 내 문제가 상상했던 것보다 훨씬 심각하다고 믿게 되었습니다.

---

* 거울 반응(mirroring)은 발달심리학과 자기심리학에서 중요한 개념으로, 특히 양육자가 아이의 감정과 경험을 공감하며 알아차리고 반영해 주는 과정을 뜻한다. 이는 단순히 행동을 따라 하는 것이 아니라, 아이가 느끼는 기쁨, 슬픔, 두려움 등을 인정하고 되비추어 줌으로써 "나는 존재한다", "나는 이해받고 있다"는 안정된 자기감을 형성하도록 돕는 정서적 토대가 된다. 본문에서 치료사 샘은 화자가 어린 시절 이러한 '거울 반응'을 충분히 받지 못했다고 진단한다. 즉, 화자의 감정과 존재가 부모에게 충분히 인정받거나 반영되지 않았다는 뜻이다. 이로 인해 화자는 안정된 자기감과 정체성을 확립하는 데 어려움을 겪게 되었고, 샘은 이러한 '정서적 거울 반응의 부재'가 현재의 '자아 없음'이라는 극단적인 공허감으로 나타난 것이라고 해석한 것이다.

"두려움이 점점 더 심해지고 있어요." 나는 몇 주 내내 울면서 말했습니다.

"무엇이 그렇게 두려운가요?" 샘은 더없이 부드럽고 연민 어린 목소리로 물었습니다.

"미쳐 버릴까 봐, 제대로 활동하지 못할까 봐, 제 딸을 돌볼 수 없을까 봐 두려워요. 이 두려움을 더는 견디지 못하겠어요." 눈물이 얼굴 위로 쉴 새 없이 흘러내렸습니다.

"좋아요, 한번 미쳐 보세요. 어서요. 제가 여기에 있으면서 다시 데려올 테니." 그가 말했습니다.

"그래요." 나는 그에게 소리쳤습니다. "당신은 여기 있겠죠. 하지만 그게 무슨 소용이죠? 나는 정말 무서워 죽겠는데, 당신은 그 속으로 그냥 뛰어들라고 하고, 그러면 당신이 구해 줄 거라고 말하는 거잖아요? 제가 보기에 당신은 여기에서 지금 실제로 무슨 일이 벌어지고 있는지 전혀 모르는 것 같고, 달리 뭘 해야 할지도 모르는 것 같아요. 저를 이전보다 더 무서워하게 하지 마시고, 차라리 모르면 모른다고 솔직하게 인정하는 게 낫지 않겠어요?"

"있잖아요, 수잔." 그가 반박했습니다. "지난 몇 달 동안 당신과의 상담은 너무나 힘들었어요. 항상 저한테 화를 냈죠. 제가 제대로 할 수 있는 게 하나도 없는 것처럼 느껴질 지경이에요. 지난번 상담을 마친 뒤 제가 적어 놓은 글을 읽어 드리고 싶은데, 괜찮을까요? 당신이 저에게 표출하는 이 모든 화를 제가 어떻게 보는지 알려 드리고 싶군요."

"저에 관해 쓴 글을 읽어 주고 싶다고요? 왜 그렇게 하려는 거죠?" 나는 믿기지 않는다는 듯이 물었습니다.

"당신이 겪는 일에 관해 제가 어떤 인상을 받았고 어떤 생각을 하는지 알려 드리고 싶어서 그래요."

"좋아요. 정말 읽고 싶다면 읽어 보세요." 나는 여전히 의아했지만 그렇게 말했습니다.

"좋습니다, 시작할게요." 그는 스프링 노트를 잠시 뒤적이다 해당 페이지를 찾아냈습니다. 그러고는 깊이 숨을 들이쉰 뒤 읽기 시작했습니다.

"그녀는 특별하다고 느끼고 싶어 하는 욕구를 내가 충족시켜 주지 않는다는 이유로 몇 달째 나를 깎아내리고 있다. 예전의 그녀는 나를 '좋은 젖가슴'— 전적으로 선하고 완벽하며 본받을 만한 대상(양육자)— 으로 보았다. 그러나 이제 그녀는 나를 '나쁜 젖가슴'— 전적으로 나쁜, 한때의 이상적 위치에서 추락해 버린 깊이 실망스럽고, 좌절감을 주며, 충족시켜 주지 않는 대상(양육자)— 으로 보고 있다. 그녀의 전(前)오이디푸스적 상처[*]가 점점 더 뚜렷해지고 있고, 원시적 방어 기제들이 전력으로 작동하고 있다. 그녀는 나를 전적으로 나쁜 처벌

---

[*] 전 오이디푸스적 상처란 오이디푸스 콤플렉스 이전인 영아기부터 만 3세 무렵까지의 초기 발달 단계에서, 양육자에게서 충분한 애정, 공감, 안정감을 일관되게 받지 못하거나 왜곡된 방식으로 경험할 때 형성되는 심리적 손상을 가리킨다. 그로 인해 자기를 지탱해 줄 내면의 안정감과 신뢰감이 충분히 뿌리내리지 못하면, 성인이 된 뒤에도 깊은 공허감, 만성적인 불안, 불안정한 자기감, 대인관계의 어려움 등으로 나타날 수 있다. 대상관계이론과 자기심리학에서는 이처럼 생애 초기의 관계 경험이 한 사람의 성격 구조와 대인관계 방식 전반에 깊은 영향을 미친다고 본다.

자로 보는 분열을 일으키고 있다. 내가 그녀를 내 삶의 특별한 존재로 사랑해 주지 않아서 그녀는 격분하고 있다."

나는 입을 벌린 채 몇 초 동안 멍하니 샘을 바라보았습니다. 도저히 믿을 수가 없어서 말이 나오지 않았습니다. 지난 3년 동안 그가 나를 이렇게 보고 있었다는 말인가? 그 많은 시간 동안 나는 개인적 정체성이 없는 상태를 경험하면서 느끼는 공포, 혼란, 어려움에 관해 얘기했는데, 그는 그것을 대상-관계 분열*이나 경계선 인격 장애**의 신호로 해석하고 있었다는 말인가?

나는 샘의 눈을 바라보았습니다. 그는 평온해 보였고 행복해 보이기까지 했으며, 입가에 미소를 머금은 채 나를 평화롭게 바라보고 있었습니다. 그는 자신의 분석을 자랑스러워했고, 그것을 내게 들려주었다는 사실에 만족해했습니다. 그는 몇 분간 내 반응을 기다렸는데, 아무 말이 없자 눈을 감고 의자에 기댔습니다. 나는 여전히 할 말을 잃은 상태였습니다. 마음은 충격을 받아 침묵에 빠졌습니다. 나는 여전히 그를 바라보며 자리에서 일어나 재킷과 지갑을 챙기고 천천히

---

* 분열(splitting)은 대상관계이론에서 설명하는 초기 방어기제 중 하나로, 유아가 '좋은 대상'과 '나쁜 대상'을 통합하지 못하고 분리하여 경험하는 현상을 말한다. 유아는 아직 불안을 온전히 견딜 능력이 없기 때문에, 불안을 유발하는 '나쁜 대상'을 '좋은 대상'과 분리하여 자아를 보호하려 한다. 이러한 분열이 충분히 통합되지 않으면, 성인이 된 뒤에도 관계에서 상대를 전적으로 이상화하거나 평가절하하는 양상이 반복될 수 있으며, 특히 경계선 성격 구조에서 두드러지게 관찰된다.

** 경계선 인격장애는 대인관계, 자아상, 감정, 충동 조절 등 여러 영역에 걸쳐 뚜렷한 불안정성을 보이는 성격장애다. 버림받음에 대한 극심한 두려움, 대인관계에서의 이상화와 평가절하, 정체감 혼란, 만성적 공허감, 강렬하고 변덕스러운 감정, 충동적 행동(자해나 자살 시도 포함) 등이 주된 특징이다.

문을 향해 걸어갔습니다. 내가 떠나려고 일어서자 샘은 눈을 떴습니다. 그는 상담 시간이 30분 남았음을 보여 주는 시계를 힐끗 보더니, 의아한 표정으로 나를 바라보았습니다.

"아직 안 끝났어요. 어디 가시나요?" 그가 말했습니다.

"갈 거예요." 나는 간신히 말을 짜내며 대답했습니다. "더이상 할 말이 없어요. 방금 당신이 읽은 말을 정말로 들었다는 게 믿기지 않아요. 저는…."

더는 할 말이 없었습니다. 더 애기하자는 그의 거듭된 권유를 뿌리치고 멍한 상태로 그의 상담실을 나섰습니다. 무슨 말을 더 할 수 있었겠어요? 그는 자아 없음의 경험을 병리 증상, 즉 아주 어릴 때 입은 깊은 감정적 상처의 신호로 해석했고, 치료 전망도 밝지 않다는 점을 분명히 했습니다. 그 말은 내 두려움을 통해 말하던 바로 그 목소리, 마음속에 맴돌며 평화롭거나 만족스러운 순간이 찾아오기만 하면 날카로운 칼날처럼 찌르며 울려 퍼지던 차가운 공포의 목소리와 같았습니다.

샘에게 심리 상담을 받는 동안, 나는 존 F. 케네디 대학교의 수업에서 만난 남성과 교제하게 되었습니다. 알고 보니 그는 샘과 오랫동안 가까운 친구 사이였습니다. 스티브와 나는 심리학의 관점이라는 공통 분모 안에서 가까워졌습니다. 우리는 심리학 주제와 이론 모델,

관계 문제에 관해 얘기했고, 그런 방식은 삶의 방향을 같이하는 유대
감을 형성했습니다. 나는 내 삶에 끊임없이 흐르는 심한 두려움에 관
해 그에게 자주 말했고, 우리는 그 두려움이 더 깊은 심리 문제의 신
호라는 데에 동의했습니다.

우리는 둘 다 심리 치료사가 되는 훈련을 받고 있어서, 우리 사이에
일어나는 모든 일을 심리학의 관점으로 바라보았습니다. 우리는 서로
의 행동을 분석하고 해석했으며, 사물이 상징하는 의미에 관해 정기
적으로 이야기했고, 관계에 영향을 미치는 더 깊은 '패턴'이나 '문제'를
이해하기 위해 서로의 가족사를 알아 갔습니다. 내가 '나'라는 것이 없
다고 말했을 때, 스티브도 클로드처럼 그 의미를 이해하는 데 어려움
을 겪었습니다. 그가 보기에는 모든 면에서 똑같은 한 사람인 여성을
상대하고 있었기 때문이죠.

텅 비어 있음의 신비로운 작용 안에서 스티브와의 관계가 발전하여
9년 동안 이어졌습니다. 하지만 우리가 계속 함께하게 된 데는 뚜렷
한 이유가 없었고, 마음은 계속 어떤 개인인 척 보이려 했지만, 관계
자체가 '나'라는 기준점을 되찾아 주지는 못했습니다. 우리가 만난 것
은 나의 두려움이 여전할 때였기에, 마음은 기억을 끌어와서 교제 중
인 여성이란 어떤 모습일 것이라 상상하며 그 관계를 개인적인 것처
럼 보이게 만들려 했습니다. 그러나 지난 9년 내내 스티브와 내가 개
인 대 개인으로 관계한 적은 단 한 순간도 없었습니다. 왜냐하면 그가
관계 맺을 수 있는 '나'라는 것이 애초에 존재하지 않았기 때문입니다.

1982년 봄에 개인적 자아 없음을 처음 경험한 뒤로 샘과의 상담이 끝날 때까지 열 명의 심리 치료사를 만났습니다. 그중 어떤 치료도 내 두려움을 확인해 주는 것 말고는 아무 도움이 되지 않았지만, 나는 여전히 내게 일어난 일을 이해하도록 도움을 줄, 사회적으로 인정된 다른 곳은 없다고 믿었습니다. 그래서 샘 이후에도 다른 심리 치료사를 찾아 나섰습니다.

로렌 스포크는 50대 초반의 임상 심리학자로, 심리 치료사이자 영적 교사로서 초개인(超個人) 심리학계에서 탄탄한 명성을 가진 인물이었습니다. 내가 겪은 경험을 설명하자, 그녀는 절대로 텅 비어 있음 속으로 들어가면 안 된다고 말했습니다. 너무 위험하다는 것이었습니다. 그녀가 말한 위험이 정확히 무엇을 뜻하는지는 지금도 알지 못합니다. 그 말이 입 밖으로 나오자마자 두려움이 너무나 커져서 더 물어볼 엄두가 나지 않았기 때문이죠. 그녀는 텅 비어 있음 속으로 들어가라고 권하는 사람들의 말을 절대로 듣지 말아야 한다고 경고했습니다. 그런 권유 자체가 곧 그들이 그 경험에 관해 아무것도 모른다는 증거라는 것이었습니다. 그녀는 나를 걱정한다며, 이대로 계속 가다가는 곧 정상적으로 활동할 수 없게 될 것이라고 말했습니다.

로렌과 함께한 석 달 동안, 내게 일어난 일에 대해 점점 더 큰 공포를 느끼게 되었습니다. 그녀가 매년 여름 뉴욕으로 떠나는 휴가철이 되자, 우리는 전화로 치료를 이어 갔습니다. 세 번째 전화 상담에서 그녀는 내가 너무 불안정해서 멀리서는 책임질 수 없다고 말했습니다. 그녀는 치료를 끝내기로 결정했고, 내 근처에 사는 다른 치료사의 이름을 알려 준 뒤, 다른 치료사와 상담하게 되면 자신의 자동응답기에 메시지를 남겨 달라고 했습니다.

✳ ✳ ✳

한편으로는 두려움이 있었지만, 무언가는 로렌이 틀렸다는 것을 늘 알고 있었습니다. 그것은 두려움의 목소리에 동조했던 모든 심리 치료사가 틀렸다는 것을 알았던 바로 그 무엇이었습니다. 똑같은 시각을 가진 다른 심리 치료사를 찾으려는 행위가 어리석게 느껴져서 새로운 접근 방식을 시도해 보았습니다. 나는 전통적인 정신역동 심리학자이자 지역 대학원에서 강의하는 여성을 찾아가 상담받기 시작했습니다. 새로운 접근 방식이란 자아 없음의 체험에 관해 그녀에게 아무것도 얘기하지 않는 것이었죠. 당연히 상담은 아무 소용이 없었습니다. 그녀는 내가 정말로 얘기해야 했던 것이 무엇인지 끝내 알지 못했고, 나는 그녀가 내 경험을 병적인 것으로 규정하지 않는 관점에서 볼 수 있으리라는 믿음을 갖지 못했습니다. 나는 그녀와 1년 동안 상담하며 대학원 생활, 인간관계, 심리학 이론에 관해 얘기했습니다. 내 진짜 고민을 털어놓지 않으리라는 점이 분명해지자, 상담을 그만두었습니다.

몇 달 뒤 나는 친구가 추천해 준 심리 치료사를 찾아갔습니다. 친구는 몇 년째 데이비드 케이에게 상담을 받고 있었고, 그를 굳게 신뢰했습니다. 그는 솔직하고 직설적이며 도전적인 사람이었습니다. 상담을 시작한 지 한 달이 지났을 무렵, 그는 내가 누구인지도 모른다면 심리 치료사가 될 자격이 없다고 단호히 말했습니다. 그리고 텅 비어 있음의 경험은 내가 정신병적 경험을 하고 있다는 뜻이며, '억압하고 있는 모든 아픔'을 '해소'하려면 주 2회 상담이 필요하다고 했습니다. 여섯 번째 상담을 시작한 지 10분쯤 지났을 때, 그는 자신이 무엇을 해도 나에게는 충분하지 않은 것 같다고 말했고, 나는 일어서서 상담을 그만두겠다고 말한 뒤 떠났습니다.

내가 경험한 마지막 심리 치료는 아예 첫 상담조차 시작하지 못했습니다. 나는 이인증을 직접 경험해 본 치료사를 수소문했습니다. 어차피 심리학 분야에서 계속 답을 찾아야 한다면, 그 세계에 있는 누군가가 내 경험을 알아볼 수 있도록 임상 용어로 부르는 편이 낫겠다고 생각했기 때문입니다. 그러던 중 한 여성 치료사와 연락이 닿았는데, 그녀는 상담 예약이 꽉 차 있어서 나를 만날 시간이 없다고 말했습니다. 그러면서 다른 치료사들을 소개해 줄지 물었습니다.

"괜찮아요." 나는 거절하며 말했습니다. "그럴 필요 없을 것 같아요. 아무도 저를 도와줄 수 없겠다는 생각이 드네요."

"정말 끔찍한 기분이겠군요." 그녀가 대답했습니다.

"음, 몇 년 동안 열두 명의 심리 치료사를 만나 상담했는데도 효과가 없는 걸 보니, 저는 완전히 구제 불능이거나, 아니면 심리 치료를 완전히 포기해야 할 것 같아요."

"마음이 바뀌면 알려 주세요. 몇 달 뒤에는 자리가 날지 모르거든
요." 그녀가 말했습니다.

❊　❊　❊

샘과의 상담을 마쳤을 때, 나는 이미 심리학 박사 과정 2년 차였습
니다. 존 F. 케네디 대학교에서 1년간 공부한 뒤, 석사 학위가 아니라
박사 학위를 받고 싶어서 1987년 가을에 라이트 연구소(The Wright
Institute)로 편입했습니다. 이후 이어진 치료 경험들은 대학원 과정을
마칠 때까지 계속 이어졌습니다.

라이트 연구소는 정신역동적 접근*을 중시하는 전통적인 심리학
프로그램이었고, 학교와 연계된 대다수 교수진과 임상 지도자(슈퍼바
이저)는 엄격한 분석적 이론 성향을 고수했습니다. 나는 프로이트식
'빈 스크린 모델'**에 따라 심리 치료를 하도록 훈련받고 있었습니다.
이 모델에서 치료자는 되도록 말을 아끼면서도, 한편으로는 어떻게
하면 탁월하게 개입해서 내담자의 삶을 극적으로 변화시킬 수 있을
지 궁리하고 있어야 합니다.

---

* 　정신역동(psychodynamic) 심리학은 인간의 행동과 감정이 무의식적인 내면의 갈
등과 어린 시절의 경험에 깊이 영향받는다고 보는 심리학 이론이다. 프로이트의
정신분석학에 뿌리를 두고 있으며, 현재의 문제를 과거의 원인과 연결하여 이해하
려 한다.

** 　빈 스크린(blank screen)' 모델은 정신역동 심리 치료의 한 기법으로, 치료사가
자신의 감정을 드러내지 않고 중립적 태도를 유지하여 환자가 무의식적인 생각과
감정을 자유롭게 투영할 수 있도록 하는 방법이다.

심리 치료에서 일어나는 모든 일은 내담자와 치료사 사이의 '관계에서 일어나기' 때문에, 우리는 '전이(轉移)[*]를 다루고' '역전이(逆轉移)^{**}에 주의를 기울이도록' 권장받았습니다. 이 자료를 치료 과정에 활용하기 위해서입니다. 또한 환자의 '욕구를 채워 주지 말라'고 거듭 주의를 받았는데, 이는 내담자가 우리의 나이나 기분을 물어봐도 답하지 말라는 것에서부터, 힘든 상담을 마치거나 몇 년에 걸친 치료가 끝났을 때조차 형식적인 악수 이상은 하지 말라는 것에 이르기까지 모든 것을 의미하는 듯했습니다.

분석적 태도는 마치 구속복처럼 느껴졌고, 그것이 어떻게 환자들에게 유용할 수 있을지 이해하기 어려웠습니다. 실제로 많은 환자는 치료를 시작했을 때보다 오히려 자신을 더 안 좋게 느끼며 끝맺곤 했죠. 나는 라이트 연구소의 훈련 프로그램을 통해 만난 환자들에게 이런 태도를 보이지 않았지만, 이 사실을 임상 지도자들에게 말한 적은 없습니다. 나는 내담자들의 자연스러운 인간적 표현을 차마 거절할 수 없었고, 그 표현을 다시 분석의 대상으로 되돌릴 수도 없었으며, 그들의 질문에 침묵으로 응답할 수도 없었습니다.

---

* 전이(transference)란 정신분석학의 핵심 개념으로, 환자가 과거의 중요한 관계, 특히 어린 시절 부모나 양육자와의 관계에서 경험했던 감정, 태도, 기대, 욕구를 무의식적으로 치료자에게 재현하는 현상을 뜻한다.

** 역전이(countertransference)는 치료자가 환자와의 관계에서 무의식적으로 경험하는 감정이나 태도를 뜻한다. 환자가 과거 관계의 감정을 치료자에게 투영하는 전이와 반대 방향으로, 치료자 쪽에서 환자를 향해 일어나는 감정 반응이라는 점에서 '역(逆)'전이라 불린다. 고전적 정신분석에서는 치료자가 극복해야 할 장애물로 여겼으나, 현대 정신분석에서는 환자의 내적 세계를 이해하는 중요한 임상적 단서로 활용된다.

분석적 입장은 다음과 같이 설명합니다. 내담자가 치료자에게 긍정적인 감정을 느끼면, 이는 해결해야 할 전이입니다. 내담자가 치료자에게 부정적인 감정을 느껴도 역시 해결해야 할 전이입니다. 반대로, 치료자가 환자에게 어떤 감정을 느끼면, 이는 역전이 혹은 투사적 동일시로 해석됩니다. 투사적 동일시란 환자가 억압된 감정을 치료자에게 투사하여, 치료자가 그 감정을 대신 느끼게 하는 방어기제입니다.

나는 자기에게 거의 말을 하지 않고, 가장 단순한 질문에도 대답을 거부하며, 자기의 행동에서 숨겨진 부정적 동기('치료에 2분 늦은 건 치료에 저항하고 있다는 뜻이다')를 찾아내려 하고, 자기의 모든 경험을 더 깊고 근본적인 문제로 보면서 병적인 것으로 규정하는 사람에게 왜 환자가 많은 돈을 지급하려고 하는지 전혀 이해할 수 없었습니다. 전통적 심리 치료는 알 수 없는 것에 대한 원초적 두려움에 기반해 있는 것 같았고, 이 두려움은 문화 규범에 맞지 않는 모든 의식의 표현을 축소하고 해석하며 병적인 것으로 규정하려는 경향을 보입니다.

나는 모든 치료사가 이런 방식으로 일하지는 않는다는 것을 잘 알지만, 내가 훈련받은 것은 이런 모델이었습니다. 분석적 성향의 심리 치료사들이 자기들끼리 환자에 관해 나누는 말을 듣는 것도 불편했습니다. 나는 그들 사이에서 연민이나 동정심, 인간적인 이해를 들어 본 적이 거의 없습니다. 대신 환자들은 저마다 자신의 진단명에 따른 꼬리표가 붙어 있었습니다. "제 경계선 성격장애 환자가 어제 어떤 행동을 했는지 믿지 못하실 거예요." 혹은 "10시에 만나는 강박증 환자 때문에 미쳐 버릴 것 같아요.”

수련 과정이 막바지에 이르자, 심리학이라는 틀 안에서 자아 없음의 체험을 이해하려고 한 것은 잘못된 선택이었다는 사실이 분명해졌습니다. 심리학의 관점에서는 이 경험이 치료받아야 할 대상이었기 때문입니다. ‘치료’라는 개념에는 당신이나, 더 중요하게는, 당신의 치료사가 적절하게 여기지 않는 것을 없애거나 멈추거나 바꾸려는 노력이 포함됩니다. 하지만 개인의 정체성이라는 경험이 돌아올 길은 명백히 없었고, 심리학 분야가 내게 일어나고 있는 일을 조금도 알지 못한다는 사실이 이제는 끔찍할 정도로 분명했습니다. 그런데도 나는 박사 과정을 마치고 심리학자 자격증도 취득했습니다. 그게 바로 다음에 할 명백한 일이었기 때문이죠. 내가 왜 그렇게 하는지는 설명할 수 없었습니다. 나는 마음을 통해 도출된 논리에 따라 행동하지 않았습니다.

물론 두려움은 여전히 자기만의 논리를 계속 만들어 내고 있었고, 내가 어떤 사람인 척해야 하니까 심리학자로서 경력을 쌓아 가야 한다고 주장했죠. 자신이 ‘아무도 아님’을 아는 것은 사회의 통념과는 맞지 않았습니다. 이 세상에서 텅 비어 있음은 받아들여질 수 있는 목표가 아니었습니다. 몇 년 뒤, 오빠가 우리 가족 중에서 뭔가를 이룬 사람은 나 하나뿐이라고 말했을 때 나는 웃음을 터뜨렸습니다. 나를 다른 사람들처럼 한 개인으로 보이게 만들려는 마음의 노력이 겉보기에는 성공했기 때문이죠.

7. 스승들을 만나다

모든 현상이 본래 텅 비어 있음
—그것은 순수 의식입니다—을
아는 이 깨달음은
참된 충만입니다.

눈(雪) 속에서 귀 기울이는 자,
그 자신 아무것도 아니기에
거기에 없는 것은 아무것도 보지 않으며
지금 있는 '없음'을 본다.
_월리스 스티븐스

개인적 기준점이 사라진 지 10년이 흘렀습니다. 그 10년 동안 나는 두려움에 시달리면서도 그 경험을 이해할 길을 찾아 헤맸습니다. 하지만 아무리 심한 두려움을 겪더라도 그 텅 비어 있음은 단 한 순간도 흔들리지 않았습니다. 나는 우리 문화에서 현명하다고 여겨지는 사람들, 즉 엄격한 학문적 훈련을 통해 지성을 갈고닦은 교육받은 영혼들에게 도움을 구했습니다. '포스트모던 시대의 스승'이라 불리는 심리 치료사들은 내가 설명한 경험에 관해 나름의 이해를 제공하려 최선을 다했습니다. 그들은 자신이 이해하지 못하는 무언가를 설명해 줄 단어를 찾으려 애썼습니다.

선의는 있었지만, 내가 만난 모든 치료사는 삶이 어떻게 해석되어야 한다는 자기의 생각에 갇혀 있었고, 현실이 다양한 방식으로 경험될 수 있다는 가능성에 열려 있지 않았습니다. 결국, 아무도 자신이 모른다는 것을 인정하려 들지 않았죠.

1992년 봄, 대학원을 마친 지 1년이 지난 뒤 나는 개인적 자아 없음에 관한 영적 관점을 찾기 시작했습니다. 내 경험을 설명해 줄 수 있는 것이라면 무엇이든 찾아내기 위해 서점을 계속 뒤지며 닥치는 대로 책을 읽었습니다. 이러한 노력은 불교를 발견하면서 큰 결실을 보았습니다. '아나타(무아, 자아 없음)'와 '슈나타(공, 텅 비어 있음)'를 온전히 다룬 책이 수없이 많았고, 지난 10년간 내가 살아온 경험을 설명하고 논의하며 탐구하는 내용이 페이지마다 가득 담겨 있었습니다.

나는 찾을 수 있는 모든 자료를 읽었습니다. 그동안 이런 자료를 전에 전혀 발견하지 못했다는 사실이 놀라웠죠. 특히 달라이 라마가 한 말에 깊은 감명을 받았습니다. "무아(無我)는 과거에 존재했던 것이 사라진 게 아닙니다. 그런 '자아'는 처음부터 존재한 적이 없습니다."

불교계에서는 자아 없음을 이야기하더라도 두려워하거나 당혹스러운 시선이 돌아오지 않는다는 것을 알게 되었습니다. 오히려 나의 체험은 긍정적인 것으로 여겨질 뿐만 아니라, 불교의 길에 들어선 모든 사람이 추구해야 할 목표로 인정받는다는 인상을 받았죠.

불교는 내 경험의 한 측면, 즉 개인의 정체성은 사라졌어도 모든 인격적 기능은 온전히 그대로 남아 있다는 점을 설명하는 데 특히 도움이 되었습니다. 하지만 이제 그 기능들은 누구에게도 속하지 않는 드넓음 속에서 스쳐 지나가고 있었습니다. 예전과 똑같은 모든 경험이 여전히 일어났지만, 그것들을 경험할 '나'는 없었습니다. 알맞은 반응들 역시 그냥 일어났다가 스스로 사라졌고, 온갖 종류의 상호작용, 감정, 대화, 행동 등 모든 것이 무한히 넓은 스크린 위에 나타났다가 사라졌습니다.

행동과 말을 지시할 개별 자아가 없으니, 봉사라는 개념은 완전히 새로운 차원을 띠게 되었습니다. 이제 행동과 말은 개인적인 목적에서 나오는 것이 아니라, 그 순간 당면한 상황에 필요할 때 나오는 것으로 보였습니다. 개인적인 기능은 없었지만, 기능 자체는 손상되지 않은 채 온전히 계속되었습니다. 기능함과 기능하지 않음, 존재함과 존재하지 않음이 함께 있었습니다.

불교 경전들은 무아의 상태에서 남아 있는 것은 스칸다(skandha) 즉 '집합(온)'으로 불리는 텅 빈 기능들이라고 설명합니다. 여기서 '텅 비어 있다'는 것은 개별적인 인격이 없다는 뜻입니다. 따라서 말하는 것은 말하는 기능이고, 생각하는 것은 생각하는 기능이며, 어머니 역할을 하는 것은 어머니 역할 기능, 느끼는 것은 느끼는 기능 등입니다. 이러한 기능들이 세상을 살아가는 일을 하며, 개별 자아 없이 행해집니다.

다섯 가지 집합(오온)은 흔히 모습, 느낌, 지각, 의지적 작용, 의식으로 번역됩니다. 불교의 가르침에 따르면, 자아감과 연관된 모든 경험은 이 다섯 가지 '집합'으로 분석될 수 있습니다. 이 집합들의 작용만 있을 뿐, 그와 별도로 영속하는 개별 자아는 존재하지 않습니다. 이 다섯 가지 집합은 개별 자아를 이루지 않습니다. 오히려 그들의 상호

작용이 개별 자아라는 환상을 만들어 냅니다.

인간으로서 우리가 마주하는 최악의 두려움은 소멸에 대한 두려움입니다. 그런데 소멸이 일어난 뒤에도 여전히 무언가가 남아 있다면 어떻게 될까요? 불교에서는 우리가 그때 진리 안에 들어선 것이라고 말합니다. 다섯 가지 집합(오온)은 남아 있지만, 그것들의 진실―그것들이 텅 비어 있다는 것―이 드러납니다. 이것이 바로 내가 직접 체험한 것이었죠. 하지만 이 '진리 속으로 들어서는 경험'이 얼마나 기이하고 두려울 수 있는지를 왜 아무도 말해 주지 않았을까요?

나는 여전히 자아의식이 갑자기 사라질 때 발생하는 전환기나 적응기에 관해 설명한 글을 찾지 못했습니다. 어쩌면 그 경험이 나처럼 그렇게 극적이고 갑작스러운 경우는 드물었을지도 모릅니다. 다른 사람들은 아마 더 점차 텅 비어 있음 속으로 빠져들어 나와 같은 극심한 공포를 겪지 않았을 수도 있습니다. 하지만 텅 비어 있음을 제대로 만났다면 적어도 어느 정도의 공포는 경험했을 것 같았습니다. 유한한 자아라는 연약한 환영에게는 무한함이라는 현실이 필연적으로 두려울 수밖에 없으니까요. 어찌 그렇지 않을 수 있겠어요? 그런데 왜 아무도 이 문제에 관해 거론하지 않았던 걸까요?

현대 영성의 언어와 그 기저에 깔린 전제들을 더 깊이 들여다보면, 이 질문에 대한 몇 가지 답을 찾을 수 있습니다. 영성 공동체에는 진정한 영적 체험을 이루는 것들에 관해 널리 공유되고 의심받지 않는 관념들이 존재합니다. 이 관념들이 논란의 여지 없이 받아들여지는 주된

162

이유는 그 공동체들이 폐쇄적인 체제를 이루고 있기 때문입니다. 만약 당신이 그 타당성에 이의를 제기한다면, 그 체제는 '당신이 진정한 체험을 하고 있지 않은 것이며, 따라서 이의를 제기할 자격이 없다'는 식으로 말합니다.

두려움 없음은 진정한 영적 깨어남의 징표 중 하나로 여겨집니다. 두려움 없음은 한없는 사랑, 지복, 기쁨, 황홀감과 더불어 깨달은 삶의 명백한 표시 중 하나로 인정됩니다. 사람들은 늘 길잡이가 되어 줄 대상, 나아갈 길을 일러 주고 목적지에 도착했음을 알려 줄 표지판을 찾아왔습니다. 영적 체험에 관한 해석은 이러한 길 찾기 욕구에 의해 관리되거나 조직되었고, 그로 인해 본래의 타당성을 잃어버렸습니다.

우리는 특정한 생각이나 감정, 행동이 있어야만 그 사람이 깨달았다는 것을 분명히 알 수 있다고 확신하게 되었습니다. 깨달은 자의 속성을 나열한 점검표는 길고 복잡합니다. 우리는 깨달았다고 여겨지는 존재와 함께 있을 때 그를 지켜보며 스스로 묻습니다. '이것이 정말 사랑일까?' 혹은 '이것이 지복일까?' 그리고 그 사람에게 아직 생각이 있는지 알고 싶어 합니다. 생각이 텅 비어 버린 마음이야말로 영적 진보의 확실한 징표라고 들었기 때문이죠. "뭐라고? 두려움이 있다고? 음, 두려움이 있다면, 그것은 진정한 영적 체험일 리 없어." 그러나 실제로는 두려움이 있다는 것은 두려움이 지금 있다는 사실을 뜻할 뿐, 그 이상도 이하도 아닙니다.

그 무렵, 초월명상을 수련하던 시절의 옛 친구에게서 전화가 왔고,

나는 그에게 나의 체험에 관해 얘기했습니다. 그는 마하리쉬 마헤쉬 요기가 오래전에 한 말을 상기시켜 주었습니다. 마하리쉬는 우주 의식(깨어남의 첫 단계)이 끔찍한 경험이며, 그 사람이 '지켜보는 의식'의 단계를 빨리 통과하도록 돕는 데 스승의 존재가 필수적이라고 분명히 말했다고 합니다. 스승이 없으면 그 사람은 혼란과 두려움 속에서 무기한 길을 잃을 수 있다는 말도 했고, 스승이 실제로 깨달음의 체험을 주는 것은 아니며 "그래, 바로 그거야!"라고 말하여 그러한 체험을 확인시켜 준다는 말도 했다고 합니다.

그 친구의 말에 따르면, 마하리쉬는 신 의식에 관해서도 같은 말을 했다고 합니다. 신 의식은 우주 의식만큼 혼란스러운 경험은 아니지만, 의식의 다음 단계가 드러나려면 그 상태를 확인해 줄 스승이 필요하다는 것이었습니다.

영성 관련 서적을 찾아보던 중, 현대 영적 스승들의 인터뷰를 모아 놓은 《영원한 비전, 치유의 목소리(Timeless Visions, Healing Voices)》라는 책을 읽게 되었습니다. 이 책은 마린 카운티에서 치료사로 일하며 유명 영성 잡지의 편집자로도 활동하던 스테판 보디안이 쓴 것이었습니다. 그 인터뷰들 가운데 특히 장 클라인*이라는 영적 스승과 한 인터

---

* 장 클라인(1912~1998)은 독일 유대인 가정에서 태어나 의사가 되었고, 나중에 프랑스로 거처를 옮겼다. 제2차 세계대전이 끝나자 인도로 가서 아드바이타 베단타와 카슈미르 샤이비즘을 공부한 뒤 서양에 돌아와서 가르침을 전했다.

164

뷰가 내 경험을 정확하게 묘사하는 것 같았습니다. 과거에 심리 치료 사들과 겪었던 좋지 않은 경험 때문에 두렵긴 했지만, 스테판과 만나 기로 약속했습니다.

스테판은 차분하고 조용한 분위기의 남자였고, 나는 그와 놀라울 정도로 편안하게 대화했습니다. 나는 텅 비어 있음의 체험을 최대한 자세히 설명했고, 그동안 겪은 엄청난 두려움과 불안에 관해서도 털 어놓았습니다. 그는 내 경험을 분명히 이해하려고 몇 가지를 물은 뒤, 내가 심리 치료사에게서 들으리라고는 전혀 예상하지 못했던 말을 했 습니다.

"당신은 심오한 영적 깨어남을 경험한 것 같습니다. 이것은 모든 영 적 전통, 특히 아드바이타(비이원론)[*] 전통에서 말하는 자유의 상태로 보입니다. 놀라운 일이군요!"

내가 왜 그렇게 많은 두려움을 경험한다고 생각하는지 묻자, 그는 자신도 모르겠다면서 그의 스승인 장 클라인과 얘기해 보라고 권했 는데, 마침 클라인이 다음 주에 버클리에 강연하러 올 예정이라고 했 습니다. 그는 장 클라인이 라마나 마하리쉬^{**}와 다른 위대한 아드바이 타 현자들의 전통에 따라, 개별 자아란 마음이 만들어 낸 허상일 뿐이 며 참된 자기(the Self)는 비개인적이고 모든 것을 포함하는 순수한 앎

---

*　아드바이타(Advaita)는 산스크리트어로 '둘 아님(不二)'을 뜻하며, 힌두 철학의 베 단타(Vedanta) 전통 가운데 가장 대표적인 비이원론(非二元論) 사상이다. 8세기경 철학자 아디 샹카라에 의해 체계화되었다.

**　라마나 마하리쉬(1879~1950)는 인도의 대표적인 아드바이타 베단타 스승으 로, 현대 비이원론 전통에서 가장 큰 영향을 미친 인물 중 하나다.

(Awareness)이라고 가르친다고 했습니다.

열흘쯤 지난 뒤, 나는 버클리 북쪽의 한 커뮤니티 센터에서 60여 명의 사람들과 함께 장 클라인을 기다리고 있었습니다. 그는 옆문으로 들어와 천천히 방 앞쪽에 놓인 의자로 걸어왔습니다. 마른 체구의 노인이었고, 몸은 쇠약해 보였지만 인자한 얼굴에 눈은 반짝이고 있었습니다. 자리에 앉은 그는 눈을 감고 모두를 침묵의 명상으로 이끌었습니다. 15분쯤 침묵 속에 머문 뒤, 그는 천천히 눈을 뜨고 말을 시작했습니다. 그의 목소리에는 강한 억양이 섞여 있어서 사람들은 한마디도 놓치지 않으려 몸을 앞으로 기울였습니다. 그는 앎의 자유에 관해 잠시 얘기하며, 투사 없이 지각하는 방법을 몇 가지 제안해 주었습니다. 이어서 질문을 받겠다고 했습니다. 나는 자리에서 일어나 지난 10년 동안 내가 겪은 경험에 관해 그의 의견을 들을 수 있는지 물었습니다.

"10년 전, 갑작스럽게 개인적 자아라는 감각이 사라지고 멈추고 꺼져 버렸어요. 그때 이후로는 '나'라는 것이 있다고 느낀 적이 없습니다. 차를 운전하거나 이렇게 말하거나 길을 걸을 때, 이 모든 행동을 하는 사람이 전혀 경험되지 않아요. 더는 아무도 없습니다."

"'나'라는 경험이 없다는 뜻인가요?" 장이 물었습니다.

"맞아요. '나'가 없어요. 그전에는 있었지만, 이제는 없습니다." 내가 대답했습니다.

"음, 그거 완벽하군요. 완벽해요." 장이 대답했습니다.

"그런데 왜 이렇게 불안이 심할까요? 왜 기쁨이 없죠?"

"그 경험을 계속 돌아보려고 하는 마음의 일부를 멈춰야 합니다." 그가 대답했습니다. "그 부분을 치워 버리세요. 그러면 기쁨이 올 것입니다."

그 방에 있던 사람 중 나 말고는 아무도 그의 말이 얼마나 적절한지 알지 못했을 것입니다. 자기성찰 기능 혹은 내성적(內省的) 기능이라고 불릴 만한 마음의 한 부분이 있는데, 그것이 계속해서 안을 돌아보며 그곳에서 텅 비어 있음만을 발견했고, 그때마다 무언가 잘못되었다는 메시지를 계속 보냈습니다. 그것은 오랫동안 개별 자아라는 환상 속에서 살아오며 형성된 반사 작용이었고, 우리는 이 작용이 자기 자신을 알기 위해 필요하다고 여겼습니다. 우리는 자신이 무엇을 생각하고 느끼는지 확인하고, 우리 자신을 연구하며 마음의 상태를 추적하기 위해 거듭거듭 '내면을 들여다봅니다.' 그러나 이제 더는 들여다볼 '내면'이 없어서 자기성찰의 반사 작용은 방향을 잃었지만, 여전히 지속되고 있었습니다. 그 반사 작용은 계속 내면을 돌아보려 했지만, 이제 더는 '내면'이 없고 오직 텅 비어 있음만 있다는 사실을 받아들일 수 없었습니다. 그날 저녁 장 클라인이 내게 가르쳐 준 것은 매우 중요했고, 나는 그에게 늘 감사하고 있습니다.

강연이 끝난 뒤, 장은 제자를 통해 그다음 주에 나와 개인적으로 만나자고 제안했습니다. 나는 차를 운전하여 마린 카운티로 갔는데, 그는 머무르고 있던 집 옆의 정원에 앉아 있었습니다. 내가 다가가자 그는 반갑게 인사를 건네고 옆에 앉으라고 손짓했습니다. 그는 내 의식이 변화하게 된 과정을 처음부터 끝까지 들려 달라고 했습니다. 그는 내 말을 경청하며, 다정한 미소를 지은 채 고개를 끄덕였습니다. 그런 다음 내가 어떻게 지금 있는 그대로의 현실을 순수하고 새롭게 지각하고 있는지 얘기해 주었습니다.

우리는 45분쯤 이야기를 나누었고, 그는 내 건강 상태를 물었습니다. 내가 아주 건강하다고 대답하자, 그는 다행이라고 답했습니다. 우리는 나란히 앉아서 다시 15분가량 침묵 속에 머물렀습니다. 그 후 내가 일어나서 떠나려 하자, 그는 나와 악수하며 내가 '앎(knowing)' 안에서 살고 있다는 것을 알게 되어 무척 기쁘다고 말했습니다.

장을 만난 뒤, 나는 개인적 자아 없음에 관해 언급한 책이나 글을 쓴 다른 영적 스승들에게 연락하기 시작했습니다. 나는 가장 잘 알려진 몇몇 불교 스승과 힌두교 스승에게 내 경험을 상세히 설명하고 의견을 묻는 편지를 보냈습니다. 그들 모두에게서 찬사와 흥분이 가득 담긴 훌륭하고 흥미로운 편지를 받았습니다. 그들은 저마다 자기의 방식으로, 내게 일어난 일이 아주 좋은 일이라고 분명히 얘기해 주었습니다. 이 체험이 모든 창조물의 진정한 본성을 깨달은 것임을 모든 편지가 확인해 주었습니다.

그런 편지를 읽을 때마다 깊은 안도감이 밀려왔습니다. 그러나 체험 자체는 여전히 기쁨이 없었고, 두려움은 여전히 존재했습니다. 어떻게 이런 일이 가능할까요? '만약 내가 경험하는 것이 진정한 깨어남이라면, 기쁨은 어디에 있으며 두려움은 왜 여전히 일어나는가?' 나는 이 핵심 질문에 대한 답을 얻기 위해 몇몇 스승과 편지를 주고받았고 직접 만나기도 했습니다.

영국의 불교 위빠사나 명상 지도자인 크리스토퍼 티트머스는 '나'의 실체가 없음을 깨닫는 것이 얼마나 중요한지 말해 주었습니다. 그 체험이 내가 제정신이 아니라는 의미일 것 같아 두려웠다고 말하자, 그는 이런 답장을 보냈습니다. "영적 언어로 말하자면, 제정신이 아닌 상태란 당신이 겪은 것과 같은 체험을 하지 않은 상태입니다. 왜냐하면 그런 경험을 하지 않으면 '나, 나, 나' 문화에 절대적인 권위를 부여하기 때문이지요. 그런 문화를 믿을 때의 광기는 개인적, 사회적, 세계적인 차원의 결과를 낳습니다."

그는 그 경험에 대한 깊은 감사나 기쁨이 내게 없는 까닭은 내가 그 경험을 이해하지 못해서인 것 같다고 말했습니다. 그리고 이렇게 덧붙였습니다. "어떻게 이해할 수 있었겠습니까? 당신에게는 참고할 만한 자료가 전혀 없었는데요. '나'가 어떻게 '나 아님'을 이해할 수 있겠습니까?" 그는 '내 경험을 이해하고, 그런 경험을 해 보았고, 나 없음을 깨닫는 것의 가치와 기쁨을 아는 사람'을 주변에서 찾아보라고 권했습니다.

그가 여름 수련회를 이끌기 위해 북부 캘리포니아에 왔을 때, 우리는 더 많은 이야기를 나누었습니다. 그는 그 경험을 평온하게 받아들이면, 두려움을 일으키는 생각과 감정의 모든 움직임이 결국 가라앉을 것이라고 설명해 주었습니다.

"안심하세요. 안심하면 두려움이 가라앉을 겁니다. 두려움이 가라앉으면 그 경험의 풍성함이 드러나고 통찰이 깊어질 것입니다." 그가 말했습니다. 그의 말에 담긴 조용한 진실성이 느껴졌습니다.

그는 말을 이었습니다. "누가 나에게 와서 텅 비어 있음을 깨달았다고 말하면, 나는 보통 이렇게 대답합니다. '1년하고 하루 뒤에 다시 오세요. 그때 당신이 어디에 있는지 봅시다.' 만약 그때도 똑같이 말할 수 있고, 그들의 삶이 깊이 변화되어 있다면, 나는 '좋아요, 바로 그겁니다'라고 말해 줄 겁니다."

"12년이면 충분할까요?" 내가 물었습니다.

"충분할 뿐 아니라 차고 넘치죠." 그가 대답했고, 우리 둘 다 크게 웃었습니다.

돌이켜보면, 지난 12년의 여정 동안 내게 부족했던 것은 바로 평온한 수용이었습니다. 12년 동안 나를 안심시켜 준 사람은 아무도 없었고, 나는 완전히 혼자였습니다. 마음은 그 모든 경험을 어떻게 받아들여야 할지 몰라 끊임없이 이해와 의미를 찾으려 애썼습니다. 개인적 자아가 없는 경험의 드넓음을 마음이 도저히 이해할 수 없다는 사실을 받아들이는 데만 거의 11년이 걸렸죠. 이렇게 수용하게 되자 마음은 '파악할 수 없는 경험은 파악할 수는 없는 것'이라는 점을 이해하게 되었습니다. 그것은 잘못된 것도, 미친 것도 아니었습니다. 그저 파악할 수 없는 것일 뿐이었죠.

"제 사무실로 갈까요? 거기서 얘기 나누시지요." 금문교 북쪽 해안 농지에 위치한 그린 걸치 선원(禪院)의 선원장인 렙 앤더슨이 말했습니다. 나는 그를 따라 가파른 산비탈에 놓인 돌길을 올라갔고, 선원의 사무실 겸 서점으로 사용되는 작은 목조 건물을 지나, 거대한 유칼립투스 나무와 울긋불긋한 화단이 군데군데 자리한 넓은 잔디밭으로 나왔습니다. 우리는 가을 햇살 아래 낮은 나무 벤치에 앉았습니다. "멋진 사무실이네요"라고 내가 말하자, 그는 미소를 짓더니 안정되고 진지한 눈빛으로 나를 바라보았습니다. 나는 그에게 내 이야기를 들려주며, 내가 그 경험에서 기쁨을 느끼지 못하는 이유가 뭔지 물어보았습니다.

"자아 없음의 경험은 지복(至福)입니다. 자기를 아는 텅 비어 있음이 지복이지요. 하지만 그것은 상대적인 지복과는 다릅니다. 제가 보기에 당신은 바로 지금 이 순간 완전히 지복 속에 있습니다." 그가 말했습니다.

그는 이어서 다섯 가지 '집합'(오온)이라는 상대적 기제들은 텅 비어 있음의 지복을 인지할 수 없으니, 지복이 있더라도 이를 알아차리기 어려울 것이라고 설명했습니다. 그의 이러한 설명은 내 마음이 그 경험을 해석하던 경직된 방식을 풀어 주었습니다.

마린 카운티에 있는 스피릿 록 명상 센터의 공동 설립자이자 위빠사나 지도자인 잭 콘필드, 그리고 유명한 작가이며 강연자이자 인도의 영적 스승 님 카롤리 바바의 제자인 람 다스도 유익한 조언을 들려주며 격려해 주었습니다. 두 사람은 모두 나를 안심시켜 주고 함께해 주기 위해 최선을 다했으며, 이렇게 심오한 의식의 전환을 소화하고 통합하는 데는 여러 해가 걸린다는 점을 강조했습니다. 나와 전화로 얘기하던 중 잭은 이렇게 말했습니다. "이건 놀라운 체험이에요. 두려워할 필요가 전혀 없습니다. … 동양에서는 완전히 깨어난 사람을 묘사하기 위해 '아킨찬냐(akinchannya)'라는 말을 씁니다. 아킨찬냐는 '아무것도 가지지 않고, 아무것도 바라지 않으며, 아무것도 붙잡지 않고, 마침내 아무것도 되지 않은 자'를 뜻합니다."

람 다스는 내가 "가족과 수행을 병행하며 삶을 일구고 유지한 것 자체가 대단한 일이며, 이는 놀라운 강인함을 보여 주는 것"이라고 말했습니다. 또한 "우리와 마하라지[*]는 자아 없음을 함께 공유하고 있습니다"라고 하면서, 티베트에서 스승을 공경할 때 사용하는 위대한 기원을 알려 주었습니다. "당신의 지혜로운 마음과 저의 지혜로운 마음이 둘 아닌 하나이기를." 그리고 덧붙였습니다. "지혜로운 마음은 자아 없는 곳에 있습니다."

영성 지향 심리학자이자 작가인 하미드 알리(필명 A. H. 알마스)는 내 편지에 다음과 같이 답했습니다. "저는 당신의 체험을 실제 경험과 영적 깨어남으로 봅니다. 그것은 병적인 것이 전혀 아니며, 많은 사람이 이를 이해하지 못하는 것도 당연합니다. 저도 계속 이어지는 과정

---

* 여기에서는 람 다스의 스승인 님 카롤리 바바를 가리킨다.

의 일부로 비슷한 깨어남을 겪어서 당신의 설명이 낯설지 않습니다.

당신에게 일어난 방식은 제가 깨어난 과정이나 제가 가르치는 방식과는 다릅니다. 하지만 당신의 경험이 여러 단계와 발달 과정을 거친다는 사실은 실제이며, 이는 많은 사람이 깨달음을 경험할 때 흔히 겪는 과정과도 일치합니다. 저는 당신의 어린 시절 경험이 이를 위한 준비가 되었고, 명상과 수련회도 도움이 되었다고 생각합니다. 당신이 언급한 두려움과 공포는 그런 상황에서 흔히 있는 일이며, 이를 꿰뚫어 보고 극복하려면 상당한 이해가 필요합니다. 당신은 스승의 도움 없이도 스스로 훌륭하게 해낸 것 같습니다."

하지만 내 경험을 가장 분명하게 인정해 준 분은 이미 세상을 떠난 영적 스승이었습니다. 그분의 제자들과 나눈 대화록을 통해 라마나 마하리쉬를 처음 '만났을' 때, 나는 영적 아버지를 만났다는 것을 알았습니다. 그분은 내 경험을 너무나 정확하고 단순한 방식으로 설명해 주었기에, 내가 겪는 일이 무엇인지에 관해 의문의 여지가 전혀 남지 않았습니다.

라마나 '나는 몸이다'라는 생각(dehatma buddhi)을 넘어서면, 즈냐니 (jnani, 깨달은 자)가 됩니다. 그 생각이 사라지면 행위자도, 행위도 있을 수 없습니다. 그래서 즈냐니는 어떤 행위도 하지 않습니다. 이것이 그의 경험입니다.

질문자 제가 보기에 당신은 무언가를 하고 계십니다. 어떻게 아무 행위도 하지 않는다고 말씀하실 수 있나요?

라마나 라디오는 노래하고 말하지만, 열어 보면 그 안에 아무도 없습니다. 이와 비슷하게, 저의 존재는 공간과 같습니다. 이 몸이 라디오처럼 말하고 있지만, 그 안에는 행위자가 없습니다.

질문자 이해하기 어렵습니다. 좀더 자세히 설명해 주실 수 있나요?

라마나 옹기장이의 물레는 그가 돌리기를 멈춘 뒤에도 한동안 계속 돌아갑니다. 마찬가지로, 선풍기는 전원을 끈 뒤에도 몇 분 동안 계속 돌아갑니다. 몸을 만들어 낸 '예정된 업(카르마)'은 그 몸이 원래 하기로 되어 있던 모든 활동을 하게 할 것이고, 즈냐니는 이 모든 활동을 경험하지만 자신이 그 활동의 행위자라는 생각이 없습니다. 그는 행위자가 아니기 때문입니다. 어떻게 이런 일이 가능한지 이해하기는 어렵습니다. 그러나 즈냐니는 이를 알고 있으며 의심하지 않습니다. 그는 자기가 몸이 아님을 알고, 그의 몸이 어떤 활동에 관여하더라도 자기는 아무것도 하지 않는다는 것을 압니다. 이러한 설명은 즈냐니를 몸과 하나인 존재로 생각하고 그를 그의 몸과 동일시할 수밖에 없는 사람들을 위한 것입니다.

질문자 깨달음의 충격이 너무 커서 몸이 살아남을 수 없다고들 합니다.

라마나 만약 사람이 참된 자기를 깨닫는 순간 즉시 몸을 떠나야 한다면, 참된 자기에 관한 앎이나 깨달음의 상태가 어떻게 다른 사람들에게 전해질 수 있었겠습니까? … 사실, 많은 행위가 즈냐니를 통해 이루어지고 아주 잘 이루어질 수 있지만, 즈냐니는 자기를 그 행위와 전혀 동일시하지 않으며 자기를 행위자라고 상상하지도 않습니다. 어떤 힘이 그의 몸을 통해 일하고, 그 몸을 써서 일이 이루어지게 하는 것입니다.

질문자 즈냐니는 다름을 보지 않는다고 말씀하시는데, 제 생각에는 보통 사람보다 다른 점들을 더 잘 알아보는 것 같습니다. 제게는 설탕이 달고 쑥이 쓴데, 즈냐니도 그렇다고 느끼는 것 같습니다. 사실, 즈냐니는 모든 형태, 소리, 맛 등을 다른 사람들과 똑같이 인식하는 것 같습니다. 그렇다면 어떻게 이런 것들이 단순히 겉모습에 불과하다고 할 수 있겠습니까? 이것들은 즈냐니가 삶에서 겪는 경험의 일부를 이루지 않을까요?

라마나 저는 평등이 즈냐니의 참된 특징이라고 말했습니다. 평등이라는 단어 자체가 차이들의 존재를 암시합니다. 제가 평등이라고 부르는 것은 즈냐니가 모든 차이 가운데에서 인식하는 '하나임'입니다. 평등은 차이를 모른다는 뜻이 아닙니다. 당신이 깨달으면 이런 차이들이 매우 표면적인 것이며 실질적이거나 영구적인 것이 아님을 알 수 있습니다. 이 모든 겉모습 속에서 본질적인 것은 하나의 진리, 실재입니다. 그것을 저는 '하나임'이라고 부릅니다.

라마나의 글을 더 읽어 나가면서 나는 놀라운 구절을 발견했습니다. 한 제자가 참된 자기를 깨닫기 위해 깨어난 존재들과 교류하는 것

(sat-sanga)이 필수적인지 묻자, 라마나는 이렇게 답했습니다. "그렇습니다. 〔필요한 것은〕드러나지 않은 존재(sat), 즉 절대 실재와의 교류입니다. 참된 자기를 실현하려면 드러나지 않은 존재를 '12년간' 섬겨야(함께해야) 한다고 경전들은 말합니다. 하지만 그럴 수 있는 사람이 매우 드물기 때문에 그들은 차선책을 택해야 하는데, 그것은 드러난 존재(sat) 즉 참된 스승과의 교류입니다."

라마나 마하리쉬의 유명하고 존경받는 제자인 푼자지*는 이런 답장을 보냈습니다. "버스가 도착한 순간과 당신이 승차를 기다리던 순간, 그 사이에 과거도 미래도 없는 공(空, Void)이 있었습니다. 이 공이 자기를 자기에게 드러냈습니다. 이는 당신이 수많은 전생에서 쌓은 공덕 덕분입니다. 이것은 아주 좋은 경험입니다. 그것은 당신과 영원히 함께할 것입니다. … 이것은 완전한 자유입니다. 당신은 깨달은 성자들의 해탈(moksha)이 되었습니다."

라마나 마하리쉬와 푼자지의 가르침을 계승한 영적 스승 강가지는 내가 묘사한 내용을 읽고 흥분하여 답장을 보냈습니다. "당신의 편지를 받고 정말 흥분했어요! 꼭 한 번 만나고 싶군요. 자신이 개별적인 '나'가 아니라는 것을 직접 발견했다니, 정말 정말 기쁩니다. 모든 현상이 본래 텅 비어 있음—그것은 순수 의식입니다—을 아는 이 깨달음은 참된 충만입니다. 조건 지어진 존재를 마주하면 처음에는 심한

---

* 푼자지(1910~1997)는 인도의 영적 스승으로 본명은 하리완쉬랄 푼자이며 흔히 파파지라 불린다. 라마나 마하리쉬의 제자로서 "나는 누구인가(Who am I?)"라는 자기 탐구 가르침을 계승했으며, 그의 제자들 가운데 무지, 강가지 등 서구 비이원론 스승들이 있어 현대 비이원론 확산에 큰 영향을 끼쳤다.

두려움이 일어날 수 있습니다. 그러나 궁극에는 그 두려움도 똑같은 텅 빈 의식일 뿐이라는 사실이 드러납니다."

푼자지에게 배웠고, 개인적 자아가 없다는 앎으로 깨어난 체험을 여러 권의 저서에서 들려준 영적 스승 앤드류 코헨은 내가 편지에 묘사한 경험을 읽은 뒤, 만나서 대화해 보고 싶다고 답했습니다. 우리는 몇 시간 동안 개인적 자아의 없음에 관해 이야기를 나누었습니다. 그는 어떤 것에도 '나'라는 개인적 기준점이 없으며 원래부터 없었다는 것을 알면서 살아간다는 것이 얼마나 흥미진진한 일인지 말해 주었습니다.

나는 그에게 다시 편지를 써서 우리의 대화가 얼마나 즐거웠는지 말하고, '아무도 아님'을 아는 앎이 언제나 모든 일의 배후에 있는 행위자이자 찾을 수 없는 신비를 아는 앎으로 드러나고 있다고 얘기했습니다. 앤드류와 대화를 나눈 뒤, 나는 '나' 없음이 더없이 아름다운 무한으로 가득 차 있음을 보기 시작했습니다. 이 앎은 그다음 달에 한층 더 깊어지고 삶의 전면에 드러났습니다.

앤드류도 다시 답장을 보냈습니다. "우리 만남이 이미 깨어난 당신의 상태에 깊은 영향을 주었다니 무척 기쁩니다. 우리가 처음 대화를 나눴을 때, 당신이 깨달음에 관해 스스로 의식하는 것보다 더 많이 이해하고 있다고 느꼈습니다. 당신은 참으로 드문 사람입니다. 왜냐하면 대부분의 경우, 당신처럼 멀리 온 사람들(그 자체로 매우 드문 경우지만)은 흔히 자기도 모르게 자기 경험 가운데 어떤 입장을 취해 버려서,

더 나아가기가 어렵거나 거의 불가능해지기 때문입니다. 당신의 열린 마음과 수용성은 진정한 겸손의 표시이며, 바로 그 겸손만이 모든 것을 가능하게 합니다."

✽ ✽ ✽

1993년 여름, 한 친구가 몇 년째 배우고 있는 선(禪) 스승에 관해 얘기해 주었습니다. 잘 알려진 서양인 선사(禪師)의 법맥을 이은 그는 매우 유능한 영적 안내자라고 했습니다. 그는 우리 집에서 가까운 곳에 살고 있었고, 한편으로는 제자들에게 선 수행을 가르치면서, 다른 한편으로는 심리 치료 상담실을 운영하고 있었습니다. 리처드 맥과 이어를 처음 만났을 때, 나를 이해해 줄 벗을 찾았다는 것을 알 수 있었습니다.

리처드는 내 이야기를 들은 뒤, 내가 아직 그 체험의 겨울에 머물러 있는 것 같다면서, 봄이 되어 꽃이 피어나면 내가 찾던 기쁨이 찾아올 것이라고 말해 주었습니다. 영적 성장을 계절의 흐름에 빗대어 설명한 그의 비유는 아주 적절했고 나를 안심시켜 주었죠. '계절은 먼 옛날부터 이어져 온 자기의 리듬에 따라 시작되고 사라집니다. 계절은 개인이라는 행위자가 만들어 내는 것이 아니라 신비의 작용으로 일어나며, 하나가 지나가면 다른 하나가 이어지는 영원하고도 어김없는 순환의 섭리를 따릅니다. 봄은 언제나 옵니다. 언제나.' 리처드는 내가 지금 마주한 것이 텅 비어 있음의 한 계절일 뿐이며, 아무리 긴 겨울

178

이 이어져도 그 끝에는 어김없이 언제나 봄이 오듯이 이 상태도 때가 되면 변한다는 것을 믿어도 된다며 안심시켜 주었습니다.

리처드는 개인적 자아 없음에 친숙한 전통인 선불교를 알려 주었습니다. 고대 중국 선사들의 선(禪) 이야기와 일화들을 들려주었고, 내가 그 선사들과 '같은 눈으로 보고 있다'는 것을 보여 주었습니다. 그리고 내가 겪고 있는 체험이 자신이 접한 것 중 가장 전형적인 경험, 곧 옛 문헌에서 곧장 나온 듯한 경험이라고 말했을 때, 나는 웃으며 이렇게 대답했습니다.

"저는 제가 미친 것 같다고 생각했는데요!"

"그것도 전형적이죠." 그가 대답했습니다.

결국 리처드가 내게 준 가장 큰 선물은 봄이 반드시 올 것이라는 앎이었습니다. 그리고 봄은 실제로 찾아왔습니다.

11년 동안 이어진 겨울을 견디는 것은 참으로 힘든 일이었습니다. "바로 그거야!"라고 말해 줄 스승이 필요하다는 마하리쉬의 말은, 스승 없이 홀로 있는 상태에서는 두려움을 진실한 것으로 착각할 때 얼마나 두려움에 압도당하기 쉬운지를 보여 줍니다. 개인적 자아가 없을 때도 여전히 남아 있는, 겉보기에 개인적인 측면들은 끊임없이 두려움의 영향을 받습니다. 공포가 극심해지면, 그런 측면들은 마치 레코드 바늘이 홈에 걸려 제자리에서 헛돌듯이 같은 반응과 패턴을 되풀이하는 상태에 갇혀 버립니다. 그렇게 갇혀 버리면 경험은 굳어져 움직이지 못하게 되고, 계절은 자연스럽고 원활하게 펼쳐져야 할 본래의 순환을 이어 갈 수 없게 됩니다.

　나는 텅 비어 있음에 갇혀 있었고, 리처드가 선병(禪病)이라고 부른 이 상태는 악순환이 되어 버렸던 것입니다. 나는 그때 일어난 일이 두려웠고, 두려움 때문에 스스로 고립되었는데, 이는 더 심한 두려움과 고립을 낳을 뿐이었습니다.

　그는 또한 나처럼 그렇게 갑작스럽고 완전하게 텅 비어 있음으로 넘어가는 것은 매우 드문 일이라고 말해 주었습니다. 자신이 지켜본 다른 사람들의 경우에는 그런 전환이 서서히 조금씩 이루어졌고, 시간을 두고 한 번씩 체험이 찾아와서 새로운 상태에 적응할 시간이 있었다고 합니다. 하지만 이렇게 급격한 의식의 변화는 드물어서 외로우며, 그로 인해 '경험을 따라잡아' 맥락을 이해하게 될 때까지 두려움이 심해질 수 있습니다. 마음은 텅 비어 있음의 경험을 파악할 수 없다는 사실을 배워야 합니다. 사실, 마음은 그것을 파악할 필요조차 없습니다. 그러나 마음은 파악할 수 없는 체험을 쉽게 받아들이지 못하며, 이해할 수 없다는 이유만으로 그것을 병적인 것으로 여기는 경향이 있습니다. 마음은 자기가 이해하지 못하기 때문에 그런 경험이 잘못되었거나 미친 것이라는 메시지를 보내는 것입니다.

　나는 리처드에게 왜 두려움이 계속 생겨나는지 물었습니다. 그는 두려움이 있다는 것은 무언가가 아직 완전하지 않다는 뜻이라는 전통적인 불교의 관점을 취하며, 두려움을 없애기 위한 몇 가지 수행을 제안하기 시작했습니다. 나는 그런 수행을 할 수 있는 사람이 없다고 답했습니다. 수행자가 될 행위자를 찾을 수 없었기 때문이죠.

이 시기는 우리의 우정에 전환점이 되었습니다. 리처드가 나에게 두려움을 없앨 방법을 찾으라고 제안했을 때, 그는 분명히 이 과제를 수행할 수 있는 개인적 행위자가 존재한다는 전제를 바탕으로 말하고 있었습니다. 또한 두려움이 있다는 것은 무언가 잘못되었으니 없애야 한다는 것을 암시하고 있었습니다. 하지만 그는 개인적인 '나라는 느낌'이 없음을 실제로 경험하지 못한 것 같았습니다. 그는 두려움이 있다면 두려워하는 개인적 기준점이 반드시 있을 것이라는 뜻으로 해석하고 있었습니다. 하지만 그와 이 체험에 관해 얘기한 기간 내내, 나는 그 두려움이 누군가를 가리키는 것은 아니라고 줄곧 강조했습니다.

나는 리처드에게 매 순간 개인적인 행위자가 없다는 것을 아는 경험을 하는지 묻기 시작했습니다. 마침내 그는, 그런 경험을 하고 있다는 인상을 주었지만, 사실은 그렇지 않다고 인정했습니다. 그는 오랫동안 옛 경전들을 공부한 지식에 더해, 모든 현상이 텅 비어 있음을 잠시 통찰한 (몇 분, 며칠, 혹은 몇 주간 지속된) 체험을 바탕으로 내 경험을 확인해 주고 있었던 것입니다.

전통적인 선불교의 권위를 바탕으로 말한 까닭에 그는 실제보다 더 전문가처럼 보였습니다. 하지만 텅 비어 있음을 온전히 이해하지 못했기 때문에 내 두려움을 해결해 주는 데는 도움을 주지 못했습니다. 또한 그는 심리학 이론들뿐 아니라, 수행에서 진보하려면 '인격 수양'

도 병행해야 한다는 불교의 믿음에도 영향을 받고 있었습니다. 그가 내게 인격을 닦아야 한다고 말하기 시작했을 때, 나는 그의 조언이 인격을 닦을 개인적 행위자가 있다는 전제를 바탕으로 하고 있음을 알았습니다. 그런 행위자가 있지 않음을 이미 깨달은 내게는 인격 수양이라는 발상이 터무니없게 느껴졌습니다.

나는 그에게 내면 수행을 할 수 있는 '나'가 경험되지 않는다고 다시 말해 주었습니다. 사실은 수행해야 할 '내면' 자체가 존재하지 않았습니다. 리처드가 나와 같은 체험을 하지 않는다는 사실이 분명해지자, 나는 그에게 지금까지 동행해 주어 고맙다고 말하고 자리를 떠났습니다.

8. 텅 빈 충만의 거대한 물결

나는 늘 눈앞에 있었으나
두려움에 가려 보이지 않던 것을
마침내 보았습니다.

한밤중
물결도 없고 바람도 없는데
빈 배에 달빛만 가득.
_도겐 선사

나는 없다.
그러나 온 우주가 나 자신이다.
_석두 선사

내게서 연락을 받고 내 경험을 듣게 된 많은 분이 내게 안심되는 말을 해 주었지만, 자아 없음의 겨울은 여전히 많은 기쁨을 가져다주지 않았습니다. 그러나 결국 기쁨은 한꺼번에 찾아왔고, 12년 전 자아가 떨어져 나간 첫 물결이 그랬듯이, 갑작스럽고 돌이킬 수 없이 앎의 해안으로 밀려들었습니다.

자아 없음을 분명하게 경험하던 내 의식 상태는 다음 계절—개인적 자아가 없을 뿐 아니라, 다른 사람과 다른 것도 없다는 경험—로 갑작스럽게 전환되려 하고 있었습니다. 다시 말해, 나는 '하나임의 앎'으로 영구히 전환되려 하고 있었는데, 그 앎에서는 내 의식에 가득하던 텅 비어 있음이 사실은 모든 창조물의 본바탕으로 보였습니다. 텅 비어 있음의 비밀이 이렇게 밝혀지자, 나는 그것을 '드넓음'이라고 부르기 시작했습니다.

유난히 사건이 많았던 한 주를 보내던 나는 친구들을 만나러 북쪽으로 운전해 가고 있었는데, 문득 내가 나 자신을 통과하며 달리고 있다는 것을 알아차렸습니다. 오랫동안 자아가 전혀 없었는데, 여기 이 길 위에서는 모든 것이 나 자신이었고, 나는 이미 내가 있는 곳에 도착하기 위해 나를 통과하며 나아가고 있었습니다. 나는 본질적으로는 어디로도 가고 있지 않았습니다. 왜냐하면 나는 이미 어디에나 있었기 때문입니다. 내가 나 자신이라고 알던 그 무한한 텅 비어 있음은 이제 내가 보는 모든 것의 '무한한 본바탕'으로 분명히 드러났습니다.

드넓은 텅 비어 있음으로 전환이 일어난 뒤, 나는 본격적으로 명상을 하기 시작했습니다. 아침마다 몇 시간, 밤에도 다시 몇 시간 동안 그저 드넓음 속에 앉아 있었습니다. 그러자 텅 비어 있음의 나무에 꽃들이 하나둘 피어나기 시작했습니다. 홀로 수행하고 싶은 마음이 강하게 일어나서, 1월 중순의 긴 주말 동안 산타크루즈 산맥에 있는 불교 명상원에 머물기로 했습니다.

겨울 풍경 속을 운전하며 그곳으로 향하는 동안, 모든 것이 더욱 유동적으로 보였습니다. 산, 나무, 바위, 새, 하늘이 모두 차이점을 잃어 가고 있었습니다. 주위를 바라보았을 때 처음에는 그것들이 하나라는 것이 보였고, 이어 두 번째 지각의 물결에서는 차이들이 보였습

186

니다. 그러나 그것들을 이루는 본바탕을 알아본 일은 육체를 통해 일어난 것이 아니었습니다. 드넓음이 자기 안의 모든 지점에서 자기 자신으로부터 자기를 지각하고 있었습니다. 편안한 고요함이 모든 것에 스며 있었습니다. 황홀감이나 지복감이 아닌 고요한 평온이….

동시에 다른 무언가가 드러나기 시작했고 지금까지 계속되고 있습니다. 나는 그것을 '하나임으로 짙어짐'이라고밖에 표현할 수 없는데, 그것은 경험되는 것이면서 동시에 지각되는 것이었습니다. 그날 이후 나는 모든 것의 '본바탕' 속을 지나가면서 동시에 그것으로 이루어져 있다는 경험을 끊임없이 하고 있습니다. 가장 먼저 경험되는 것은 이것입니다 — 하나임의 재료, 그 질감, 그 느낌, 그 실체. 어떤 곳에 국한되지 않고 무한한 이 본바탕은 눈이나 귀, 코로 지각되는 것이 아니라, 본바탕 자체에 의해, 그 자체로부터 지각될 수 있습니다. 하나임의 본바탕이 자기 자신을 만날 때, 그것은 자기의 감각 기관을 통해 자기 자신을 알아봅니다. 형상은 하나임(oneness)의 모래 위에 선으로 그린 그림과 같고, 그 그림, 모래, 그리는 손가락은 모두 하나입니다.

홀로 그 드넓음과 함께 머무르던 나는 두려움의 정체를 드러내고 나를 꽉 붙잡고 있던 두려움의 힘을 풀어 주는 통찰을 만났습니다. 나는 마음이 잘못된 생각에 완고하게 집착해 왔다는 것을 깨달았습니다. 두려움이 있다는 것은 자아 없음의 체험이 잘못된 것임을 보여 주는 증거라고 오해했던 것이죠. 두려움은 마음을 속여, 두려움이 있다는 사실이 어떤 것을 (실제로는 의미하지 않는데도) 의미하는 것처럼 받아들이게 했습니다. 두려움은 있었습니다. 맞아요. 하지만 그뿐이었어요! 두려움이 있다는 사실이 개인적 자아가 존재하지 않는다는 체험을 무효화하는 것은 아니었습니다. 그것은 단지 두려움이 있다는 것을 의미할 뿐이었죠.

개인적 자아가 없다는 것을 보기 위해 두려움이 사라질 필요는 없었습니다. 애당초 두려움이 어디로 갈 수 있겠어요? 두려움은 존재한 적이 없습니다. 어떤 것도 바꾸거나 없앨 필요가 없었고, 그저 있는 것 말고는 아무것도 할 필요가 없었습니다. 모든 것은 동시에 일어납니다—모습과 텅 비어 있음, 아픔과 깨달음, 두려움과 깨어남. 이 사실을 깨닫고 나니, 모든 것이 믿기지 않을 만큼 단순해 보였습니다.

나를 움켜쥐고 있던 두려움이 마침내 풀리자, 곧바로 기쁨이 솟아났습니다. 텅 비어 있음의 체험은 그 비밀을 드러냈습니다. 텅 비어 있음이 모든 것의 본바탕이라는 것이 보였습니다. 나는 늘 눈앞에 있었으나 두려움에 가려 보이지 않던 것을 마침내 보았습니다. 개별 자아가 없을 뿐만 아니라, 다른 사람, 다른 것도 없다는 것을…. 자아도 없고 다른 사람, 다른 것도 없습니다. 모든 것은 드넓음이라는 똑같은 본바탕으로 이루어져 있습니다.

늦은 오후에 명상원에 도착해 오두막에 짐을 풀어놓은 뒤, 주변 숲으로 산책하러 나갔습니다. 나는 나 자신이, 모든 창조물과 마찬가지로, 아무것도 아니면서 모든 것임을 알게 되었습니다. 어떻게 이전에는 그렇다는 것을 보지 못했을까요? 그것은 늘 내 앞에 있었습니다.

허공만큼 가까웠고, 허공만큼 비어 있었으며, 동시에 그만큼 가득 차 있었습니다.

리처드가 내게 들려준 모든 선(禪) 이야기가 한꺼번에 밀려들었고, 나는 걷잡을 수 없이 웃다가 울고 웃다가 울었는데 멈출 수가 없었습니다. 마침내 그 모든 것을 보고 난 뒤 기진맥진하여 땅에 쓰러졌습니다. 12년 동안 텅 비어 있음을 알았고 보았고 숨 쉬었으며, 이제 그 텅 비어 있음은 텅 빈 충만의 거대한 물결로 온 우주에 퍼져 나갔습니다. 모든 것이 그 텅 비어 있음 속에서 하나로 통일되어 있다는 사실은 이제 세상에서 가장 자명한 일처럼 보였습니다. 하지만 내가 그 사실을 알아차리기까지는 참으로 긴 시간이 걸렸습니다. 아마도 그것이 그것 자체를 알아차렸을 것입니다.

말할 것도 없이, 그 후로는 어떤 것도 이전과 같지 않았습니다. '나'라는 것이 더는 존재하지 않고 어떤 개인도 없다는 사실은 마침내 그리고 완전히, 나 자신 아닌 것은 아무것도 없다는 깨달음으로 이어졌습니다. 자아가 없을 때 남아 있는 것은 지금 있는 모든 것입니다.

마하리쉬가 설명한 깨어남의 세 가지 단계—우주 의식, 신 의식, 합일 의식—는 이제 나의 경험과 놀라울 만큼 깊이 연관되어 보였습니다. 내 경험의 초기 몇 달 동안, 지켜보는 의식이 깨어 있음, 꿈, 깊은 잠에 이르기까지 지속되었던 것은 분명히 '우주 의식'의 상태였습

니다. 이전의 모든 지각 방식이 갑작스럽고 급격하게 근본적으로 변해 버려서, 이 의식 상태는 마음을 공포에 사로잡히게 했습니다.

'합일 의식'으로의 극적인 전환 역시 자명했습니다. 모든 창조물의 본바탕이 먼저 인식되고 구분과 차이는 그다음에 인식될 때, 어떤 의식 상태가 지배적인지는 의심할 여지가 없었습니다.

그러나 마하리쉬가 말한 '신 의식'이 무엇을 의미하는지는 여전히 궁금했습니다. 그는 언제나 그 의식을 모든 창조물이 성스러움, 신성함으로 가득해 보이는 상태라고 설명했습니다. 지각하는 자가 신의 의식으로부터 직접 지각하는 상태라는 것이었습니다. 하지만 내가 경험한 것 중 그 설명에 꼭 들어맞는 것은 없었습니다. 또한 불교도들이 아주 명확하게 구분해 설명하는 '개별 자아가 존재하지 않는다'는 체험을 마하리쉬가 비슷하게라도 묘사하는 말을 나는 들어 본 적이 없었습니다.

호르헤 루이스 보르헤스가 셰익스피어에 관해 쓴 이야기를 접하고 나서야, 나는 '신 의식'이 사실은 '아무도 아닌 존재'의 의식일 수 있다는 가능성을 생각해 보게 되었습니다. "그의 안에는 아무도 없었다." 이야기는 이렇게 시작하며, 어린 시절의 셰익스피어는 다른 사람들도 자기가 아무도 아님을 알 것이라 여겼다고 합니다. 하지만 그가 친구들에게 이 경험을 들려주었을 때 그들은 멍한 표정을 지었는데, 그 표정을 보고 "그는 자신이 착각했음을 알아차렸고, 개인은 그의 종(種)과 다르지 않아야 한다는 것을 깨닫게" 되었습니다. 그 이야기는 텅 비어 있음의 겨울에 사는 삶을 묘사하는데, 마음은 두려움에 사로잡혀서, 내가 개인적 기준점을 되찾기 위해 그랬듯이, 온갖 방법을 다 시도해 보았습니다. 익숙한 사람들, 강렬한 감정 상태, 성적 관계에서 그것을 찾으려 해 보았지만, 그것들은 단 한 순간도 누군가를 가리키지 않았습니다.

이야기는 계속됩니다. 셰익스피어는 배우가 되었을 때 완벽한 직업을 찾았습니다. 그곳에서 그는 "그를 어떤 사람이라고 믿는 척하는 관객 앞에서 그 사람인 척" 연기했기 때문입니다. 그는 평생 어떤 사람이라는 감각을 재구성해 보려 했지만, 성공하지 못했습니다. 주변 사람들에게는 그가 분명히 어떤 사람으로 보였더라도 말입니다.

이야기는 이렇게 끝납니다. "전해지는 이야기에 따르면, 죽기 전이나 죽은 뒤에 (셰익스피어가) 신 앞에 섰을 때 그는 이렇게 말했다고 한다. '수많은 사람을 연기했으나 헛될 뿐이었던 제가 이제는 단 한 사람, 저 자신이 되고 싶습니다.' 그러자 회오리바람 속에서 신의 음성이 그에게 대답했다. '나에게도 자아가 없다. 네가 네 작품을 꿈꾸었듯이 나도 세상을 꿈꾸었고, 나의 셰익스피어여, 내 꿈속의 모습들 가운데 너도 있다. 나처럼 수많은 사람이면서 아무도 아닌 네가…'"

이 이야기에 따르면, 비록 허구이긴 하지만, 셰익스피어는 끊임없이 두려움에 현혹되어 텅 비어 있음을 잘못되거나 문제 있는 것으로 여겼습니다. 그는 두려움이 있다는 사실을 텅 비어 있음이 '이상한 질병'이라는 의미로 받아들였고, 그래서 평생 자신이 어떤 사람인 것처럼 보이려 애쓰며 살았습니다. 나는 이런 경험을 잘 압니다. 갑작스럽게 자아 없음으로 깨어난 뒤 10년 동안 나는 어떤 사람처럼 보이려 애쓰며 지냈습니다. 그런 추구를 부추기는 두려움은 끈질기기만 합니다. 상상할 수도, 이해할 수도, 생각할 수도 없는 드넓음과 맞닥뜨린 마음은 극심한 공포에 휩싸여 무언가가 끔찍하게 잘못되었다고 우깁니다. 잘못된 게 아니라면 이런 공포가 있을 리 없다고 주장합니다. 이것이 바로 텅 비어 있음의 겨울입니다.

이 이야기의 마지막 문단은 '신의 의식'이란 '아무도 아님'을 깨닫는 것이라고 선언합니다. 무한의 관점에서 보면, 개별 자아는 절대적으로 존재하지 않는다는 사실이 명백합니다. 우리의 행동을 통제하고 조정하는 자아가 우리에게 있고, 이 자아가 우리 행동의 배후에 있는 행위자라는 믿음은 터무니없는 것입니다. 개별 자아란 우리가 누구라고 여기는 하나의 관념일 뿐입니다. 관념은 그저 관념일 뿐, 그 이상이 아닙니다. 관념은 어떤 것의 창조자도, 어떤 일의 행위자도 될 수 없습니다. 관념은 관념에 불과합니다.

9. 그리고 깨달은 것들

텅 비어 있음은 그 자체로
너무나 가득하고 완전하며
무한한 기쁨입니다.

내가 바로 무한한 드넓음이라는 것을 아는 앎은 늘 현존하며, 이제 이 삶은 그 앎 안에서 살아집니다. 이 상태에서는 어떤 기준점도 없지만, 온갖 감정과 생각, 행동, 반응이 동시에 현존합니다. 모든 것의 본바탕이면서 동시에 모든 것이 일어나고 사라지는 바다인 무한은 마음과 몸이 자고 있든 꿈꾸고 있든 깨어 있든 끊임없이 자기를 알아차립니다.

매 순간, 이 몸-마음 회로망은 감각 기관에 의식하며 참여하고, 무한은 이 감각 기관을 통해 자기를 지각합니다. 어디에도 개인적인 '나'

는 없습니다. 사실, 드넓음이 어디에 국한되지 않는다는 점이 이 경험의 주된 맛이며, 어디에 국한되지 않은 이 무한함은 언제나 자기를 더욱더 무한하게 드러냅니다.

파리의 버스 정류장에서 개인적인 '나'는 완전히 소멸했고, 그 후로는 어떤 형태로도 다시 나타난 적이 없습니다. 이 소멸과 함께, 그때까지 '나의' 삶으로 보이던 것 뒤에 있는 행위자라고 믿었던 개인적인 '나'는 애초부터 존재한 적이 없다는 깨달음이 일어났습니다. 최근 몇 년 사이에는 '나'가 없을 뿐만 아니라 '다른 존재'도 없다는 것이 분명해졌습니다. 이제는 이 '다른 존재 없음'이 너무나 지배적이어서 다른 것은 지각되지 않습니다. 삶은 그것을 이루는 무한한 본바탕으로부터 살아지고 있으며, 이 본바탕—우리 모두의 본질이자 존재인 그것—은 자기 자신으로부터 끊임없이 자기를 알아차리고 있습니다. 이 얼마나 경이로운 삶의 방식인가요!

드넓음이 드넓음으로 있기 위해 무엇이 사라질 필요는 없습니다. 애초에 이 드넓음 안에서 무엇이 어디로 갈 수 있겠습니까? 하지만 당혹감, 자의식 과잉, 수치심, 질투, 자기연민, 자기반성, 내성(內省)처럼 '나'를 가리키던 온갖 감정은 더이상 일어나지 않았습니다. 그 감정들이 가리키던 개별 자아가 더는 존재하지 않으니, 그런 감정들이 형성될 중심 자체가 없기 때문입니다.

모든 생각, 신체 감각, 감정, 행동에서 '나'를 가리키던 측면도 마찬가지입니다. 이런 경험들은 여전히 일어나지만, 이제 더는 어떤 사람,

곧 '나'라는 개인을 가리키지 않습니다. 개인의 목적을 달성하거나 어떤 목표를 이루기 위해서 일어나는 것도 아닙니다. 생각이 행동이나 말보다 앞서지도 않습니다. 모든 것은 나를 향한 의도 없이 즉시 일어납니다. 어떤 생각이나 감정, 행동이 일어나면, 그것이 일어났다는 뜻일 뿐, 다른 뜻으로는 해석되지 않습니다. 드넓음은 생각은 생각이고, 감정은 감정이며, 행동은 행동임을 순수하게 알아차릴 뿐입니다. 더는 특정한 생각이 옳은지 그른지 따져 보지도 않습니다. 사실은 좋은지 나쁜지, 옳은지 그른지에 관한 판단 자체가 일어나지 않습니다. 모든 것은 그저 지금 있는 그대로일 뿐입니다.

이런 상태에서는 어떤 것도 문제로 경험되지 않습니다. 어떤 것을 문제로 보려면, 그 문제가 해결되기 위해 무언가 바뀌거나 사라져야 한다고 전제해야 하기 때문입니다. 하지만 나는 어떤 상황이나 경험, 사람도 지금 있는 그대로가 아닌 다른 모습이어야 한다고 여기지 않습니다. 왜냐하면 그것들이 바로 무한한 드넓음이기 때문입니다. 드넓음이 드넓음으로 존재하기 위해 어떤 것도 변하거나 사라지거나 다른 것으로 변화될 필요가 없습니다. 드넓음은 언제나 모든 것의 본질이자 실체입니다.

예를 들어, 분노 같은 강렬한 감정과의 관계를 생각해 봅시다. 드넓음과 분노의 관계는 바다와 그 안에서 떠다니는 미역의 관계와 비슷합니다. 바다는 미역이 있다고 불평하지 않으며, 바다가 바다이기 위해 미역을 없애야 한다고 주장하지 않습니다. 이와 마찬가지로, 드넓음은 자기 안에서 일어나는(동시에 자기로 이루어진) 분노나 다른 어떤 것에 대해서도 불평하지 않으며, 이것들이 일어나지 않아야 한다고 주장하지도 않습니다. 아무리 많은 일, 아무리 심한 것이 일어나도 드넓음은 전혀 변하지 않습니다. 어떤 일이 일어나도 문제로 여겨지지 않습니다.

최근에는 드넓음이 만나는 모든 사람 안에서 자기 자신을 직접 마주하기 시작했습니다. 내가 텅 비어 있음의 겨울이라고 부르는 그 경험의 첫 10년 동안은 '아무도 아님'이 잘못된 것이라는 엄청난 두려움이 있었습니다. '여기에 관계하는 개인이 없다면, 어떻게 인간관계들이 존재할 수 있겠어?'라고 두려움은 말했습니다. 하지만 인간관계들은 여전히 존재했습니다. 단지 그것들이 어떤 사람을, 나라는 개인을 가리키지 않았을 뿐입니다. 마음은 개인적 자아가 없는 상태에서 개인적 목적이 없이도 일어나는 관계의 신비를 보며 몹시 당혹스러워했습니다. 그러나 세월이 흐르면서 마음은 인정할 수밖에 없었습니다. 두려움에도 불구하고, 사람들과 관계하고, 어머니 역할을 하고, 일을 하고, 공부하고, 청구서 납부하기 등 일상적인 기능은 조금도 줄어들지 않았다는 것을….

관계의 겨울철에는 누가 나를 어떤 사람으로 여기면, 나도 그런 사람인 것처럼 보이려고 계속 노력했습니다. 나 자신이 아무도 아님을 늘 알면서도 그랬습니다. 내가 어떤 사람이었던 시절의 기억이 어렴풋이 남아 있었고, 아무도 아닌 데 대한 마음의 두려움이 심한 불안을 일으켜서, 관계는 두려움으로 이루어진 '어떤 사람이라는 윤곽'을 지어 냈습니다. 하지만 두려움과 불안이 있다는 것은 단 하나—그것들이 다른 모든 것과 함께 드넓음 안에 동시에 있다는 것—를 의미한다는 사실이 분명해지자, 관계의 계절이 바뀌었습니다.

관계의 봄날은 경이로웠습니다. 관계들에도 개인적인 행위자가 개입되지 않는다는 것을 무한의 눈—모든 것의 본질이자, 자기의 모든 입자 안에서 자기의 감각 기관을 사용해 자기를 인지하는 무한의 눈—으로 보는 것은 너무나 혁명적인 통찰이어서, 마음은 결국 '두 손 들고' 이 불가사의한 진실을 도저히 이해할 수 없음을 인정하게 되었습니다. 이렇게 마음이 자기 영역의 한계를 인정하고, 자기 너머에 있는 것을 병적으로 여기는 태도를 멈추자, 자기를 경험하는 드넓음의 비개인적이며 형언할 수 없는 기쁨의 맛이 갑자기 삶의 전면에 드러나서 늘 자리했습니다.

모든 것이 똑같은 본바탕으로 이루어져 있다는 것을 깨닫게 되자, 관계는 존재하지 않게 되었습니다. 더는 다른 사람, 다른 것을 경험하지 않게 되었기 때문입니다. 다른 사람, 다른 것이 없으니, 관계할 만한 '분리된' 대상이 전혀 없었습니다. 물론, 관계하는 기능은 이전처럼 계속되었고, 겉으로는 관계들이 아무 문제 없이 이어지는 것처럼 보였습니다.

　　＊　＊　＊

파리의 버스 정류장에서 일어난 일은, 드넓음이 끊임없이 자기를 지각하는 감각 기관에 이 삶의 인간 회로망도 의식하며 참여하기 시작했다는 것입니다.

드넓음은 모든 것의 본바탕이며, 모습이 나타남과 동시에 어디에나 존재합니다. 모습은 드넓음이면서 동시에 드넓음 안에 존재합니다. 마치 모래 안에 그려진 그림이 모래로 이루어져 있고, 그 그림의 '안'과 '밖'도 모두 모래인 것과 같습니다. 이와 마찬가지로, 모습으로 나타나는 모든 것은 드넓음과 분리되지 않습니다.

인간의 회로망은 똑같은 본바탕으로 이루어져 있습니다. 드넓음이 자기를 지각하기 위해 항상 사용하는 감각 기관에 인간 회로망이 의식하며 참여하게 되면, 인간 회로망은 (자신의 감각 기관이 아니라 드넓음의 감각 기관을 통해) 무한이라는 본바탕이 자연스럽게 일어나는 자기의 본래 상태라는 것을 알아차리게 됩니다. 이 사실을 보게 되면 인간 회로망은 의식하면서 드넓음의 파동에 합류하고, 지금 있는 모든 것에 끊임없이 경외감을 느끼기 시작합니다.

앞서 말했듯이, 개인적인 기준점이 없다는 것이 분명해지면, 애초부터 개인적인 기준점이 없었으며, 모든 일은 언제나 보이지 않는 행위자에 의해 행해지고 있었고 지금도 행해지고 있다는 사실도 명백해집니다. 이 행위자는 자기가 행위자라는 것이 인식될 때 비로소 행위를 시작하는 것이 아닙니다. 그것은 언제나 행위자였습니다. 개인적인 자아는 한 번도 행위자였던 적이 없습니다. 따라서 일상적인 삶은 계속해서 펼쳐지며, 드넓음을 깨닫기 전과 마찬가지로 모든 일이 이루어집니다. 어차피 개인적인 행위자는 존재한 적이 없었기에, 이 진실을 깨닫는다고 해서 기능하는 방식이 달라지는 것은 없습니다. 생각하고 느끼고 행동하고 관계하는 모든 기능은 이전과 같이 계속됩니다. 유일한 차이점은 이제 그것들이 어떤 사람을 가리키거나 그 사람에게 속한 적이 없다는 사실이 분명해졌다는 것입니다.

마찬가지로, 이 책에 나오는 인칭대명사들은 어떤 사람을 가리키지 않습니다. '나'도 없고, '나의 것'도 없습니다. 지금까지 묘사한 것은 그저 드넓음의 맛일 뿐이며, 무한이 자기로부터 자기를 경험하는 것일 뿐입니다. 이 묘사들이 가리키는 사람은 전혀 존재하지 않습니다.

기능들은 계속 작동하고 있지만, 이제는 그것들이 개인의 목적을 위해서가 아니라, 항상 드넓음이 자유를 위한 봉사에 명백하다고 여기는 모든 일을 하기 위해 작동해 왔음을 보게 됩니다. 드넓음은 모든 인간의 회로망을 사용하여, 자기를 통해 자기를 직접 지각하고자 하는 비개인적인 욕망이 있습니다. 인간의 회로망이 드넓음의 감각 기관에 이렇게 의식하며 참여하는 것이 자유의 상태이며, 그것은 인간에게 자연스럽게 일어나는 본래 상태입니다. 드넓음이라는 신비는 그 자유가 스스로 드러나기 위해 써야 할 가장 직접적인 수단이 무엇인지 압니다. 이 인간의 회로망은 늘 이 신비로운 드넓음을 위해 순간순간 쓰이고 있으며, 언제나 그랬습니다.

관계에서도 마찬가지로 모든 기능은 이전처럼 계속되지만, 자기를 가리키는 생각, 감정, 감각은 더이상 일어나지 않습니다. 예를 들어, 성(性)적 기능은 여전히 작동하지만, 그 기능에서 자기를 가리키는 측면인 욕망이나 갈망은 사라졌습니다. 성은 개인의 욕망을 채우기 위한 것이 아니며, 그 순간 있는 그대로의 모습 외에 더 깊은 의미를 지니지 않습니다. 다른 모든 기능처럼 성적 기능도 신비롭고 비개인적인 목적을 위해 드넓음이 명백하다고 여길 때 작동합니다. 성적 행위가 일어날 때도 그 행위를 하는 사람은 없습니다. 이것을 마음이 어떻게 이해할 수 있겠어요?

자유의 상태에서도 모든 기능이 계속 작동하는 삶은 참으로 경이롭습니다. 그것은 두려움이 그려 내는 삭막한 텅 비어 있음과는 전혀 다릅니다. '개인적인 나'를 내려놓고 싶지 않다고 말하는 사람들이 있습니다. 그러면 사랑이나 기쁨, 깊은 감정을 잃게 될 것이라 믿기 때문입니다. 하지만 그들은 '개인적인 나'가 애초에 존재한 적이 없다는 사실을 알지 못합니다. 포기되는 것은 아무것도 없습니다. 개인적인 것처럼 보이는 사랑은 마음이 만들어 낸 '분리되어 있다는 느낌'에 기반합니다. 이렇게 분리된 상태에서 하는 사랑은 부족한 부분을 채우기 위해 타인과 합일되려는 갈망이 작용합니다.

그러나 드넓음의 관점에서는 타인이 존재하지 않습니다. 드넓음이 모든 것은 자기 자신에서 나오며 자기 자신으로 이루어진 것임을 볼 때, 이것이 바로 궁극의 친밀함입니다. 드넓음이 어디에나 있는 자기의 모든 입자를 통해 자기를 지각하면서 자기 안에서 파동치는 매 순간의 맛은 한없는 사랑을 선사하며, 그 사랑은 마음이 이상적인 사랑이라 여기며 만들어 낼 수 있는 모든 것을 훨씬 뛰어넘는 사랑입니다.

기쁨과 즐거움도 비개인적인 모습으로 나타날 때 경이롭습니다. 자연스럽게 일어나는 상태인 드넓음 속에서 사는 것은 비개인적인 기쁨과 즐거움의 바다에 몸을 담그는 것과 같습니다. 누구에게도 속하지 않는 이 기쁨과 즐거움은 어떤 사람을 가리키거나 그에게 속하는 것처럼 보이는 기쁨이나 즐거움과는 전혀 다릅니다. 텅 비어 있음은 그 자체로 너무나 가득하고 완전하며 무한한 기쁨입니다.

이 눈은 우주의 놀라운 자비를 보며, 그 자비는 모든 면에서 완전히 신뢰할 수 있습니다. 두려워할 것은 아무것도 없습니다. 매 순간 모든 것이 아주 잘 보살펴지고 있으며, 항상 그랬습니다. 드넓음이 이 눈을 통해 포스트모던 세계를 바라볼 때, 그것은 그 안에서 일어나는 무수한 모습의 고통에 관해 어떻게든 말하고 싶어집니다.

텅 비어 있음과 충돌한 것은 내가 스물여덟 살이던 해에 일어났는데, (나는 그것을 추구하지도 않았고, 스승도, 전통적인 수행 계보도 없었으며, 개인적인 자아가 없다는 말을 들어 본 적도 없었습니다) 이는 마치 드넓음이 영적 수행의 가치를 다룰 수 있도록 이 인간 회로망을 훈련시킨 것 같습니다. 이 체험이 일어난 방식은 텅 비어 있음이 마음의 허락을 기다리지 않고 스스로 나선다는 것을 분명히 보여 주었습니다. 무한은 마음이 그것을 이해하든 안 하든 스스로 존재합니다. 사실, 무한을 깨닫는 일은 마음의 영역 밖에 있습니다. 무한은 자기로부터 자기를 깨닫습니다.

이는 영적 수행을 하거나, 옛 경전을 공부하거나, 심지어 '영적' 삶을 사는 것의 가치에 관해 의문을 불러일으킵니다. 대다수 수행은 그 수행을 할 수 있고 결국 특정 목표를 이룰 수 있는 '나'의 존재를 전제합니다. 하지만 만약 개인적 자아가 없는, 어디에 국한되지 않은 드넓음을 얻기 위해 그러한 '나'가 어떤 수행을 한다면, 하나의 난제 혹은 역설이 생깁니다. 즉, 개인적 행위자가 없다는 깨달음에 이르기 위해, 그런 수행을 올바르게 해야 하는 개인적 행위자가 존재한다고 가정하는 꼴이 되는 것입니다.

하지만 개인적인 행위자에 관한 이런 언급은 무한이 존재하는 방식과 완전히 상반됩니다. 이 삶에서는 버스 정류장에서의 체험 이후로, 어디에도 개인적인 행위자는 존재하지 않으며, 존재한 적도 없다는 사실이 분명해졌습니다. 깨어남이 일어나려면 어떤 수행법과 생활방식을 따라야만 한다면서 개인적인 '나'를 암시하는 특정 기법은 존재하지 않는 인과관계를 전제하는 것입니다. 존재하지도 않는 개인적인 '나'가 어떻게 깨어남이 일어나도록 무언가를 해야 하는 주체일 수 있겠어요?

게다가 대다수 영적 수행은 깨어남이 다른 어딘가에 있으며, 도달하거나 얻어야 하는 것으로 여깁니다. 그러나 우리는 언제나 드넓음입니다. 언제나! 그것은 자연스럽게 일어나는 인간의 본래 상태입니다. 드넓음이 어디로 가겠어요? 무한이 어디에 숨을 수 있겠어요? 우리가 이미 드넓음인데, 다시 그것이 되기 위해 무엇을 할 필요가 있겠어요?

많은 수행법은 우리가 참된 자기 자신이 되려면 무언가를 없애거나 멈추거나 정화해야 한다고 말합니다. 하지만 드넓음은 언제나 모든 것입니다. 아무것도 그것의 바깥에 존재하지 않으며, 아무것도 그것에서 제외될 필요가 없습니다. 결국 우리가 여기서 이야기하는 것은 무한이기 때문입니다.

드넓음을 깨달으려면 마음이 멈춰야 한다는 것을 암시하는 영적 전통들이 있습니다. 여기에는 마음의 상대적 활동이 깨어남과 연관되어 있다는 전제가 깔려 있습니다. 물론, 마음을 고요히 하거나 멈추기 위한 수행을 하면, 마음이 고요해질 수 있습니다. 하지만 무한은 마음을 통해 지각되거나 마음으로 이해되지 않습니다. 무한이 자기를 깨닫습니다.

이 삶에서 깨어남은 마음이 멈추었기 때문에 일어난 것이 아닙니다. 어떤 심리적, 영적 기법도 관여하지 않았고 확인할 수 있거나 명백한 원인도 없었습니다. 드넓음은 신비로운 방식으로 자기를 드러냈습니다. 나는 그저 버스 정류장에 서 있었을 뿐이에요. 그렇다면 어떻게 깨어남이 일어나기 위해서는 어떤 특정한 방법이나 기법이 필요하다고 주장할 수 있겠어요?

나는 개인적인 자아의 부재를 깨닫기 위해 어떤 기법을 따른 것이 아니었기에, 이제 와서 그런 기법을 수행하라고 권할 수 없습니다. 엄격한 수행은 오히려 깨어난 상태가 어떤 모습인지에 관해 더 많은 관념을 만들어 낼 수 있습니다. 마음은 그 상태를 이해하거나 비슷하게 만들어 보려고 애쓰기 때문이죠. 하지만 마음이 파악할 수 없는 것을 어떻게 비슷하게 만들어 낼 수 있겠어요? 드넓음은 상상할 수 없는 것입니다. 그것은 늘 지금 여기에 존재하지만, 마음은 그것을 알아볼 수 없습니다. 마음을 통해 지각되지 않기 때문입니다. 무한이 자기를 지각합니다.

그렇지만 나는 수행을 하지 않아야 한다고 말하는 것이 아닙니다. 단지 그 수행의 배후에는 행위자인 수행자가 없다고 말하는 것일 뿐입니다. 이는 모든 활동에 해당합니다. 걷는 사람은 없지만, 걷는 행동은 일어납니다. 운전하는 사람은 없지만, 운전하는 행동은 일어납니다. 생각하는 사람은 없지만, 생각은 일어납니다. 수행자가 없다고 해서(한 번도 있은 적이 없다고 해서) 수행이 일어나지 않는다는 뜻은 아닙니다. 만약 특정한 영적 수행이 일어나는 것이 명백하다면, 그것은 일어날 것입니다. 만약 명상하고, 염송하고, 성지를 순례하고, 성소를 돌고, 제단을 차리고, 특정 음식을 먹고, 특정 행위를 하고, 특정 스승을 찾아가는 일이 명백하다면, 이러한 행위들은 언제나 그랬듯이 이루어질 것입니다. 모든 것의 배후에 있는, 어디에 국한되지 않은 신비한 행위자에 의해…. 만약 이런 수행을 하지 않으면 (이미 당신 자신인) 드넓음을 깨닫지 못할 것 — 따라서 영적으로 실패하고 말 것 — 이라는 생각에 기반하여 수행한다면, 존재하지 않는 '나'가 성공적으로 기능하기를 기대하며 그 위에 삶을 세우는 셈입니다.

무한은 신비롭고 상상할 수 없고 파악할 수 없는 방식으로 자기를 마음에 드러냅니다. 하지만 마음은 본래 이해할 수 없는 것을 거부하려는 경향이 있습니다. 그래서 마음이 드넓음과 마주치게 되면, 그것의 가치를 깎아내리려는 강력한 시도를 합니다. 예를 들어, 많은 사람이 나에게 말했습니다. "당신이 말하는 그 드넓음을 경험해 봤는데, 완전히 텅 비고 밋밋하게 느껴졌어요. 다시 거기로 가고 싶지는 않아요." 그들이 묘사하는 것은 '파악될 수 없는 것'이 자기를 경험하는 것이 아니라, 마음이 '파악될 수 없는 것'과 접촉하는 경험입니다. 마음은 경험들에 가득하다고 여겼던 개인적인 '나'가 실제로는 텅 비어 있음을 보게 될 때, 혼란에 빠지고 왜 텅 비어 있음이 전혀 바람직하지 않은지를 그럴듯한 논리로 주장하기 시작합니다.

나의 경우에는, 마음이 개인적 자아 없음을 없애 버리기 위해 병적인 것으로 몰아가려고 온갖 노력을 다했습니다. 그 시도는 성공하지 못했습니다. 하지만 많은 사람은 그들의 마음이 텅 비어 있음을 사라진 것처럼 보이게 만드는 데 성공했다고 말합니다. 그들에게 남은 것은 파악할 수 없는 것과 마주쳤던 경험이 마음에게 불쾌했다는 기억

뿐이었습니다. 그러면 마음은 이 기억을 근거로 삼아, 무슨 수를 써서라도 텅 비어 있음을 피해야 한다고 생각합니다.

마음이 개인적인 기준점 없는 텅 비어 있음과 접촉하는 것을, 드넓음을 직접 체험하는 것으로 오해하면 안 됩니다. 드넓음은 마음을 거치지 않기 때문입니다. 그것은 단지 마음이 드넓음에 반응하는 경험일 뿐, 그 이상이 아닙니다.

앞에서 개인적 행위자는 없다고 말했지만, 이것을 아무 일도 일어나지 않는다는 뜻으로 이해하면 안 됩니다. 사실, 개인적 행위자는 존재한 적이 없지만, 분명히 자동차는 운전되고 아이들은 양육되고 인간관계도 유지됩니다. 마음은 어떤 일이 행해지는 것을 보면서, 그 일을 행하는 사람이 반드시 있을 것이라고 결론 내립니다. 그렇지 않으면 행위 자체가 일어날 수 없다고 믿기 때문입니다.

그러나 드넓음은 행위자가 없는데도 행위가 일어난다는 사실을 마음이 알아차릴 때까지 기다리지 않았습니다. 행위는 언제나 어디라고 할 수 없는 근원에서 일어났는데, 이는 해석과 암시를 기반으로 작동하는 마음에는 당혹스러운 일입니다. 드넓음 자체는 행위가 일어나면 그렇게 하는 사람이 분명히 있다고 해석하지 않습니다. 다른 모든 것이 그러하듯 행위도 어디라고 할 수 없는 똑같은 근원에서 일어난다는 것을 자연히 알아봅니다.

드넓음은 자기를 경험하려는 비개인적인 욕망을 지니고 있습니다. 광대함이 어디를 보든 그 모든 곳에서 자기를 만나는 것, 이것이 인간 삶의 목적인 것 같습니다. 개인적인 성장이나 내면의 발전이라는 개념은 드넓음이 존재하는 방식과 모든 면에서 상반됩니다. 깨어남을 추구하는 것은 미래에 대한 감각을 내포하고 있어, 바로 지금 실제로 있는 것을 온전히 누리지 못하게 방해합니다. 나는 다른 어디에 도달하거나 다른 무엇이 되는 것을 암시하는 영적 진보의 방법들에서는 어떤 가치도 발견할 수 없습니다. 어딘가로 가는 길에 들어서는 순간, 지금 여기에 있는 것의 경이로움을 놓치게 되기 때문입니다. 더 중요한 점은, 사람들이 도달하려 애쓰는 그 어디는 사실 어떤 곳에 있는 것이 아닙니다. 그것은 언제나 모든 곳에 있기 때문입니다.

영적 깨어남의 성취에 관한 모든 개념은 수행을 하고 목표를 달성할 수 있는 어떤 사람, 곧 당신이라는 개인이 존재한다는 가정에 기반합니다. 하지만 그 사람은 존재하지 않습니다. 예를 들어, 잘 알려진 영적 개념 가운데 하나는 "우리가 비켜서야 무한이 우리를 통해 흐를 수 있다"는 것입니다. 그러나 이것은 내맡기는 방법을 알아 낼 수 있는 사람을 전제로 하는데, 그런 사람은 존재하지 않습니다. 영적 수행이든 심리적 수행이든 그 모든 수행은 우리를 누구라고 믿는 관념을 진실한 우리 자신으로 착각하는 데 기반하고 있다는 것을 알아차려야 합니다. 우리 자신이 행위의 배후에 있는 행위자라고 믿는다고 해서 우리가 실제 행위자가 되는 것은 아닙니다. 우리가 아무리 자주 속아서 그 생각을 진실로 믿더라도….

또 하나의 개념은, 우리가 자유로워지기 위해서는 마음을 멈춰야 한다는 것입니다. 하지만 누가 마음을 멈추겠어요? 다른 모든 것이 그렇듯이, 마음도 본래 그런 것일 뿐입니다. 생각을 일으키는 마음은 문제가 아닙니다. 그것은 단지 마음이 본래 하는 일을 하고 있을 뿐입니다. 마음도 모든 것과 마찬가지로 똑같은 드넓은 텅 비어 있음으로 이루어져 있습니다. 마음이 활동하든 고요하든, 이 텅 비어 있음은 변하지 않습니다. 또한 무한은 마음이 무언가를 하거나 멈추기를 기다렸다가 자기를 드러내는 것이 아닙니다. 만약 마음이 멈춘다면, 그것은 단순히 헤아릴 수 없는 신비의 일부로서 그렇게 할 뿐입니다.

문제는, 일어나는 생각을 마음이 어떤 의미로 해석할 때만 생깁니다. 예를 들어, 생각이 일어날 때 '나는 잘못하고 있어' 혹은 '나는 영적이지 않아' '생각이 일어나는 것을 멈추지 않으면 명상 수행에 성공할 수 없어'라고 해석하는 것입니다. 생각과 개념은 그것들을 다른 무엇으로 해석하지 않는 한 전혀 문제가 되지 않습니다. 만약 생각과 개념을 그저 생각과 개념일 뿐이라고 본다면, 그것들을 더는 자기와 동일시하지 않게 됩니다. 모든 것을 있는 그대로 정확히 보는 것이 깨달음의 상태입니다. 왜냐하면 이것이 바로 드넓음이 언제나 모든 것을 보는 방식이기 때문입니다.

모든 것을 있는 그대로 본다는 것은 드넓음 자체의 눈으로 보는 것입니다. 이 봄은, 우리가 알아차리든 못하든, 언제나 일어나고 있습니다. 마음에 사로잡히지 않은 채 드넓음은 마음이 어떻게 우리를 속여서, 우리가 삶이라는 연극을 주도하는 개별적인 '나'라고 믿게 만드는지를 꿰뚫어 봅니다. 또한 자신을 누구라고 여기는 관념이 어떻게 마음의 맨 앞자리를 차지하며, 그것이 단순한 관념이 아니라 진짜 우리 자신이라고 주장하는지를 봅니다. 그리고 드넓음은 모든 곳에서 무한을 보며(무한이 달리 어디에 있을 수 있겠어요?), 모든 사람이 그것을 찾아 헤매는 것을 봅니다.

사람들이 나에게 가장 많이 털어놓는 고민은 무한으로부터 '단절되었다'고 느끼는 경험입니다. 드넓음을 분명히 체험한 뒤, 그것이 '사라져 버렸다'고 느낄 때 이 경험은 특히 고통스럽습니다. 그들은 어떻게 하면 언제나 무한과 연결된 상태로 있을 수 있는지 알고 싶어 합니다. 그런데 이 질문에는 스스로 진실인 양 가장하는 두 가지 암묵적인 가정이 깔려 있습니다. 첫째, 무한으로부터 단절된 '나', 알맞은 기법만 있다면 무한과 다시 연결되기 위해 '노력할' 수 있는 '나'가 있다는 가정입니다. 둘째, 무한이 어딘가로 가 버렸다는 가정입니다. 이것들은 개념이 진실인 것처럼 가장하는 대표적인 예입니다.

사실, 무한을 다시 찾는 방법을 알아낼 수 있는 개인적인 '나'는 없습니다. 더 중요한 점인데, 무한이 어디로 가겠어요? 양탄자 밑에 숨길 수 있는 물건도 아닌데요. 모든 것을 정확히 있는 그대로 볼 수 있다면, 보고 있는 '당신'이 바로 드넓음 그 자체라는 것을 보게 될 것입니다.

심리 치료에서, 그리고 일부 영적 전통에서 권장하는 '인격 개선 작업'도 모든 것을 그저 있는 그대로 보지 못하기에 생기는 비슷한 함정에 빠지게 합니다. 관념을 진실로 오인하지 않으면, 있는 그대로 있으면서 자연히 이완하게 됩니다. 이런 이완은 인격을 개선하면 우리가 어떻게 될 것이라고 믿고 자기를 고치려는 '인격 개선 작업'과는 정반대입니다. '인격 개선 작업'의 문을 두드리는 순간, 우리는 미래의 목표 추구라는 미로로 초대됩니다. 우리를 그곳으로 데려다줄 개인적인 '나'라는 존재에 기반한 목표에 도달하는 것은 본래 불가능합니다. 인격 개선 작업도 삶이라는 연극을 주도하고 자기를 훈련하여 더 나은 '나'로 만들 수 있는 개별적인 행위자가 있다는 잘못된 믿음에 기반하고 있습니다.

심리학자로 일하면서 나는 인간의 고통이 상연되는 극장의 앞자리에서 지켜볼 수 있었습니다. 분명히 전통적인 심리 치료는 인간의 경험 전반을 병적인 것 혹은 문제 있는 것으로 보고, 우리의 인간적 경험이 어떤 모습이어야 한다는 일정한 관념에 얼마나 잘 부합하는지를 성공의 기준으로 삼는 원리에 기반하고 있습니다. 우리는 만족스러운 삶을 살기 위해, 자신의 경험 중 여러 측면을 '겪어 내야 하고' '놓아 주어야 하고' '직면해서 다루어야 하고' '받아들여야 하고' '없애야 한다'고 배웁니다. 또한 '자기의 감정을 만나야 하고' '자기를 찾아야 하고' '원하는 것을 얻으려면 무엇을 원하는지 알아야 하고' '타인에게 이용당하지 말아야 하며' '자기의 진짜 목소리를 찾아야 한다'고 배웁니다. 하지만 드넓음의 관점에서 보면, 이 모든 생각은 단지 생각일 뿐입니다. 그것들을 진실이라고 착각하면 안 됩니다.

드넓음의 봄이 활짝 피어난 이후 여러 해 동안, 내가 내담자들과 함께 해 온 심리 치료 방식은 근본적으로 달라졌습니다. 사실, 내가 하는 일은 더는 심리 치료라고 부를 수도 없습니다. 심리학 이론이나 개입의 표준 원칙을 전혀 따르지 않기 때문입니다. 내가 모든 사람에게 바라는 목표는 자유, 완전한 자유입니다. 나는 그들이 감정을 바꾸거나, 어린 시절의 트라우마를 극복하거나, 증상을 멈추게 하기를 바라는 것이 아닙니다. 모든 것이 그저 있는 그대로임을 봄으로써 그들이 자유로워지기를 바랄 뿐입니다.

나는 내담자와 처음 상담할 때는 맨 먼저 자기를 누구라고 여기는지 물어봅니다. 그러고는 그들이 다른 사람들에게 듣고 받아들여, 자기 자신에 관한 진실이라고 믿게 된 온갖 관념을 깊이 살펴봅니다. 어린 시절부터 우리 사회는 우리가 되어야 할 올바른 사람이라는 분명한 이미지를 주입했고, 우리 대다수는 그런 사람이 되기 위한 버거운 과업을 온 마음을 다해 달성하려 합니다.

나와 함께 상담한 모든 사람은 자신의 '정체성'들이 추론을 통해 받은 정보로 이루어졌음을 알아차렸습니다. 그들은 다른 사람들이 자신에게 한 말이나 자신에 관해 한 말, 다른 사람들이 자신을 대한 방식에 근거하여 자신이 누구인지를 추론해 왔습니다. 그 모든 정보를 통해 '나는 어떤 사람이다'라고 해석한 것을 바탕으로, 자신을 누구라고 여기는 자아상(自我像, 자기 이미지)을 만들어 낸 것입니다. 예를 들면, "아버지는 나를 무시했어. 그러니 나는 사랑스럽지 않은 아이, 흥미롭지 않은 아이인 게 분명해." 혹은 "엄마는 늘 내가 게으르다고 했어. 그러니 그 말은 사실일 거야."

이런 자아상의 여러 요소는 마음속에만 있는 것이 아니라 여러 영역에 걸쳐 존재합니다. 개인적인 기준점들은 감정적, 신체적, 에너지적 영역에서도 만들어질 수 있습니다. 자기를 누구라고 느끼게 하는 이런 여러 기준점은 처음에는 다소 복잡해 보일 수 있지만, 모두 비슷한 방식으로 작동합니다. 말하자면, 진짜 내가 아닌 것을 진짜 나로 오인하게 만드는 것입니다. 마음의 영역에서는 생각과 관념이, 감정의 영역에서는 감정이, 신체의 영역에서는 감각이, 에너지의 영역에서는 에너지의 진동이나 패턴이 진짜 자기인 것처럼 오인되게 합니다.

현대 심리학계는 사람들에게 '진짜 자기'와 '가짜 자기', 진짜 생각과 가짜 생각, 진짜 감정과 가짜 감정, 진짜 감각과 가짜 감각, 심지어 진짜 에너지 진동과 가짜 에너지 진동까지 구분하라고 권장함으로써 이러한 기만을 더욱 강화합니다. 하지만 대체 누가 진짜와 가짜를 구분할까요? 그리고 누구에게 진짜와 가짜일까요? 생각, 감정, 감각, 에너지 진동들은 상상된 어떤 사람을 가리키지 않습니다. 그것들은 그저 그것

214

들일 뿐입니다.

자신이 누구라는 이런 자아상들에 하나의 문제가 더 추가되어 얽히는데, 부정적인 것을 대개 진실한 것으로 받아들인다는 점입니다. 결국, 부정적인 것이 훨씬 그럴듯해 보이고 아주 깊어 보이기 때문입니다. 긍정적인 것은 피상적이고 일시적인 것으로 여겨지지만, 아, 부정적인 것은! 부정적인 것이 일어날 때, 우리는 진실을 마주하고 있다고 믿습니다.

서구의 치료 문화에서는 서로의 문제를 털어놓을 때 타인과 연결된다고 여겨집니다. 어떤 사람이 자기 삶에서 가장 힘든 부분을 드러내지 않으려고 하면, 그 사람은 '숨기고 있다', '단절되어 있다', '신뢰할 수 없다'고 평가됩니다. 반면, 그들이 문제를 털어놓으면 자기의 진실을 드러낸다고 여겨집니다.

우리 사회에는 부정적인 것을 과대평가하는 경향이 만연합니다. 내 상담실에서 마주 앉아 자기의 삶에 관해 얘기하는 사람들은 거의 모두 자신에 관해 부정적인 면들이 가장 진실하다고 믿습니다. 그들은 자기의 내면 깊은 곳에 무언가 썩은 것이 있고, 자기는 근본적으로 나쁜 존재이며, 결국에는 늘 부정적인 상태로 돌아가 버릴 것이라고 확신합니다. 그것이 진짜 본모습이라고 여기기 때문입니다. 사람들은 가장 두려워하는 것을 진실한 것으로 여겼고, 두려움은 그저 두려움일 뿐이라는 사실을 아무도 그들에게 알려 주지 않았습니다.

인간의 경험을 병적이거나 문제로 보는 경향은 우리 사회가 지나치게 심리학의 틀로 해석하다 보니 진실처럼 굳어진 또 하나의 공포입니다. 우리는 같은 상황에서도 어떤 식으로 경험하고 반응해야만 정상적이라고 믿도록 심리학적으로 길들여졌습니다. 우리는 자신의 경험들에 꼬리표를 붙이는 단어들을 부여받았고, 부정적인 것으로 분류된 경험은 싫어하고 피하려 하게 되었습니다. 드넓음은 아무것도 병적이거나 문제 있는 것으로 보지 않습니다. 어떤 것도 잘못된 것으로 볼 수 없기 때문입니다.

우리 경험 가운데 어떤 면들을 없애야만 우리가 괜찮은 사람이 될 수 있다고 여기는 것은 터무니없는 생각입니다. 앞서 말했듯이, 이는 마치 바다가 "내 안에 미역이 떠다니는 한, 나는 바다일 수 없어"라고 말하는 것과 같습니다. 바다는 그 안에 무엇이 있든 여전히 바다입니다. 우리는 드넓음이며, 그 안에는 생각, 감정, 감각, 좋아함과 싫어함, 두려움, 개념, 심지어 동일시까지 모든 것이 담깁니다. 아무것도 사라질 필요가 없습니다. 어차피 그것이 어디로 가겠어요?

치료를 목표로 하는 심리학 지침들은 어떤 생각이나 감정이 우리에게 문제가 있음을 나타내는 신호임을 암시합니다. 깨달음이나 초월을 목표로 하는 영적인 지침들은 어떤 생각이나 감정이 영적 성장을 가로막는 장애물이라고 말합니다. 결국, 그들은 "우리가 혼란이나 두려움, 분노나 슬픔을 경험한다면 어떻게 드넓음이 될 수 있겠는가?"라고 말하는 셈입니다. 하지만 생각과 감정이 있다는 것은 그저 생각과 감정이 있다는 것을 의미할 뿐입니다. 우리는 자신의 경험이 우리가

216

누구인지를 (대개 부정적으로) 말해 준다고 해석합니다.[*] 이런 해석을 진실한 것으로 믿을 때 괴로움이 생겨납니다. 하지만 그것이 해석일 뿐임을 알게 되면, 아무런 문제가 되지 않습니다. 그것도 드넓음 안에 그저 있을 뿐입니다.

물론, 우리는 '있는 그대로 보기'를 마음이 바람직하지 않다고 여기는 감정이나 마음 상태를 없애는 기법으로 사용하지 않도록 조심해야 합니다. 어떤 생각이나 감정을 경험하든 그것은 당신이 드넓음이 아니라는 것을 나타내는 증거가 될 수 없습니다. 그러니 어떤 것도 없앨 필요가 없습니다. 괴로움은 어떤 상황이나 경험 때문이 아니라, 그것들에 대한 마음의 해석 때문에 일어납니다.

내가 사람들에게 '있는 그대로 보라'고 말하면, 어떤 사람들은 집에 돌아가서 이 '기법'을 열심히 실습해 본 뒤, 보이는 것이 사라지지 않는다는 이유로 실패했다고 결론 내립니다. 그러나 드넓음은 자기에게서 어떤 것도 없애려는 목표가 없습니다. 참된 우리 자신인 드넓음은 전혀 괴로움을 겪지 않습니다. 따라서 괴로움을 멈추기 위해 어떤 것을 없애야 한다고 요구하지도 않습니다.

✳ ✳ ✳

인간 삶의 목적이 드러났습니다. 드넓음은 자기로부터 자기를 경험하기 위해 이 인간 회로망들을 창조했는데, 이 회로망들이 없었다

---

[*] 우울한 감정을 경험하면 "나는 우울한 사람이야"라고 믿어 버리고, 나쁜 생각을 경험하면 "나는 나쁜 사람이야"라고 믿어 버리는 것을 그런 예로 볼 수 있다.

면 그런 경험을 할 수 없었을 것입니다. 인간으로 살아가는 경험을 통해, 우리 모두를 이루는 본바탕은 자기를 사랑할 기회를 얻게 됩니다. 그리고 자기를 향한 무한의 사랑은 경이롭습니다. '사랑' '지복' '환희' 같은 단어들은, 무한이 이 회로망들을 통해 자기를 깊이 알아보고 느끼며 기뻐함이 얼마나 큰지를 표현하기에는 턱없이 부족할 뿐입니다.

우리는 모두 이 안에서 함께입니다. 우리는 모두 같은 무한한 본바탕으로 이루어져 있으며, 수많은 회로망이 동시에 무한함에 의식하며 참여할 때, 무한이 자기를 향해 경험하는 사랑은 훨씬 커집니다. 이것이 바로 공동체라고 불리는 것의 힘입니다. 무한의 경이감, 사랑, 환희, 지복은 자기 안에서 계속 넘실거리고 고조되면서 끊임없이 증가합니다. 드넓음은 자기 안에서 물결치며, 자기로부터 자기를 향한 기쁨의 사랑을 증폭시키면서 끝없이 더욱더 드넓어집니다.

이제 이 삶은 무한이 하나의 무한함 안에 자리하는 것으로 지각되는 상태에서 살아집니다. 이것은 사실상 언어로 묘사할 수 없는 비(非)경험이지만, 무한이 자기에게 자기를 드러내는 본래 방식인 것 같습니다.

이 모든 것에는 시작이 없었듯이 끝도 없습니다. 내가 이제 '버스 충돌'이라고 부르는 일들이 끊임없이 일어나며, 그때마다 무한은 다시, 또다시 확장됩니다. 드넓음의 본바탕은 매 순간 자기에게 너무나 직접적으로 지각되기에, 때로는 이 회로망이 더 큰 무한한 앎에 익숙

해지는 적응 단계가 필요합니다. "당신은 누구인가요?"라는 질문을
받으면, 이렇게 대답할 수밖에 없습니다. "나는 무한이며, 모든 것의
본바탕인 그 드넓음입니다. 나는 아무도 아니면서 모든 사람이고, 아
무것도 아니면서 모든 것입니다. 당신이 그렇듯이."

에필로그
질문과 대답

명상할 대상이 없으므로

명상이 없습니다.

길 잃을 데가 없으므로

길 잃는 일도 없습니다.

심오한 수행법은 수없이 많고 다양하지만,

참된 상태에 있는 마음에는

그것들이 존재하지 않습니다.

수행과 수행자라는 둘이 없으므로,

수행을 하는 자든 하지 않는 자든,

수행자가 존재하지 않음을 본다면,

수행의 목표에 이른 것이며

수행의 끝에 도달한 것입니다.

_파드마삼바바

당신은 수행을 할 행위자가 없으니 어떤 수행법도 추천할 수 없다고 말씀하셨습니다. 그런데 당신처럼 '버스 정류장 경험'을 하지 못한 사람들은 어떻게 해야 할까요? 그동안 우리는 무엇을 해야 하나요?

일어나는 모든 일은 늘 행위자였던, 어디에 국한되지 않은 행위자에 의해 일어납니다. 어떤 행위가 일어나기 위해 무엇을 해야 할지 결정하는 '당신'이라는 개인이 있는 것은 아닙니다. 영적 수행이 없다는 말은 아닙니다. 단지 수행자가 없을 뿐입니다. 어떤 개인이 제대로 실천하여 올바른 결과를 내게 하는 데 수행의 기반을 둔다면, 그런 수행은 분리된 개별 자아에 대한 믿음을 유지할 뿐 아니라 강화하기까지 합니다.

모든 것의 배후에 있는, 어디에 국한되지 않은 행위자는 명백한 방식으로 자기를 드러냅니다. 명상하는 것이 명백하다면, 당신은 명상하고 있을 것입니다. 정치 활동을 하는 것이 명백하다면, 당신은 정치 활동을 하고 있을 것입니다. 가치 있거나 의미 있는 삶이 되게 하기 위해 특정한 방식으로 살아야 할 개인은 없습니다. 어떤 생각, 감정, 행동, 사건이 일어나더라도 그런 것이 가리키는 개인은 없습니다. 그저 있는 그대로일 뿐이며, 언제나 그랬습니다. 참으로 경이로운 일입니다.

우리는 자연을, 나무나 꽃, 산이나 바다를 바라볼 때 이런 경이감을 경험합니다. "정말 놀랍지 않나요?"라고 우리는 말하죠. 자연 뒤에 특정한 행위자가 없다는 것, 자연이 가리키는 어떤 사람이 없다는 것은 쉽게 알아차리는 것 같습니다. 하지만 사람들은 자신이 자연의 영역과 분리되어 있다고 느끼는 경향이 있습니다. 그들은 자연이 신비하며 경이롭다는 것은 알아보지만, 자기 삶에서는 개인이 일들을 일어나게 한다고 여깁니다. 어떤 일이 일어나면 이 상상된 개인이 어떻게 한 것이라고 해석하고, 다른 일이 일어나면 다른 개인이 어떻게 한 것이라고 해석합니다. 그러고는 자기를 바꾸기 위해, 더 나은 삶을 살도록 자기를 더 나은 사람으로 바꾸기 위해 심리 상담을 받기도 합니다.

하지만 이 회로망*에게는 모든 사람과 모든 것이 바로 그 드넓음이라는 사실이 너무나 분명합니다. 다른 회로망이 구성된 '나'를 내세우며 진짜 자기인 것처럼 보이려 할 때, 그것은 즉시 본모습 그대로, 즉 여러 생각, 감정, 신체 감각의 묶음인 것으로 드러납니다. 다른 모든 것이 그렇듯이, 그것도 그저 거기에 있는 하나의 구성물일 뿐이죠.

대다수 영적 수행 뒤에는, 현재 자신이 있는 곳이 아닌 다른 곳 — '깨달음'이라 불리는 목적지 — 에 도달해야 한다는 믿음이 깔려 있습니다. 하지만 깨달음은 다른 어떤 곳이 아니며, 자연스럽게 일어나는 인간의 상태입니다. 깨달음은 누구의 소유가 아니며, 본래 우리 자신입니다. 영적 수행은 이 상태가 어떠하다는 수많은 이미지도 만들어 냅니다. 예를 들어, 제가 얼마나 큰 두려움이 있었는지 설명했을 때, 사람들은 그 두려움이 무언가 잘못되었다는 것을 나타내는 뜻이라고 말했죠. 두려움은 제가 올바른 상태에 있지 않음을 보여 주는 신호라면서요. 하지만 두려움은 그저 두려움일 뿐이며, 그것도 우리 자신인 드넓음 안에 있습니다.

---

* 여기에서 '회로망'은 인간을 가리키며 '이 회로망'은 지은이 자신을 가리킨다.

어떤 행동이나 방향이 아니라 다른 행동이나 방향을 선택하는 경험은 어떻게 설명할 수 있을까요?

여기에서 순간순간의 경험은 선택 없는 삶입니다. 선택하는 자가 없으니까요. 행동은 생각이나 감정에서 시작되지 않으며, 무언가를 알아내려는 시도에서 나오지도 않습니다. 모든 행동이 아주 즉각적입니다. '선택 없음'은 순간순간 명백한 것을 경험하는 것입니다.

물론, 대부분의 삶에서는 '나'가 있어서 선택을 하고, 이런 선택에 따라 어떤 행동이 일어난다는 느낌이 있습니다. 그리고 누가 선택하고 있다는 생각, 무엇이 옳은 선택이고 잘못된 선택인지를 구분하는 생각이 있습니다. 이런 생각들은 내가 '구성된 기준점의 영역'이라고 부르는 것을 이룹니다. 드넓음의 눈이 아닌 이 기준점의 눈으로 세상을 바라볼 때, 마음은 행동할 수 있는 범위가 아주 좁다고 여기지만, 실제로는 어떤 행동이든 일어날 가능성이 무한히 열려 있습니다. 그러면 마음은 그 행동을 자기의 것으로 삼아 "내가 했다"고 말하며, 그 행동은 마치 배후에 있는 사람과 관련된 것처럼 보입니다.

하지만 그렇더라도 어떤 행동 뒤에 개인적인 행위자가 없다는 사실은 전혀 바뀌지 않습니다. 그 과정이 너무나 무한하고 잡히지 않아서, 마음은 이를 이해하려는 시도로 선택이라는 개념을 만들어 냅니다.

방금 그렇게 말씀하셨는데, 당신이 지금 이렇게 강연하고 있다는 사실은 어떻게 봐야 할까요?

자연스럽게 일어나는 이 상태가 어떤 모습일지에 관해 수많은 이미지가 있습니다. 하지만 이 삶은 드넓음에 의해 훈련되어 그 어떤 이미지에도 들어맞지 않는 것 같습니다. 제 말은, 저는 그저 버스 정류장에 서 있었을 뿐이에요! 제가 뭘 해서 그 경험이 일어나게 되었다고 어떻게 말할 수 있겠어요? 이 삶*은 그저 묘사하는 자일 뿐이고, 그것이 보는 것 중 하나는 이 상태가 누구의 소유도 아니라는 것입니다. 이 상태는 누구에게서 얻을 수 있는 게 아닙니다. 그건 우리 모두의 본질입니다. 여기에서 가장 크게 울려 퍼지는 소리는 우리 자신인 무한한 바다의 소리입니다.

이건 마음으로 파악할 수 있는 것이 아니죠. 그래서 이 상태로 사는 어떤 영적 스승들은 그것을 다른 사람에게 전수할 수 있다고 합니다. 물론, 당신은 살아 있는 스승에게서 이것을 받은 게 아닙니다. 하지만 한 사람이 다른 사람에게 이것을 전수하는 일이 가능하다고 생각하시나요?

'전수'라는 개념은 그것이 어떤 사람의 소유물이며, 다른 사람에게 주어질 수 있다는 것을 암시합니다. 하지만 드넓음이 자기로부터 자기를 지각하는 방식은 전혀 그렇지 않습니다. 그것은 이미 모든 사람 자신입니다. 어떻게 그것이 전수될 수 있겠어요? 이 회로망이 지각할

------

* 여기에서 '이 삶'은 지은이 자신을 가리킨다.

수 있는 것은 오직 드넓음뿐이며, 모든 것은 그것으로 이루어져 있습니다. 다른 회로망들도 모두 드넓음임을 알면서 그들과 관계하면, 그들의 경험에서 드넓음이 어느 정도 전면에 드러날 수도 있습니다.

당신이 말하는 그 드넓음은 사랑과 빛으로서 지각되나요?

마음은 제가 지금 묘사하려는 것을 파악할 수 없다는 사실을 알아야 합니다. 드넓음은 매 순간 어디에서나 동시에, 그 자체의 모든 입자 안에서, 자기로부터 자기를 지각합니다. 이것을 저는 '무한의 감각 기관'이라고 부릅니다. 그것은 어떤 맛이 없습니다. 그저 자기를 지각할 뿐이죠.

버스 정류장에서 이 회로망은 드넓음의 감각 기관에 의식하며 참여하게 되었는데, 그 기관은 언제나 자기로부터 자기를 지각합니다. 회로망이 의식하며 참여하기 시작하는 순간, 드넓음은 어떤 맛을 띠게 됩니다. 그것을 개인적인 경험의 용어로는 설명할 수 없습니다. 지금 제게 보이는 모든 것은 겉으로만 개인적인 것처럼 보일 뿐이기 때문이죠.

저는 빛이나 사랑 대신에 '파동'이라는 용어를 쓰고 싶습니다. 드넓음의 파동. 예를 들어, 뜨거운 목욕물에 몸을 담그고 앉아서 움직이지 않으면, 물의 열기가 잘 느껴지지 않습니다. 몸을 움직이는 순간, 열기가 느껴집니다. 마찬가지로, 인간의 회로망은 드넓음이 (내

가 '파동'이라고 부르는 것을 통해) 자기의 드넓음을 경험할 수 있게 해
줍니다.

마음은 이것을 파악할 수 없습니다. 하지만 참된 당신 자신은 언제
나 자기를 파악합니다. 그것을 파악할 사람이 없어도 그것은 자기 자
신을 파악합니다. 그것은 당신 자신이라고 여겨지는 모든 것과 동시에
일어나고 있습니다. 당신이 그것을 사랑이라고 부르고 싶다면 저도 동
의하겠지만, 그것이 개인적인 자기를 가리키는 사랑과 혼동되지 않기
를 바랍니다.

드넓음은 분명히 자기 자신을 경험하는 데서 즐거움을 느낍니다.
사실, 이 즐거움이 인간 삶의 목적 — 인간이라는 회로망이 자기를 이
루는 드넓음의 감각 기관에 의식하며 참여하게 하는 것 — 인 것처럼
보입니다. 결국, 드넓음은 우리 모두의 본질입니다. 그것은 지각의 영
역 밖에 있어서 시각적으로 묘사하기는 어렵습니다. 제가 말할 수 있
는 것은, 보통 무언가—예를 들어, 특정 기준점에게 특별한 중요성이
나 의미—로 가득 차 있다고 여겨지는 모든 형태가 비어 있는 것으로
보인다는 점입니다. 마치 모래 위에 그어진 선과 같습니다. 그 선 자
체도, 그 선의 안과 밖도 모두 같은 모래로 이루어져 있습니다.

이 과정을 앞당기기 위해 제가 할 수 있는 일이 있을까요? 아니면 그저 은
총에 맡겨야 하는 것일까요?

당신이 뭘 해서 드넓음이 될 수는 없습니다. 우선, 뭘 할 개인이 없기 때문입니다. 그리고 당신은 이미, 언제나 그것입니다. 어떤 수행을 하라는 지시는 어떤 기준점을 전제로 하지만, 드넓음에게는 그런 기준점이 애초에 존재하지 않습니다. 당신이 이미 있는 곳에 도달하기 위해 누가 무엇을 해야 하느냐는 질문은 터무니없어 보입니다.

그런 일이 은총으로 일어나는지는 저도 모르겠습니다. 저는 그저 버스 정류장에 서 있었을 뿐이에요. 이 모든 일에는 믿기 힘든 신비가 있습니다. 이런 일이 일어나도록 최선을 다해 신뢰하거나 받아들이거나 내맡기려 애쓰는 '사람'은 없었습니다. 저는 심지어 그것을 원하지도 않았습니다. 그러니 제가 당신에게 무엇을 하라고 말할 수는 없습니다. 그렇게 하면 행위자로 여겨지는 어떤 사람을 가리키게 될 테니까요. 어디에 국한되지 않은 행위자인 그것이 한없이 신비한 방식으로 모든 것, 모든 일을 언제나 돌보고 있습니다.

이 세상을 보세요. 만약 나무나 구름, 행성, 별들은 마음이 그것들을 이해할 때까지 기다린 뒤에야 존재할 수 있다면 어떻게 될까요? 아니면, 몸은 마음이 아기를 키우는 법을 이해할 때까지 기다린 뒤에야 임신할 수 있다면 어떻게 될지 상상해 보세요. "이 뇌는 어떻게 만들지? 이 심장은 어디에 둘까? 이제 혈액을 순환시켜야 하지 않을까?" 이 모든 일을 돌보는 존재는 마음이 인지할 수 있는 범위를 완전히 벗어나 있어서, 신뢰 여부는 애초에 문제가 되지 않습니다.

그래서 제가 제안하는 것은 두 가지뿐입니다.

228

첫째, 모든 것을 있는 그대로 보는 것입니다. 왜냐하면 드넓음은 언제나 그렇게 모든 것을 보기 때문입니다. 생각은 생각일 뿐입니다. 감정은 감정일 뿐입니다. 몸은 그저 몸일 뿐입니다. 괴로움을 일으키는 것은 결국 모든 일에 관한 마음의 해석입니다. 즉, 문제가 있다는 느낌, 두려움이나 분노, 슬픔은 자신에게 무언가 잘못되었다는 뜻이라는 생각, 내가 괜찮아지려면 어떤 감정이나 경험을 없애야 한다는 생각, 무한이 되려면 무언가를 수행하거나 성취해야 한다는 생각 등. 마음은 끊임없이 이런 식으로 해석하지만, 드넓음은 그저 주위를 둘러보며 모든 것이 있는 그대로임을 봅니다.

둘째 제안은, 사실은 '제안'이라고 할 수도 없는데, 명백한 것을 따르라는 것입니다. 왜냐하면 그것이 바로 모든 사람의 삶 뒤에 있는 신비한 행위자가 매 순간의 진실을 끊임없이 드러내는 방식이기 때문입니다. 그렇다고 해서 무엇이 명백한지를 알아낸 뒤에 따르라는 말은 아닙니다. 마음은 대체로 명백한 것을 알아차리지 못하며, 자기가 알아차리지 못하는 것을 경시하는 경향이 있습니다. 예를 들어 "그건 너무 뻔하잖아"라는 표현을 생각해 보세요. 너무 단순하고 별로 힘들지도 않다는 거죠. 마음은 복잡하고 힘든 쪽에 끌립니다. 그것이 마음의 영역이기 때문이죠.

명백해 보이는 일을 할 때, 사실은 그렇지 않은데도 명백한 일을 한다고 생각하게 만들도록 마음이 은근히 속이고 있는지 아닌지는 어떻게 알 수 있나요?

당신이 묘사하는 것은, 마음이 하나의 기준점을 만들어 놓은 뒤 그 기준에 따라 정말로 명백한 것을 살펴보고 찾으려 하는 상태입니다. "내가 명백한 것을 따르고 있는지 어떻게 알 수 있지? 이것은 정말 명백한 것일까, 아니면 거짓된 명백함일까? 정말로 명백한 것을 찾으면 그걸 따르겠어." 하지만 마음은 명백한지 아닌지를 알아보지 못합니다. 그리고 우리 자신인 드넓음은 마음을 정확히 있는 그대로 보고, 마음이 정확히 하는 일을 하고 있음을 봅니다.

저는 그렇게 살펴보고 찾으려 하는지는 의식하지 못합니다. 제 직감이 명백하다고 말하는 대로 행동해야 한다고 느끼는데, 그 순간에는 그게 아주 자연스럽고 알맞게 느껴집니다. 하지만 제가 마음에 조종당하고 있다는 것은 압니다.

당신이 묘사하는 것은, 마음이 진실을 알아보는 자라고 여겨지는 경향입니다. 하지만 '명백한 것'은 마음이 알아볼 때까지 기다리지 않고, 그대로 살아집니다. 마음은 배제되는 것을 좋아하지 않아서, '명백한 것'이 올바른 행동이었는지 잘못된 행동이었는지에 대해 의심을 불러일으킵니다. 그것이 명백한 것이었을까, 아니면 내가 속은 것일까? 그것은 마음이 파악할 수 없는 것에 반응하는 방식일 뿐입니다. 드넓음은 마음이 달라지기를 요구하지 않습니다. 그저 있는 그대로 볼 뿐입니다. 그것은 문제가 아닙니다. 괴로움이 생기는 때는 오직 마음이 일으키는 의심을 진실 — 또는 명백한 것이 무엇인지 정말로 알기 위해 먼저 해결해야 하는 문제나 과제 — 로 여기거나 받아들일 때뿐입니다.

지금 말씀하시는 건 더 드넓고 보편적인 마음에 관한 이야기 아닌가요? 저는 마음을 무시하면 안 된다고 생각합니다.

마음을 있는 그대로 보아야 합니다. 마음은 다른 모든 것이 그렇듯이 무한과 같은 본바탕으로 이루어져 있습니다. 드넓음이 무한한 마음이라고 말하는 것은 드넓음이 무한한 몸이나 무한한 감정이라고 말하는 것과 다를 바가 없습니다. 굳이 무한한 마음이라고 말할 필요가 있을까요? 그냥 무한이라고 말하고, 무한이 마음을 있는 그대로 본다고 말하는 게 낫지 않을까요?

물론 마음을 경시하라는 뜻은 아닙니다. 드넓음은 마음을 문제로 보지 않습니다. 뭔가 잘못되어 있어서 어떤 식으로든 바꿔야 할 대상으로 보지 않습니다. 마음도 그곳에 있고, 똑같은 본바탕으로 이루어져 있습니다. 서양에서는 마음을 있는 그대로 보는 것이 중요합니다. 서양의 마음은 운전석에 앉아 기준점들을 만들고 유지하도록 훈련받았으니까요.

그런 경험을 한 뒤 어떻게 해서 심리 치료사가 되었나요?

이 회로망을 통해 드러나는 드넓음의 임무 중 하나는 심리 치료사들에게 뭔가를 전하려는 것 같습니다. 제가 치료사들을 위한 교육 그룹을 시작한 것은 괴로움을 끝내려는 일을 하는 사람들에게 이 메시지를 전하고 싶어서였습니다. 우리가 어떠해야 하는지, 무엇이 건강하고 무엇이 건강하지 않은지에 관한 고정관념이 너무나 많습니다. 이 업계는 사람들이 있는 그대로 보도록 돕는 대신, 넓은 범위의 인간 경험을 병적인 것으로 규정하는 진단 매뉴얼을 만들었습니다. 자기에게 일어나는 모든 경험은 어떤 심리적 의미를 지닌 것으로 해석되며, 어떤 경험들은 바람직하지 않은 것—비정상적이고 역기능적인 것—으로 간주되고, '치유'나 '치료'를 위해 없애야 할 대상으로 여겨집니다. 하지만 누가 그것들을 없앨 것이며, 왜 그렇게 해야 할까요? 무한은 그 무엇도 제거되어야 한다고 요구하지 않습니다. 어떤 생각, 감정, 행동이 있다고 해도 그것은 무한의 무한함에 단 1초도 영향을 미치지 않습니다.

괴로움은 어떤가요? 불필요한 괴로움이 있나요, 아니면 다른 모든 것이 그렇듯이 괴로움도 완전한 것인가요?

괴로움은 어떤 것을 있는 그대로 받아들이지 않을 때, 그것이 아닌 다른 것으로 받아들일 때 생깁니다. 부정적인 기준점, 부정적인 자아상을 진실한 것으로 여기는 경향이 서구 사회에 만연합니다. 부정적

232

인 면은 다른 어떤 것보다 훨씬 더 진실하고 깊이 있는 것처럼 보입니다. 사람들은 자신의 문제를 서로 털어놓을 때 서로를 진정으로 안다고 느끼게 됩니다. 부정적인 것을 미화하는 성향이 놀라울 정도로 강합니다.

부정적인 생각이나 믿음, 감정을 있는 그대로 본다면, 괴로움은 없습니다. 하지만 그것들을 나 또는 나의 것으로 받아들이면, 내게 무언가가 끔찍하게 잘못되었다는 느낌이 들고, 내가 바뀌고 이 부정적인 것을 떨쳐 내지 않는 한 내 삶은 괜찮아질 수 없을 것으로 생각합니다. 저는 이것을 '검찰 측의 주장'이라고 부릅니다. 부정적인 기준점들이 만들어진 뒤, 이 기준점들이 왜 정말로 진실인지를 입증하는 온갖 증거를 만들어 내는 데 바로 그 기준점들이 이용되는 것입니다.

사람들은 말합니다. "당연히 이게 제 모습이죠. 제가 어떻게 행동하고 느끼고 생각하는지 보세요. 제겐 분명히 무슨 문제가 있어요." 심지어 그런 주장을 뒷받침하기 위해 자신과 상담한 치료사나 읽은 책을 근거로 내세우기도 합니다. "보세요! 저는 이 지은이가 그래야 한다고 말하는 방식대로 행동하지도 않고, 예전 치료사가 건강하거나 영적인 방식이라고 말한 대로 행동하지도 않아요."

합기도에서는 상대가 공격해 올 때, 오히려 그 힘을 이용해서 상대의 균형을 무너뜨리는 법을 배웁니다. 상대에게 저항하려 하면 불필요한 갈등이 생길 뿐입니다. 우리 내면의 바다에서 일어나는 모든 생각과 감정, 다른 경험들도 마찬가지입니다. 바다는 그것들에 저항하지 않습니다. "젠장, 저 미역이 아직도 저기에 있네. 분명히 내게 뭔가 큰 문제가 있는 거야"라고 말하며 부정적인 기준점을 만들지 않습니다. 미역들이 떠오를 때, 바다는 그저 그것들을 있는 그대로를 바라볼 뿐이며, 그것들은 자연히 사라집니다.

* 이 질문과 답변은 1996년 봄에 열린 공개 강연에서 발췌한 것입니다.

감사의 말

이 삶에 드러난 무한의 신비한 작용에 저마다 한몫을 해 주신 분들에게 감사를 전합니다. 이제까지 읽으신 이 글이 세상에 나오기까지 중요한 역할을 해 주신 분이 많습니다.

이 삶을 세상에 데려오신 부모님. 가족의 삶에 함께 해 준 오빠 다니엘과 남동생 로버트. 초월적 영역을 설명해 주신 마하리쉬 마헤쉬 요기. 보리수나무 대신 버스 정류장을 마련해 준 파리의 대중교통 체계. 드넓음을 치유하려고 노력했지만 실패한 모든 심리 치료사. 겨울의 시기에 동반자가 되어 주고 아리엘의 아버지가 되어 준 스티브 크루진스키.

드넓음이 겨울처럼 드러나던 시기에 그 현존을 알아봐 주신 모든 분에게 감사드립니다. 장 클라인, 잭 콘필드, 크리스토퍼 티트머스,

앤드류 코헨, 강가지, 하미드 알리, 렙 앤더슨, 푼자지, 람 다스, 존 태
런트.

계절이 변하는 동안 함께해 주신 라마나 마하리쉬.

봄이 찾아오면서, 드넓음 속에서 함께 어울려 노는 친구가 되어 준
분들에게 감사드립니다. 드넓음을 세상에 드러내 주고 재능 있는 편
집자이자 친구가 되어 준 스테판 보디안. 열렬히 지지해 준 마이클 배
틀리너. 먼저 찾아와서 자신이 알아본 것을 더 큰 공동체와 나누어 준
첫 번째 물결의 사람들인 리처드 밀러, 존 프렌더개스트, 주디스 샤이
너, 엘리엇 아이젠버그, 피터 스카스데일, 렐라 랜드먼, 크리슈나. 드
넓음 안의 동지애를 보여 준 닐 루파. 그리고 토론과 개인 상담, 소그
룹 모임에 참여하여 드넓음을 묘사하는 데 참여해 준 모든 분에게 감
사합니다.
무한 속으로 태어나 준 아리엘에게도.

후기

이 비범한 자서전이 완성된 1996년 봄, 수잔 시걸은 정기적인 공개 강연과 주간 대화 모임을 열기 시작했고, 치료사들을 위한 격주 '수련 그룹'을 이끌며 사람들과 상담하는 그녀만의 독특한 방식을 보여 주었습니다. 그녀는 에너지가 넘쳤고 조건 없는 따스한 사랑으로 사람들을 자석처럼 끌어당겼습니다. 하지만 자신을 스승으로 여기지 않았고, 우리는 모두 '이것 안에 다 함께' 있으며, 우리 모두는 그녀가 직접 체험하고 명료하게 설명한 그 드넓음이라는 것을 강조했습니다. 그럼에도 그녀 곁에 있던 우리는 그녀와 함께 있을 때 드넓음의 체험이 더욱 깊어지고 분명해지는 것을 자주 경험했습니다.

늦은 봄, 수잔은 일련의 강력한 에너지 체험을 하기 시작했는데, 그녀는 "드넓음이 자기에게 더욱 드넓어지는" 경험이라고 표현했습니다. 그녀는 웃으며 그 체험을 (버스 정류장에서 처음 갑작스럽게 깨어난 일에 빗대어) '버스 충돌'이라고 불렀습니다. 처음에는 그 체험들이 큰 기쁨을 주었지만, 나중에는 그로 인해 점차 그녀가 불안정해 보였고, 특히 강력한 체험을 하고 나면 자주 멈추고 쉬어야 했습니다. 동시에 그녀에게는 '다른 사람, 다른 것'이라는 개념 자체와 관계하는 것이 점점 더 어려워졌습니다. 그래서 그녀가 이끌던 치료사 그룹은 저마다 자신이 경험한 드넓음을 묘사하는 자리가 되었습니다.

얼마 지나지 않아 '버스 충돌'이 자주 일어났고, 여름이 끝날 무렵 수잔은 자신이 신체적으로 지쳤으며 회복을 위해 당분간 대외 활동에서 물러나야 한다는 것을 깨달았습니다. 그녀를 진단한 의사들도 생명 에너지가 고갈되었다는 데 의견을 같이했고, 회복을 돕는 호르몬과 다른 영양 보충제를 처방했습니다. 이 무렵, 그녀는 몇 년 전 사라졌던 두려움이 다시 돌아왔다는 것을 알아차렸습니다.

수잔은 자신이 이끌던 모든 모임과 공개 활동을 돌연 중단했는데, 치료사 그룹 모임만 한 달 더 이어 갔습니다. 그룹의 몇몇 사람에게는 그녀가 더는 드넓음과 연결되어 있지 않은 듯 보였고, 그녀의 현존이 눈에 띄게 줄어든 것 같았습니다. 어느 순간 그녀는 의자에서 내려와 바닥에 앉아 있는 사람들과 함께 앉았는데, 이는 그녀가 안내자이자 통찰의 원천이라는 역할을 상징적으로 내려놓는 행동이었습니다. 이전에는 친구들과 스스럼없이 어울리며 전화로 대화하거나 해변을 함께 거닐던 그녀였지만, 그때부터는 거의 모든 이들과 관계를 끊고 은둔에 가까운 삶으로 물러났습니다.

가을 내내 그녀는 대부분의 시간을 캘리포니아 스틴슨 비치에 있는 집에서 혼자 혹은 가족과 함께 보냈고, 근처 바닷가를 때맞추어 산책하거나 테라스에 앉아 볼리나스 호수를 바라보며 지냈습니다. 이 시기에 그녀는 어린 시절 학대당한 기억을 되찾았는데, 그 일은 자기가 모든 것임을 깨닫기 전 10년 동안 '아무도 아닌 존재'로 외롭게 지내면서 겪은 두려움의 원인을 어느 정도 설명해 주는 것 같았습니다. 내가 그 두려움은 의식적 자각에서 분리되거나 해리된 자아의 한 부분에서 비롯된 것일지도 모른다고 말하자, 그녀는 곧바로 동의했습니다.

어느 날 그녀는 흥분한 목소리로 나에게 전화를 걸어, 자기가 사실은 존재한다는 것을 최근 발견했다면서, '변함없이 늘 있는 자기'가 존재하지 않는다고 가르친 영적 스승들은 모두 잘못 안 것이라고 강하게 주장했습니다. 나는 한 시간 동안 통화하면서 '개인적인 자아 없음'과 '아예 존재하지 않음'의 차이점을 설명했습니다.

이 기간에 수잔은 자신을 드넓음으로 체험하는 상태를 오락가락하는 듯 보였습니다. 때로는 신에 관해 얘기했고, 한 번은 해변을 산책하다가 천사들을 본 일을 묘사하기도 했습니다. 어느 날에는 어린 시절을 받아들이는 고통스러운 과정으로부터, 힘든 감정으로부터 자기를 보호하기 위해 드넓음을 방어기제로 사용했다는 것도 인정했습니다.

1997년, 첫 몇 달간 드넓음과 점점 덜 연결된다고 느꼈고, 기존 이해의 틀이 점점 더 흔들린다고 느꼈는데, 새롭게 얻고 있던 통찰들 때문인 것 같았습니다. 그녀는 자주 혼잣말처럼 중얼거렸습니다. "인간으로 산다는 건 정말 대단한 거예요. 그렇지 않나요?" 그녀와 가까이 지내던 우리는 이제 그녀가 '아무도 아닌 존재'인 동시에 '어떤 사람'으로 사는 법을 점차 배우는 긴 통합의 과정을 거칠 것이라고 기대하고 있었습니다. 하지만 그녀의 건강은 이를 허락하지 않았습니다.

2월 말이 되자 수잔은 펜을 쥐는 것조차 힘들어했고, 익숙한 이름들도 기억해 내지 못할 때가 많았으며, 어지럼증 때문에 혼자 서 있기도 힘들었습니다. 척추교정 전문가의 권유로 2월 27일 병원에 입원했고, 엑스레이 검사 결과 뇌종양이 발견되었습니다. 그녀는 수술을 통해 종양을 제거하기로 했지만, 방사선 치료나 화학요법은 받지 않기로 했습니다. 일주일 뒤 수술을 진행한 외과 의사들은 종양이 너무 광범위하게 퍼져 있어 완전히 제거할 수 없다는 것을 알게 되었습니다. 3월 8일, 그녀는 집으로 돌아왔고, 3월 10일에는 약혼자 스티브 크루진스키와 집에서 조촐한 결혼식을 올렸습니다. 얼마 뒤 그들은 대체의학 치료를 찾기 위해 오클라호마로 향했지만, 수잔의 병세가 악화하면서 여행을 중단했습니다. 그녀가 죽음을 맞기 위해 집으로 돌아왔다는 사실이 분명해졌습니다.

여행에서 돌아온 지 며칠 뒤, 수잔은 혼수상태에 빠졌습니다. 가까운 친구 몇 명이 매일 찾아와 가족과 함께 그녀의 곁을 지켰고, 그녀와 함께 숨 쉬며 작별 인사를 나누었습니다. 4월 1일 화요일 새벽, 수잔 시걸은 세상을 떠났습니다. 티베트의 풍습에 따라 그녀의 몸을 천으로 감싸고 꽃으로 둘러싼 채, 사흘 동안 그대로 두었습니다. 셋째 날, 그녀 어머니의 요청에 따라 지역 랍비가 전통적인 유대인 의식을 집전하는 동안 우리는 그녀의 몸 곁에 앉아 있었습니다.

토요일에는 수잔의 친구들과 친척들이 백 명 가까이 모여 그녀의 삶을 기리고, 그녀가 우리에게 남겨 준 선물에 감사하며 함께 슬픔을 나누었습니다. 해질녘에는 그녀의 남편 스티브와 열네 살 된 딸 아리엘, 남동생 밥이 차가운 봄 바다로 걸어 들어가 그녀의 재를 하늘에 흩뿌렸습니다. 어떤 이들은 천사의 모습이 잠시 나타났다가 이내 바닷속으로 흩어져 사라지는 것을 보았다고 말했습니다.

수잔과 가까웠던 우리는 그녀의 깨달음의 깊이와 진실성을 의심하지 않았습니다. 하지만 그녀의 삶이 끝날 무렵, 우리는 깨달음이 모래처럼 그녀의 손가락 사이로 빠져나가는 것을 지켜볼 수밖에 없었고, 이 때문에 그녀는 좌절하고 혼란스러워했습니다. 분명 그녀의 뇌종양이 이러한 혼란을 앞당기는 데에 한몫했을 것입니다. 그러나 다른 요인들도 작용한 것 같았는데, 특히 어린 시절 학대의 기억이 떠오른 일과 그로부터 파생된 통찰들이 그런 것 같았습니다.

수잔의 사례는 통합 — 개인적인 것과 초개인적인 것, 심리적인 것과 영적인 것의 통합 — 이 얼마나 중요한지를 우리에게 말해 주고, 해리(정신의 일부가 분리되는 현상)와 참되고 변함없는 깨어남의 관계에 질문을 던집니다. 이런 통합이 일어나기 전에 세상을 떠남으로써, 수잔은 우리 각자에게 스스로 그것을 발견해야 하는 화두를 남겼습니다.

1998년 4월
캘리포니아 페어팩스에서
스테판 보디안

* 이 후기에 묘사된 일들을 기록하는 데 도움이 된 귀중한 정보를 제공하고, 최종 원
고의 정확성을 검토해 준 닐 루파와 존 프렌더개스트에게 감사드립니다.

옮긴이의 말

1.

내가 이 책의 존재를 알게 된 것은 약 20년 전이었다. 2003년 후반, 나는 어떤 재가 선지식의 설법을 듣고 강력한 영적 체험을 통해 눈앞에 언제나 있던 진실을 얼핏 보게 되었다.

법회를 마치고 집으로 돌아가는 길에 늘 산책 삼아 걷던 산길로 접어들었다. '도대체 조금 전에 무슨 일이 있었지?' 하고 한 생각을 일으키는 순간, 마치 블랙홀 속으로 부드럽게 빨려 들어간다고 할까, 영화 속에서 얇은 막을 사이에 두고 전혀 다른 두 세계가 있는데 주인공이 하나의 세계에서 다른 세계로 스윽 들어가듯이 어떤 상태가 찾아왔다.

눈앞의 세계가 그대로 있으면서 사라졌다고 할까? 눈앞의 세계가 그대로 있으면서 말과 개념이 싹 사라졌다고 할까? 하수구 구멍으로 온갖 오수가 쑤욱 빠져나가고 말끔한 바탕만 남았다고 할까? 어디라고 지정할 수 없는 하나의 소실점으로 모든 개념이 쑥 하고 빨려 들어갔다고 해야 할까?

어쨌든 온 세상이 온통 한 덩어리로 경험되었다. 눈앞이 또렷했다. 모든 것이 다 따로 있는 줄 알았는데 이것들이 그저 온통 하나라는 사실이 의심의 여지 없이 분명해졌다. 그러면서 동시에 '이것이구나! 이것이었구나!' 하는 환희가 솟아오르면서 천근만근 되는 짐을 부려 놓은 듯 몸과 마음이 너무나 가볍고 시원해졌다.

_졸저, 《깨달음, 열 번째 돼지 찾기》(침묵의 향기, 2015), 37쪽

이러한 영적 체험을 통해 깨어나고 그러한 체험이 죽을 때까지 쭉 이어졌… 으면 얼마나 좋았겠는가? 그 체험 뒤에 이어지는 이야기다.

어쨌든 한 1년이나 지났을까? 어느 날 문득 이상했다. 분명하고 뚜렷한 느낌이 사라진 것이다. 눈앞에 또렷했던 경계가, 성성적적하다고 할까, 만질 수 있을 것 같던 각성 상태가 사라지고 예전과 똑같이 이것, 저것이 따로 있는 듯 느껴지는 것이었다. 조금 당황스럽고 혼란스러워졌다. 내가 깨달음을 잃어버린 것은 아닐까 하는 두려움이 밀려왔다. 가끔 선생님과 면담을 하면서 이런 사실을 여쭤 보기도 했지

만 명확하게 해소되지 않았다.

그렇게 몇 년의 세월을 더 보냈던 것 같다. 시간이 지날수록 혼란은 더욱 커져서 내가 제대로 깨닫지도 못하고 착각을 했던 것은 아닌가 하는 생각마저 들었다. 무언가가 잘못되었다는 생각이 극도의 불안감을 가져왔다. 뭔가를 더 해야 하는 것은 아닌가 싶어 법문에 더욱 귀를 기울였으나 문제는 여전히 해결되지 못했다. (중략) 다시 어둠 속에 빠져든 것이다.

_앞의 책, 42~43쪽

강력했던 영적 체험이 1년도 되지 않아 사라지자 나는 다시 추구의 어둠 속에, 찾고 구하고 얻으려 하고, 도달하려 하고 소유하려 하고 체험하려 하는 그 길, 나와 그것 사이의 아득한 거리감을, 분리감을, 그리고 그것으로 인해 경험되는 황망함, 안타까움, 그리움, 불만족스러움, 뭔가 부족하다는 너무나 친숙하고 그래서 더욱 견디기 힘든 고통 속에 다시 빠져들었다.

어떻게든 이 문제를 해결하려고 발버둥 치다가 우연히 어떤 정신과학 잡지를 통해 토니 파슨스[*]라는 영국인에 관한 기사를 읽게 되었다.

---

[*] 토니 파슨스(1933~)는 영국 출신의 현대 비이원론 교사다. 철저한 비이원론을 전하며, 개인적 자아는 허구이므로 깨달음은 '누가 얻는' 사건이 아니라 이미 항상 그러한 현실임을 강조한다. 수행, 단계, 구루 개념을 부정하고 "이미 모든 것이 그것이다"라는 단순한 메시지를 전한다.

진리를 찾는 구도 행위와 깨달음을 주제로 한 대여섯 페이지 분량의 짧은 글에서 그는 '깨달음은 어떠한 구도 행위를 통해서 얻어지지 않는다. 또한 깨달은 사람이란 모순된 언어다. 왜냐하면 깨달음이란 분리된 개인이란 없다는 사실을 깨닫는 것이기 때문에, 모든 것이 하나의 전체성일 뿐이라면 누가 있어서 깨달음을 얻을 것인가?'라는, 선(禪)과 아드바이타(Advaita)의 가장 핵심에 해당하는 요지의 말을 하고 있었다.

우리나라에는 그의 책들이 번역되지 않았나 싶어 인터넷을 검색하던 중 그와의 대화를 통해 일평생 찾아 헤맸던 구도의 의문을 해소하고 그처럼 대중들에게 가르침을 전하는(우리식 전통에 의하면 제자에 해당하는) 얀 케르쇼트의 책 《있는 그대로 받아들여라(This is It)》*(꿈꾸는 아침, 2006)를 발견하게 되었다. 그 책에서 토니 파슨스와의 인연으로 자신의 문제를 해결한 네이선 길과의 대담을 읽다가, 수잔 시걸과 그녀의 책 《그날, 무아를 만났다》를 처음 알게 되었다. 그리고 내가 겪는, 그리고 영적 체험을 했던 수많은 구도자가 겪는 문제를 해결할 수 있는 중요한 단서를 발견했다.

길 그렇죠. 사람들은 일상의 문제에서 벗어나고 싶어 하고, 구도자들은 영적 경험을 얻고 싶어 합니다. 하지만 누가 그런 경험을 합니

---

* 이 책은 2026년 현재 절판되었고, 《디스 이즈 잇(This is it)》(씨아이알, 2024)이라
  는 제목으로 재출간되었다.

246

까? 그것은 '앎(Awareness)'일 뿐입니다. 그렇게 단순합니다. '앎'이 모든 사람의 모습으로 나타납니다. 우리 삶의 일상적 문제들도 거기에 포함되죠. 정말 분명합니다. 그렇지 않나요?

얀 대다수 사람은 너무 분명해서 오히려 알아보지 못하는 것 같습니다. 평범해서 그다지 매력을 느끼지 못하는 거죠. (중략)

얀 기진맥진한 구도자라야 선생님의 책과 메시지에 마음을 열 것 같습니다. 선생님의 책《이미 분명하다(Clarity)》9쪽에는 정원에서 일하다가 자신이 행위자가 아님을 경험한 일이 나오는데, 그 경험의 단순함과 평범함도 그런 사람들이라야 알아볼 수 있겠죠. 이렇게 쓰셨지요.

> "정원에서 일하고 있는데 비가 부슬부슬 내리고 있었다.
> 고개를 들어 바라보는데 '나'가 없다는 묘한 느낌이 들었다."
> _네이선 길, 《이미 분명하다(Clarity)》, 9쪽

길 정원에서 일하고 있던 네이선 길에게 그 사건이 일어났을 때 나는 곧바로 생각했습니다. "아, 이게 그거야." 하지만 당시 내가 깨닫지 못한 것은, 진정한 나 자신이 뭔지를 내가 이미 알고 있었고, 그 이해가 이미 일어났다는 사실이었습니다.

나도 많은 사람처럼 어떤 사건이 일어나기를 기다리고 있었습니다. 그 사건이 일어난 뒤에 나는 이미 있던 이해를 '인정'한 것입니다. 마치 그 사건이 내게 '허가'해 준 것과 같았죠. 그런 상태들이 때때로 일

어났다가 얼마 뒤 사라지곤 했고, 나는 생각했습니다. "아, 조금 전에는 내게 그 상태가 있었는데, 지금은 아니구나."

모든 이해는 여전히 그대로 있었지만, 나는 그 사건으로 혼란스러웠고, 또 하나의 사건이 일어나서 내가 깨달음을 '얻었다'는 것을 나 자신에게 확인해 주기를 기다리고 있었습니다. 그러다가 나중에 수잔 시걸의 책 《그날, 무아를 만났다》를 읽었습니다. 시걸의 말년에 그런 경험이 돌아오지 않아 좌절하던 일이 책의 후기에 쓰여 있더군요. 그녀도 그 때문에 좌절과 혼란을 느꼈던 겁니다.

얀 그랬군요.

길 나도 똑같은 일을 겪고 있다는 것을 곧바로 알 수 있었습니다. 그런 경험을 했는데 그 경험이 사라지면 혼란을 겪는 것이죠.

_얀 케르쇼트, 《This is It》
(밑줄은 인용자가)

여기서 얻은 시사점, 깨달음의 본질은 명징한 '인식'이지 특별한 '체험'이 아니라는 관점은 훗날 아디야샨티의 《깨어남에서 깨달음까지》(정신세계사, 2011)를 통해 더욱 분명해졌고, 그 강력한 영적 체험이 있은 뒤 약 10년이 지난 어느 날 모든 미혹의 어둠은 사라지고 바로 지금 바로 여기 눈앞에 있는 그대로의 진실에 확실하게 깨어나게 되었다.

2.

다시 얼마간의 시간이 지난 후, 나는 나와 같이 구도의 여정에서 모종의 영적 체험을 하고도 방황하는 옛 도반들과 자연스레 작은 공부 모임을 갖기 시작했다. 처음에는 조그만 찻집에서 갖던 모임이 시간이 지날수록 조금씩 규모가 커지고, 서울을 비롯한 여러 지역에서 정기적으로 공부 모임을 열게 되었다. 본의 아니게 팔자에도 없는(있나?), 마음공부 교사 역할(난 전직 국어교사였다)을 맡아 사람들을 지도하다 보니 대다수 사람이 여전히 마음 공부, 깨달음에 관한 잘못된 견해나 환상에서 벗어나지 못하고 있다는 사실을 알게 되었다.

그 오해들은 대충 다음과 같은 것들이다.

- 깨달음은 특별하고 극적인 체험이다.
- 깨달으면 육체적 고통이나 인간적 슬픔을 전혀 겪지 않을 것이다.
- 깨달음은 영원한 행복감이다.
- 깨달으면 항상 기쁨과 환희로 가득 차 있다.
- 깨달으면 분노하지 않고 완벽하게 성숙한 인격을 가질 것이다.
- 깨달으면 심리적 문제나 인간관계의 문제가 완전히 사라진다.
- 깨달음은 한 번 이루면 끝나는 목표다.
- 깨달으면 특별한 능력, 초능력이나 신통력이 생긴다.

• 깨달음은 소수의 특별한 사람들만 얻을 수 있다.

유치원이나 초등학교에서 가르치는 것도 아닌데, 열에 아홉, 아니 열이면 열 모두 이런 오해를 오해가 아닌 사실로 착각하고 있었다. 이러한 선입견, 고정관념이야말로 깨어남과 깨달음을 방해하는 가장 강력한 장애물이다. 나의 지난 방황 역시 깨달음이란 특별하고 극적인 체험이고, 그 체험이 어떤 상황에서도 변함없이 지속되어 늘 행복하고 문제가 없어야 한다는 잘못된 견해 때문에 비롯된 것이었다.

그래서 기회가 있을 때마다 그러한 견해의 오류를 지적해 왔지만, 너무나 오랫동안, 너무나 많은 사람에 의해 유지되어 온 오해를, 구도의 길을 나선 지 얼마 안 되는 사람들이 하루아침에 극복하기는 버거운 일이었다. 이 공부에 목숨을 건 전문 수행자들도 이러한 오류에 빠져 있는 경우가 허다한데, 초심자들에게는 더더구나 넘어서기 어려운 장애물이다. 그러다 문득 수잔 시걸의 자전적 체험기인《그날, 무아를 만났다》가 떠올랐다. 얀과 길의 대화에서 부분적인 힌트로 주어진 그녀의 이야기를 제대로 읽어 보고 싶었다.

3.
수잔 시걸의 《그날, 무아를 만났다》는 자아 없음의 체험이 어떻게 개인의 삶을 송두리째 뒤흔들 수 있는지 보여 주는 독특한 기록이다.[*]

[*] 이와 유사한 기록을 버나뎃 로버츠의 《어느 관상수도자의 무아 체험》(정신세계사,

그녀는 1982년 봄 어느 날 파리의 버스 정류장에서, 아무런 수행적 맥락이나 준비 없이 임신 4개월의 몸으로 갑작스러운 의식의 전환을 겪는다. 그 순간 '나'라는 개인적 중심이 완전히 사라졌고, 이후 그녀는 일상적 삶을 낯설고 두려운 방식으로 경험하게 되었다. 의식은 몸에서 한 발짝 떨어져 있는 듯했고, 일상적 사고와 감정의 흐름은 더이상 자신에게 속하지 않는 것처럼 보였다. 이는 전통적 영성에서 무아 혹은 참나 체험으로 설명되는 사건과 유사했지만, 시걸에게는 곧바로 해방이 아니라 극심한 혼란과 공포의 시기였다.

<hr>

2006)에서 찾아볼 수 있다. 수잔의 체험과 다른 점은, 수잔이 비록 젊은 시절부터 초월 명상을 해 왔지만, 파리 버스 정류장에서의 체험은 초월 명상의 연장선에서 비롯된 것이 아니다. 반면 버나뎃 로버츠의 체험은 수십 년간 관상 기도를 실천하여 기독교 신비주의의 궁극적인 목표라 여겨지는 '하느님과의 합일'이라는 경지에 도달한 그녀가 그 합일 이후에 맞닥뜨린 '무아(無我)'라는 새로운 단계에 대한 기록이다. 그녀는 합일 상태에서 일상을 살아가던 중, 어느 날 내면에 남아 있던 개인적 자아는 물론이고, 심지어 참자아(higher self)라고 불릴 만한 그 무엇까지도 영원히 사라져 버리는 경험을 하게 된다.

로버츠는 이 자아 소멸의 순간에 극심한 충격과 함께 소름 끼치는 공허(無)를 느꼈다고 기록한다. 그녀는 이 공허 속에서 "개체적 자아가 없는 곳에는 인격적인 하느님도 없다"는 통찰을 얻게 되는데, 이는 기존의 모든 종교적 개념과 신념을 뒤흔드는 깨달음이었다. 그녀는 자신의 경험을 설명해 줄 만한 명확한 선례를 그리스도교 전통 안에서 찾을 수 없었기에, 자신이 그리스도교 영적 여정의 마지막 단계를 넘어선, 전통이 미처 기록하지 못한 길에 접어들었음을 깨닫는다. 로버츠의 무아 체험은 극도의 안정성과 통합의 상태에서 찾아온 것으로, 자아의 모든 흔적이 사라진 후에도 고요함과 흔들림 없는 신뢰가 남아 있는 새로운 삶의 방식을 보여 준다는 점에서 수잔의 체험과는 다르다. 로버츠는 자신의 경험을 결혼과 육아, 교직 생활이라는 지극히 평범한 일상 속에서 펼쳐 보임으로써, 가장 심오한 깨달음 역시 특정 종교 시설이나 고립된 수행 환경을 넘어선 보편적인 영역임을 입증해 보였다.

자아 없음의 체험은 흔히 궁극적 깨달음의 상징으로 그려지지만, 그녀의 삶에서 그것은 오히려 심리적 위기와 불안정의 원인이 되었다. 그녀는 자신의 상태를 이해하고자 여러 심리 치료사를 찾아갔지만, 대부분은 해리, 이인증, 공황 등 병리적 용어로만 규정했을 뿐 실질적인 도움을 주지 못했다. 그녀는 오히려 병리적 낙인을 강화 받았고, 자아의 소멸을 결핍이나 정신 이상의 징후로 여기게 되었다. 그녀 자신도 처음 십여 년 동안 그 체험을 병적인 것으로 의심하며, 삶 전체를 불안 속에서 살았다. 자아 없음은 해방이 아니라, 오히려 삶을 지탱하던 기준점이 사라진 공허로 경험된 것이다.

그러나 시간이 지나면서 시걸은 불교의 무아(無我)와 공(空) 사상을 접하게 되었고, 그제야 자신의 체험이 단순히 병리적 현상이 아니라 오래된 영적 전통에서 이해되고 강조되어 온 주제라는 사실을 알게 되었다. 장 클라인, 크리스토퍼 티트머스, 잭 콘필드 등 여러 영적 스승은 그녀의 체험을 잘못된 것이 아니라 하나의 깨어남으로 확인해 주었다. 특히 장 클라인은 '나의 부재'가 문제가 아니라 오히려 완전한 존재의 상태라는 점을 강조했고, 다른 스승들 또한 그녀가 경험하는 공포조차 있는 그대로 수용될 수 있음을 알려 주었다. 이러한 확인과 지지는 그녀가 오랫동안 안고 있던 두려움에 새로운 시각을 제공했다. 공포는 잘못의 증거가 아니라, 그저 현존하는 현상일 뿐이라는 인식이 열리기 시작한 것이다.

결정적인 전환은 '개인적 자아가 없다'는 자각이 '타자 또한 없다'는 통찰로 확장될 때 찾아왔다. 시걸은 세계 전체가 자신과 분리되지 않은 하나의 드넓음임을 체험했으며, 모든 사물이 자신 안에서 일어나는 듯한 감각 속에 살게 되었다. 이 순간 두려움은 더이상 자아 없음이 뭔가가 잘못되었음을 입증하는 신호가 아니었고, 단순히 무수한 현상 중 하나로 이해되었다. 공포는 사라지지 않았지만 의미를 잃었고, 의미를 잃은 공포는 더이상 삶을 지배할 수 없었다. 그 자리를 대신한 것은 깊은 평화와 기쁨, 무한한 의식의 자연스러운 확장감이었다.

그녀는 자신이 경험한 것을 '자연스러운 상태'라고 불렀다. 그것은 특정한 수행의 결과나 선택된 자에게만 주어진 특별한 은총이 아니라, 모든 존재가 본래 놓여 있는 바탕이라는 것이다. 그녀는 자신을 스승이나 구루로 여기기를 거부했고, 다만 이 자연스러운 상태를 묘사하는 해설자라고 불렀다. 이는 영적 권위를 세우려는 시도가 아니라, 누구나 본래 그러한 상태임을 드러내고자 하는 태도였다. 이 점에서 시걸의 서술은 전통적 깨달음 담론의 틀을 넘어, 개인적 자아가 무너진 이후에도 여전히 사회적 삶 속에서 기능하며 살아가는 구체적 여정을 보여 준다.

책 출간 직후인 1997년, 뇌종양이 발견되어 42세의 나이로 세상을 떠난 그녀는 생전에 완전한 심리적 통합을 이루지 못했을지 모르지

만, 그녀의 이야기는 우리에게 중요한 물음을 던진다고 보았다. 깨
달음은 단순히 자아가 사라지는 사건이 아니라, 그 사건을 어떻게
이해하고 받아들이며, 삶 전체에 어떻게 통합하느냐에 달려 있다는
것이다.

4.

깨달음은 특별한 사건이 아니다. 그것은 어떤 극적인 순간, 드라마
틱한 내적 체험, 혹은 특정한 장면으로 귀결되지 않는다. 깨달음은 언
제나 이미 드러나 있는 의식 그 자체다. 체험은 나타났다 사라진다.
그러나 의식은 결코 사라지지 않는다. 의식은 언제나 모든 경험의 바
탕으로 존재한다. 그러므로 의식은 결코 경험될 수 있는 '대상'이 아니
다. 그것은 모든 경험을 가능하게 하는 가능성 그 자체다. 수잔 시걸
은 자아의 붕괴라는 드라마틱한 사건을 경험했지만, 그것을 통해 곧
장 의식의 본질을 이해하지는 못했다. 그녀는 자아의 부재를 결핍과
이상으로 받아들였고, 그 결과 그녀의 삶은 십수 년 동안 공포와 혼돈
에 지배당했다.

그녀의 여정은 버스 정류장에서 일어난 돌발적 사건으로 시작된
다. 어느 순간 그녀는 자신을 지탱하던 '나'의 감각이 송두리째 사라지
는 것을 경험했다. 그 순간 이후 그녀의 삶은 철저히 달라졌다. 그녀
는 깨어 있을 때뿐 아니라, 잠들어 있을 때조차 '나'가 없음을 자각하

는 상태 속에 던져졌다. 흔히 여러 영적 전통에서 말하는 '지켜보는 의식'의 지속적 체험처럼 보일 수 있다. 그러나 이 체험은 곧 평화나 기쁨으로 이어지지 않았다. 오히려 그것은 무서운 공허로 다가왔다. 자아 없음은 그녀에게 자유가 아니라 소멸과 상실의 감각으로 다가왔으며, 이는 몸과 마음을 끊임없이 긴장시키는 깊은 공포를 낳았다.

그녀는 이 시기를 '자아 없음의 겨울'이라 불렀다. 이름을 쓰거나 서명할 때조차, 그 이름은 더이상 아무도 지칭하지 않는 낯선 표식에 불과했다. 그녀의 일상은 심리적 공허와 존재적 불안으로 가득 차 있었으며, 잠들어도 안식은 찾아오지 않았다. 오히려 잠 속에서도 자아의 부재가 의식되었기에 공포는 멈출 수 없었다. 자아가 사라졌다는 사실은 분명했지만, 그것이 본래적인 자유로 인식되지 못했다. 그녀는 그 부재를 결핍으로 해석했고, 그 결과 공포는 더욱 견고하게 뿌리내렸다. 이로써 '나 없음'은 자유의 길이 아니라 끝없는 혼돈과 공포의 화두가 되었다.

여기서 나는 중요한 점을 지적하고 싶다. 시걸은 그녀가 동일시하던 자아의 소멸로 인해 공포를 경험했다. 버스 정류장에서의 갑작스러운 체험이 오기 전까지 시걸에게는 자아가 있었다. 우리가 경험의 내용물, 여기서는 '자아'에만 초점을 맞추다 보면 그 내용물, '자아'가 있느냐 없느냐는 자신이 그것에 얼마나 집착하고 있느냐에 따라 상당한 차이를 가진 다른 상태가 된다. 그런데 그 경험의 내용물에 대한 자각, '자아'에 대한 자각 그 자체는 그 대상이 되는 내용물, '자아'가 있거나 없거나 동일하다. 시걸도 그 자각 그 자체는 온전했기 때문에 자아가 사라진 뒤 자신이 경험했던 것을 묘사할 수 있었던 것이다. 경험의 대상은 나타나기도 하고 사라지기도 한다. 그러나 시걸은 이 점을 자각하지 못했다. 그녀는 자아 없음의 경험에서 '무언가가 없어져 버렸다'는 결핍의 감각만을 붙잡았고, 그 때문에 공포가 그녀를 지배한 것이다.

시걸은 자신의 경험을 이해하기 위해 심리 치료사들을 찾았다. 그러나 심리 치료사들은 그것을 해리, 방어기제, 혹은 병리적 징후로 해석했다. 그녀의 경험은 대상관계 이론이나 경계선 인격 장애의 언어 속에서 규정되었다. 이때 자아 없음은 해탈의 문이 아니라 심리적 결핍으로 병리화되었다. 영적 체험을 심리학의 범주로만 해석할 때 발생하는 근본적 한계가 여기서 드러난다. 의식의 본질은 결코 개인적 심리의 발달사나 병리로 환원될 수 없기 때문이다.

물론 시걸 자신도 자신의 체험을 '병'으로 의심했고, 이를 설명할 언어가 부족했기 때문에 심리학적 해석에 기대려 했다. 그러나 그 결과는 치유가 아니라 오해의 심화였다. 자아 없음은 '결핍'이라는 이름으로 다시 묶였고, 그녀의 공포는 심리학의 진단 안에서 더 굳어졌다. 나는 여기에 또 다른 중요한 교훈이 있다고 본다. 의식의 본질은 심리학적 언어로는 결코 붙잡을 수 없다. 심리학은 분리된 자아를 전제하지만, 깨달음은 그 자아 자체의 허구성을 드러내기 때문이다. 왜냐하면 자아는 애초에 실제로 존재한 적이 없기 때문이다. 자아는 단지 생각과 기억, 감각의 일시적 응집일 뿐이며, 그것은 본래 무상한 구성물이다.[*]

시간이 흐르면서 그녀는 '텅 빔'을 단순한 결핍이 아니라 모든 존재의 본바탕으로 바라보려는 통찰에 접근하기 시작했다. 그녀는 그것을 '드넓음'이라 불렀다. 이는 분명히 한 단계의 전환이었다. '텅 빔 = 없음'에서 '텅 빔 = 본바탕'으로 이해가 바뀌려 했던 것이다. 그러나 이 과정도 순탄치 않았다. 때로 그녀는 드넓음을 방어기제처럼 사용하기도 했고, 때로는 그것을 또 하나의 체험적 대상처럼 붙잡았다.

여정의 막바지에 이르러 그녀는 마침내 '모든 것이 곧 나'라는 인식에 도달했다고 말한다. "나는 없다. 그러나 온 우주가 나다"라는 역설적 자각이 드러난 것이다. 이때 그녀는 분리가 실재가 아님을, 타자가 없다는 사실이 곧 근원적 친밀성을 의미함을 이해하게 되었다. 사랑

---

[*] 이 점이 정말 중요하다. 깨달음은 자아 감각이 사라지는 체험이 아니다. 자아가 본래 허구라는 사실에 대한 철저한 자각이 깨달음이다. 본래 없는 것을 없앨 수는 없다. 따라서 스스로 무아를 체험했다고 하는 사람들의 무의식 아래에는 여전히 그것을 체험하는 자아가 숨어 있을 수 있다. 다시 한 번 강조하지만, 깨달음은 특별한 체험이 아니라 있는 그대로의 사실에 대한 명징한 인식, 자각이다.

과 기쁨은 개인적 감정이 아니라, 드넓음의 비개인적 현현으로 재맥락화되었다. 개인적 자아를 잃는 것은 아무것도 상실하는 일이 아님이 분명해졌다.

시걸의 여정은 또한 올바른 길잡이의 부재를 보여 준다. 그녀는 몇몇 영적 교사와 만남을 가졌지만, 의식의 본질을 곧장 가리키는 단순한 가르침 ― "너는 이미 그것이다" ― 를 충분히 받아들이지 못했다. 만약 그러한 가르침이 제때 명료하게 전해졌다면, 그녀는 공포와 혼란의 긴 세월을 보내지 않았을 것이다.

수잔 시걸의 기록은 귀중한 경고다. 강렬한 체험이 깨달음의 보증이 될 수는 없다. 체험은 언제나 오고 간다. 그러나 의식은 지금 이 순간에도 변치 않고 드러나 있으며, 그것은 기쁨과 평화라는 상대적인 경험이 아니라 기쁨과 평화 그 자체다. 따라서 우리는 언제나 물어야 한다. "이 모든 것을 알아차리고 있는 것은 무엇인가?" 그 질문 속에서 드러나는 것이 바로 우리의 참된 본성이다. 시걸의 여정은 체험에 집착할 때 얼마나 쉽게 길을 잃을 수 있는지를 보여 준다.

나는 독자들이 이 책을 읽으며 그녀의 체험을 낭만화하지 않기를 바란다. 중요한 것은 극적인 사건이 아니라, 늘 지금 이 순간 빛나고 있는 의식의 자명한 현존이다. 그것은 결코 두려움의 원인이 될 수 없으며, 결코 상실로 경험될 수 없다. 그것은 언제나 충만이며, 바로 이 자리에서 누구나 즉시 확인할 수 있는 진실이다.

2026년 벚꽃 화사한 봄날
부산에서
몽지 심성일 손 모음

옮긴이 심성일

어린 시절부터 '나'라는 존재에 대한 의문을 가지고 방황했으나 기존의 철학과 종교로부터는 해답을 찾지 못하였다. 삼십 대 초반에 만난 재가의 선(禪) 스승들의 가르침을 통해 영적 체험을 하고 바깥으로 찾는 마음을 쉬게 되었다. 지은 책으로는 《바로 지금, 바로 여기, 바로 이것》《명상, 침묵의 향기》《이것이 선(禪)이다》《이것이 그것이다》《아쉬타바크라의 노래》《깨달음의 노래》《깨달음, 열 번째 돼지 찾기》《자기에게 돌아오라》가 있고, 역서로는 《경이로운 부재》《아디야샨티의 참된 명상》《완전한 깨달음》《현존의 행복》 등이 있다.

옮긴이 김윤

서울대학교 경영학과를 졸업했다. 지금은 자유롭고 평화로운 삶으로 안내하는 글들을 우리말로 옮기고 소개하는 일을 하고 있다. 그동안 번역한 책으로는 《네 가지 질문》《기쁨의 천 가지 이름》《가장 깊은 받아들임》《아잔 차 스님의 오두막》《나 자신, 영원하고 무한한》《당신, 존재의 바다에게》《지금 여기에 현존하라》 등이 있다.

그날, 무아를 만났다

초판 1쇄 발행 2026년 4월 30일

지은이 수잔 시걸
옮긴이 심성일 , 김윤

펴낸이 김윤
펴낸곳 침묵의향기
출판등록 2000년 8월 30일, 제1-2836호
주소 10401 경기도 고양시 일산동구 무궁화로 8-28,
　　　삼성메르헨하우스 913호
전화 031) 905-9425
팩스 031) 629-5429
전자우편 chimmukbooks@naver.com
블로그 http://blog.naver.com/chimmukbooks

ISBN 979-11-996574-1-0 03840

* 책값은 뒤표지에 있습니다.